囚人服のメロスたち
関東大震災と二十四時間の解放

坂本敏夫

集英社文庫

目次

日没までには、まだ間がある。私を、待っている人があるのだ。少しも疑わず、静かに期待してくれている人があるのだ。私は、信じられている。私の命なぞは、問題ではない。死んでお詫び、などと気のいい事は言って居られぬ。私は、信頼に報いなければならぬ。いまはただその一事だ。走れ！　メロス。

太宰治『走れメロス』より

囚人服のメロスたち

関東大震災と二十四時間の解放

第一章　獄塀倒壊・獄舎炎上

炊事工場　ネズミの大移動

大正十二年（一九二三）九月一日、椎名通蔵《しいなみちぞう》はいつもの通り午前五時過ぎに所長官舎を出た。雨合羽《あまガッパ》を着て、ズック製の手提げカバンを持っている。カバンの中には妻が作った弁当と前日刑務所から持ち帰った書類が入っている。

小雨まじりの強い南風が吹いていた。

塀の中では日勤職員が整列し、当直看守長の点検を受けている時間だ。

前年に受刑者の作業時間が九時間から十二時間半と定められたことにより、刑務官の勤務時間は工場への出し入れ前後の時間を加えるので一時間余り長くなった。出勤帰宅を朝星夜星《あさぼしよぼし》とはよく言ったものだ。

椎名は堀割川沿《ほりわりがわ》いの歩道を歩いた。正門までは約百五十メートル。ゆっくり歩いても五分とかからない。

土手を兼ねた遊歩道には受刑者の手によって植えられたソメイヨシノが三百本余り並木を作っていて、木々の緑と赤煉瓦《れんが》の塀が美しく対比している。

刑務所正門前には『根岸橋《ねぎしばし》（監獄前）』と名付けられた路面電車の停留所がある。

椎名は刑務所の正門前に立ち、雨合羽のフードを剝いで門衛の看守に顔を見せた。雨合羽を着用しフードを被《かぶ》った時、あるいはマスクをした時の顔見せは、職員以外の者の外部からの侵入や囚人の逃走防止のために行うもので、所長といえども厳守しなければならない保安管理の鉄則である。

看守が開門した小門から敷地内に入った椎名は、およそ三十メートルの前庭を抜け、庁舎に入った。庁舎は明治三十二年（一八九九）に竣工《しゅんこう》した、洒落《しゃれ》た西欧風の二階建てである。

横浜刑務所の前身は幕末、開港によって横浜市の中心地・戸部《とべ》に幕府によって設けられた奉行所併設の牢屋敷《ろうやしき》である。明治になり神奈川県監獄署と名を変えたが、市の発展と共に狭くなった。また、世界的な水準で見ると非人道的な造りであったことから、神奈川県が国際港にふさわしい西欧風の監獄を造ろうと、ここ根岸の地に新築したのである。

明治三十三年四月、司法省の官制改正により監獄はすべて司法省の所轄となり、神奈川県監獄署は横浜監獄と名を変え、さらに大正十一年十月、監獄を刑務所と呼称することになり、横浜刑務所となった。

庁舎二階の所長室は、広さおおよそ四十畳、床は寄木張《よせぎば》り。書架を背に金襴《きんらん》の厚手の布で覆われた執務机と幅広の脇机が六畳ほどの分厚い絨毯《じゅうたん》の上にL字に置かれていた。

室内の中央には応接用の紫檀《したん》のテーブルと六脚の肘付きの椅子が置かれ、その真上にはシャンデリアが吊《つ》り下《さ》げられている。

椎名はカバンを脇机の上に置くと、刑務所内の巡回に出た。

まずは病舎《びょうしゃ》に向かう。病人の容態を確認してから、昼夜《ちゅうや》独居舎房《どっきょしゃぼう》を経て工場を一回りし、最後に拘置場を視察するのだ。

およそ一時間の巡回を終えて、椎名が所長室に戻ると、文書主任・影山尚文《かげやまなおふみ》がこの日の入出所人員等の報告にやってきた。文書主任は所長の秘書としての職務もある。椎名は報告を受けた後、臨時の会議をする旨幹部職員に伝えるよう指示をした。

炊事工場で食料倉庫から多数のネズミが塊となって飛び出し、排水溝等に逃げ込んだという報告を受けた時の妙な胸騒ぎと、明日九月二日は二百十日に当たることから、注意を喚起しようと思ったのだ。

午前九時、所長室の隣にある会議室で幹部を集めた会議が開かれた。

会議メンバーは、所長、次長、八人の主任（文書、会計、用度、戒護、作業、考査、教化、医務）、作業技師、教師、戒護主任補佐の総勢十三名である。

椎名は臨時会議の開催について訓示をした。

「明日九月二日は二百十日に当たる。私は農村で育ったから稲作では最も大事なこの時期、台風など暴風雨を避ける祭りをしたものだ。自然災害への備えは常に怠ってはならない。本日は月の初日というだけではなく厄日のこともあって会議を開いた。各自気を引き締めて部下と受刑者の指導訓育に当たられたい」

部下の反応は今一つだ。ほとんどがうつむいている。

椎名はネズミの大移動は天変地異の予兆かもしれないと感じていたので、いつになく語気を強めて「戒護主任！　ネズミの件はどうなりました？　次長！　報告を受けましたか？」と、戒護主任・茅場宗則《かやばむねのり》と次長・野村幸男《のむらゆきお》に問《と》い質《ただ》した。

茅場は「ネズミですか」と仏頂面で言うと、首を傾《かし》げた。野村は渋面を作る。おそらく巡回もしていないので、炊事工場担当看守から報告を受けていないのだろう。

椎名は改めて、今朝方炊事工場で起こったネズミの大移動について説明した。それでもなお、野村と茅場の他数名の主任は、あらぬ方向に視線を向けて、無関心の体を通した。

前任地では味わったことのない、所長の権威を無視もしくは軽視しているとしか思われない不快な会議の雰囲気である。

椎名は部下の信頼を得られていない自分の不徳の致すところ、と思う一方で、横浜刑務所ゆえに起こるべくして起こった一部幹部職員の小さな反抗であるとも思っている。

横浜刑務所長は代々、椎名から見ても尊敬できる老練の士が務めてきた。それに比べ自分は経験年数十二年、しかも現場第一線の経験が一切ないという三十七歳の若い所長だ。次長はじめ年配の幹部職員は若い所長というのが気に食わないのだろう。

さらに言うなら横浜刑務所の格が落ちたと思ったのかもしれない。施設評価の格落ちは自分たち幹部職員も格が落ちたということになる。やり場のない不満が会議の際の態度に出ているのではないかとも思うところである。

十一時五十七分　東南見張り哨舎《しょうしゃ》

雷か!?


横浜刑務所の若い看守・立花一郎《たちばないちろう》は空を見た。積乱雲はなかった。

立花は夜勤明けで午前五時四十分から東南角の見張り勤務に就いていた。脱獄防止と外部からの物品投げ込みを監視するための見張り哨舎は外塀内側の四隅にあった。

〈正午の交代まで、あと三分！〉

睡魔に襲われ時計を見たときに、遠雷のような不気味な音を聞いたのだ。

〈何だ、これは？〉

戦慄を覚えた直後、足の裏が突き上がり、宙に浮いてから地面に叩《たた》きつけられた。

大地は波打ち、まっすぐ延びる高さ五メートルの煉瓦塀はぐらぐらと横に波打ちながら、さらに上下に大きく揺れた。大蛇のような動きだ。

〈この世の終わりか、いつまで揺れるのか……〉

塀は金属を裂くような音を立て、やがて、鞭《むち》を唸《うな》らせるような音に変わった。

縦揺れと横揺れが同時に来て、大きく左右に振られると縦に亀裂が入り、煉瓦が弾《はじ》け飛び、塀は土台を残して宙に浮いてから真下に落ちて砕けた。

立花は塀から少しでも離れなければと、必死に逃げようとしたが立つことも転がることもできなかった。

〈下敷きになって死ぬ！〉

自分の命と官舎にいる新妻の無事を真っ先に考えた。しかし、次の瞬間には、職責を全うしなければ、と考えを変えていた。

上半身を起こし、地面に両手をついて、しっかりと監視の目を開いた。

手の甲と肩にこぶし大の煉瓦が当たった。

縦揺れから、大きな横揺れに変わった。

ギーギーという材木が軋《きし》む音が重なり合って迫ってくる。上体を起こし、地面に膝をついた。視界に入る工場と舎房のすべてが大きくうねっている。

立花は集中力を切らさず東西二百八十メートル、南北百五十メートルの正門哨舎まで延びる塀を交互に視線内に入れた。

大地は激しく揺れ続けている。

工場と舎房の揺れは大変なものだ。恐ろしい光景だった。

今まさに、何百という命が建物の下敷きになり奪われようとしている。

立花はカッと目を見開いて、すべてを記憶に留《とど》めようとした。同時に恐怖に襲われた。

囚人を逃がさないための高い塀がすべて崩れ落ちたのだ。

〈何十人いや、何百人の大脱走が起こる！　俺はどうすればいいんだ〉看守になってまだ一年足らずの立花に、心臓が破れそうな激しい動悸《どうき》と震えが来た。揺れが収まると囚人たちが次々に工場から飛び出し、崩れた塀に向かって突進してきた。

立花は慌てて立ち上がった。襲われるかもしれない。かといって逃げ場はない。立花は、どうにでもなれと思った。その瞬間、勇気が湧いてきた。

立花は呼子笛を吹鳴し、赤い手旗を振った。塀に近寄るな！　という合図である。

ところが、信じられない光景が目の前に広がった。囚人たちは塀の手前にある広場に留まり、かねての訓練通り避難場所として指定されていたところで腰を下ろしたのだ。

最初に避難を完了させたのは、立花の見る限りでは第六工場だった。一度現れた第六工場担当看守の姿がどこかに消えた。立花は避難場所に走った。担当看守がいない状況を現認した以上、放置はできないと思ったからだ。

立花は、看守として叩き込まれている『囚人を視線内に置け』という保安原則を全うしようと囚人たちの避難場所に走り、見張り勤務者として構内全体を見ると同時に、工場の担当看守に代わって囚人たちを監視する任務にも就いたのだ。

囚人が一人、外塀に向かって走った。着衣は舎房用のものだ。独居に収容中の受刑者だろう。

〈逃がしてはならぬ！〉立花は後を追った。

男は素早い動きで崩れた煉瓦塀に取り付いた。

囚人は足場を踏み外したのか、一旦佇《たたず》んだが、次のアタックで塀の頂上に立った。立花との距離は三十メートルほどある。

万事休す！

立花は、せめて逃げる方向を見定めようと、目の前の瓦礫《がれき》の山に上る。あと少しのところで手を掛けた煉瓦が剝離し瓦礫の隙間に足を落とした。

その時だ。

「福田《ふくだ》！　福田達也《たつや》！　本物の犯罪者になるのか！」

背後から鋭い言葉が発せられた。

「いえ、戻ります」

男は声を掛けた看守の元に走った。

声の主は第六工場の担当看守・山下信成《やましたのぶなり》だった。

大震災発生　所長室

午前十一時過ぎ、椎名はこの日二度目の巡回を終えて所長室に戻った。

弁当を食べ終わり、女子職員がいれてくれた茶を飲んでいる時だった。遠くで雷が落ちるような音と不気味な波長を伴う地鳴りを聞いた。その地鳴りは徐々に大きくなり近づいてくる。

嫌な予感がして立ち上がろうとした、その時である。床が突き上がり壁に密着させていた書架が一メートルほど前にずれ、大きく前後に揺れてから床に叩きつけられた。机が飛ばされ、椎名も椅子から転げ落ち前後左右、上下に跳ねる。

午前十一時五十八分、関東大震災が発生した瞬間である。

摑《つか》まる物もなければ、揺れに逆らって踏ん張ることもできない。重量のある什器《じゅうき》に当たらないように身を転がすのが精一杯だった。

上下の縦揺れから前後左右の横揺れに変わる。激しい揺れが続き、窓ガラスが弾け、天井が波打ち、梁《はり》が悲鳴を上げる。激しく揺れていたシャンデリアからカット・グラスが落下し飛び散った。

揺れが収まると、椎名は急ぎ階下に降りた。廊下は窓ガラスの破片が飛び散り、事務室から飛び出した椅子や書類などが散乱していた。

庁舎から脱出した椎名の目に飛び込んできたのは、正門の無惨な姿だった。強固な石造りの門柱が倒れ、鉄製の扉が折れ曲がり、左右に延びる外塀は姿をなくし煉瓦の山になっている。

庁舎を飛び出した看守は口々に「戒護応援だ！」「急げ」と、大声を発しながら崩れ落ちた塀を乗り越えて行った。

看守の制服を着ている者は、事務職員であっても、地震、火災、暴動、騒擾《そうじょう》などの非常時には囚人たちがいる現場に走る。命令を待たずに自己の判断で駆けつけることが服務の基本になっている。

椎名は動かずに報告を待つことにした。

未曽有の非常時である。とにかく落ち着かなければ！　椎名のキャリアは、わずか十二年、所長という役職だけの歴任である。危機管理の経験は皆無だ。頼りになるのは、刑務官として三十年前後の勤務経験がある次長・野村と戒護主任・茅場だろう。

二人とも看守からの叩き上げである。勤務した刑務所は七つから八つで、いずれも囚人を受け持つ戒護主任を歴任している。彼らにしてみれば、現場を知らない所長は頼りないのだろう。椎名のことを、揶揄《やゆ》する意味で『帝大出の学士所長さん』とあてこする。会議では反逆の急先鋒《きゅうせんぽう》だと言わぬばかりに、いちいち反抗するが、この非常事態では、横浜刑務所の幹部としての責任をしっかり果たしてくれるはずだ。

椎名通蔵は山形県寒河江《さがえ》の出身である。家は代々庄屋《しょうや》だった豪農で、椎名は長男として大事に育てられた。

明治四十三年（一九一〇）、東京帝国大学の法律学科を卒業すると、誰も予想していなかった司法省監獄局属（事務官）を拝命する。当時の職業としての監獄官吏は役人の中では最下層、獄卒という卑しい仕事というのが一般的な評価だった。椎名の親類縁者、友人知人にも監獄官吏はいない。

志望の動機は定かでないが、判事や検事になった学友の話によると、刑事法助教授の講義に深く感銘を受けたのではないかということだった。

椎名は最初の帝大出監獄官吏である。翌明治四十四年、文官高等試験に合格し、所長の道を歩くことになった。二年間の見習いを経て、大正二年（一九一三）二月、二十六歳の若さで滋賀県大津市の膳所《ぜぜ》監獄（後に滋賀刑務所と改称）に所長として赴任、在任六年余を経て、大正八年四月に茨城県水戸《みと》市の水戸刑務所に異動。そして四ヶ月前、横浜刑務所に所長としてやってきたのだ。

暴動、火災、集団脱獄、派閥抗争等による殺人事件といった刑務所の重大事故には一度も遭遇していないので、異常な事態下の囚人たちの心理を想像することもできない。

〈塀もなくなり、刑務所としての設備がすべて崩壊した今、どうすればいいのか……。いやそんな悠長なことを言っている場合ではない。既に多数の囚人が逃走しているのではないか〉

椎名は、何よりも職員、受刑者全員が無事でいてくれることを祈りながら、今はここを動かずに、所長である自分の位置を全職員に知らせ、報告を待つべきだと判断し、文書主任を伝令と情報収集に走らせた。

刑務所構内の状況は刻々と変わる。揺れが襲うたびに、建物が潰れていくのだ。

再び、ゴーという地鳴りがして大きな揺れが来た。膝をつき、地面に手をつこうとしたが、身体《からだ》は一個の塊となって宙に浮き転がった。

前方で独居舎房が土煙を上げて潰れ、屋根の落下と同時に瓦が周囲に飛び散った。

また、激しい揺れが襲ってきた。今度は背後で轟音《ごうおん》がした。振り向くと、今しがた逃げ出してきた庁舎建物が潰れるところだった。木材片と窓ガラスが弾け飛んだ。

第六工場倒壊

第六工場担当看守・山下信成が雑役夫《ざつえきふ》・吉本龍男《よしもとたつお》と共に、逃げ遅れた囚人の名を呼び続け、救出のタイミングを探っていた。完全に屋根が落ちてからしか救出の方法はない。

「必ず助け出す。潰されないようにして、じっとしていろ！」

山下は怒鳴る。

地震発生時の工場の恐ろしさときたら、まさに筆舌に尽くしがたいものだった。

十一時五十八分というと、昼食を済ませ午後の作業はじめの号令を掛けて間もなくという時間である。

突如襲ってきた激震に数十本の杉材の柱で支えられていた大工場の屋根が大きく揺さぶられた。

麻袋の縫製で高額の作業収入を稼ぎ出す工場の担当である山下は、高さ一・八メートルほどの台上に置かれた工場担当執務机（通称・担当台）もろとも板張りの床に振り落とされた。

「落ち着け！　身を守れ！」

と叫び、受刑者を避難させるために、施錠されている扉を開けようとした。

立つこともできない激しい揺れである。幸い受刑者らも立てないので一気に押し寄せてくることはない。

長い揺れが続いている。

「揺れが収まったら、訓練した通り、一班から順に出て避難場所に走れ」

天井は音を立てて揺れ続けている。弓なりになりちぎれんばかりである。

ようやく扉を開けることができた。

「頭上に注意して避難しろ。一班！」

指示された班員は役席から飛び出し出口に向かって走った。

また襲ってきた強い揺れに屋根瓦が落ち始めた。

受刑者たちはもう指示を待てなかった。

第二班以下の五十人余りが一斉に出入口めがけて飛び出してきた。ほとんどが転げながら出口にたどり着いたという有様だった。

残された者がいないか工場内を回っているときだった。

山下の目の前で梁と屋根が落下を始めた。今度ばかりは梁も柱も持ちこたえられないだろうと、山下はよろけながら出口に向かい、工場の外に飛び込むようにして転げ出た。

待ち構えていた三人の囚人に抱えられ工場を離れると、ほぼ同時に轟音と土煙を上げながら屋根が落ちた。工場の建物はすっかり瓦礫の山と化してしまったのである。

間一髪だった。

避難場所まではおよそ三十メートル。全員避難できたようだが、念のためと、点呼をとった。三人も欠けているではないか。下敷きになってしまったのか。

各班長に不在者を報告させ三人の氏名を確認した。

「私は、三人を探しに行く。皆はここを動かずに待っていてくれ」

山下の言葉に、囚人たちの多くが自分も手伝うと声を上げた。

「分かった。工場はあの通りで、まだ崩れそうで危ない。後で皆に手伝ってもらうから、それまではここで待っていてくれ」

山下は雑役夫・吉本だけを連れて、瓦礫の山と化した工場に戻ったのである。

昼夜独居舎房倒壊

十二時の交代を前に担当看守・斎藤権次《さいとうごんじ》は、ゆっくりと歩を進め、各房内を覗《のぞ》いていた。

突如、ゴーという地鳴りと共に激震に襲われた。幅約七メートルの土間の中央廊下は大蛇の背のようにくねりながら隆起し、壁と扉が上下に波打った。

斎藤は土間に投げ出された。昼夜独居舎房は木造平屋建て南北七十メートル、左右に三十房ずつ独房がつらなっている。この日の収容人員は五十人。

斎藤は腰に提げていた手のひらほどの大きさのT字形鋼鉄製舎房鍵を右手でしっかり握った。

独居舎房は各独房の壁が柱を補強する形になっているので、刑務所建物では地震には最も強いはずだ。

〈落ち着け！〉斎藤は自らに言い聞かせ、揺れが襲ってきた南側の房から開けることにした。

北側の出入口である観音開きの扉は激震で錠が外れ外側に大きく開いていた。

順に開扉《かいひ》を始めた。飛び出してきた囚人には布団を頭から被らせて一気に中央廊下を走らせる。木材が軋み、窓ガラスが震え、揺れが襲うたびに、囚人たちの悲鳴と怒声が入り交じった。強い揺れが来ても、斎藤は開扉を続けた。四《よ》つん這《ば》いになり、転げ回りながら次の房扉に取り付いた。

天窓が弾けガラス片が降ってくる。

「布団を被って身を守れ！　わしはここにいる。お前たちをここから出すまで離れないから待っていろ」

斎藤はあらん限りの声で叫んだ。

枠が軋み斎藤の力だけではびくともしない扉があると、「錠は解いた。思い切り扉を蹴って出てこい」と言って、蹴りに合わせて房扉を引いた。

房を出た囚人たちの中には斎藤の開扉を手伝おうとする者もいたが、斎藤はそれを制した。

「早くここを出ろ！　これはわしの仕事だ。布団を被って外に出るんだ」

斎藤は開扉を続ける。

待ちきれない囚人たちは扉を盛んに足蹴りする。

残すところ重拘禁房十カ房になった。ここの扉は特別頑丈に作ってある。錠だけでなく止め金具に閂《かんぬき》もはめてあるのだ。

粗暴な問題受刑者、規律違反を犯した取り調べ中の者、懲罰執行中の者を入れている。

十二時十分を回った。

最初の激震と同じくらいの激しい長い揺れに襲われた。

破れた天窓から、ズレ落ちた瓦がバラバラと落ちてきた。

斎藤は必死に扉を開け続けた。

ついに舎房の南側、四分の一ほどが轟音を発し潰れた。あと七カ房だ。

「オヤジ、わしはいいから早く逃げなさい」

閂に手を掛けた斎藤に視察孔から大声が発せられた。

丙種受刑者で移送上申をしている山口正一《やまぐちしょういち》だった。

「何を言うか。お前の気持ちはありがたい。だが、わしの仕事はお前を助けることだ」

斎藤は怒鳴るように言うと、閂を外し錠のロックを解いて取っ手を回した。力いっぱい引くが開かない。

「山口、蹴飛ばせ！」

激しい揺れと扉が開くのが同時だった。斎藤は扉でしたたか額と腕を打って、廊下に転がった。

山口は房から飛び出すと、斎藤を抱き起こし、斎藤の前に立って未開扉の房の閂を外し始めた。

「まだか、まだか、早く開けろ！」

絶叫する囚人に、「待たせたな。オヤジが今開けるから開いたら布団を被って出口に走れ」と声を掛ける。

舎房は奥から将棋倒しのように崩れて迫ってくる。すべての閂を外した山口は自分の房に入って布団を取り出すと、それを大きく頭上に広げ最後の房の扉に取り付いた斎藤の頭上を覆った。ガラス片と屋根瓦が落ちてきた。

今まで当たらなかったのが不思議だった。

最後の房の扉を開く。中の囚人は腰を抜かしていた。斎藤と山口は囚人を抱え出した。

山口は囚人を肩に担ぎ、出口に走った。

十二時十五分、三人が外に転げ落ちるように飛び出した直後に舎房は轟音と共に壊滅し、土煙が舞い上がった。同時に、その轟音をかき消すほどの歓声が湧き上がった。昼夜独居舎房に収容されていた囚人たちが、斎藤に駆け寄り取り囲んだのだ。

斎藤は額を割り、右腕を骨折していた。

第一報　逃走者なし

庁舎前庭にいた椎名の元に戒護部門の第一報を届けに来たのは、看守部長の天利《あまり》だった。

「所長殿、茅場主任の指示で報告に参りました。私の見聞したこと等を急ぎお伝えいたします。外塀すべて倒壊、舎房は雑居、独居とも全半壊。受刑者を収容できる状態ではありません。全工場ほぼ全壊。建物の下敷きになった職員数名、受刑者数十名。詳細は不明。拘置場の被告人、女区の女囚、病棟の休養患者は全員が避難したと思われます。緊急応援に駆けつけた事務職員十五名は、倒壊した外塀の内側に等間隔に立って立哨《りっしょう》警備に当たっています。非番者三十名は交代後、救助、警備に割り振る予定とのことです」

「逃走は？」

「今のところ逃走者はいないはずです」

「いないのか。そうか……、わかった。見ての通り庁舎も壊滅だ。まずは最低でも非常持ち出しの重要書類を取り出さなければならない。落ち着いたら、事務職員を戻すよう主任に伝えてくれ」

「了解しました」

天利の的確な報告によって、椎名は被害と現状を大まかに摑んだ。

看守部長制は戒護部門の組織力強化のために司法省の通達によって設けられたもので、横浜刑務所は看守百六十八人の中から、十八人を中間監督者に当たる看守部長に登用していた。椎名に言わせれば、横浜刑務所生え抜きの彼らは、転勤族である主任以上の役職にある幹部よりも、処遇と警備については断然信頼できる。転勤族は三、四年したら他施設に転出する。在任中は大過なく過ごしたいという腰掛けだが、看守部長は自分たちの施設という思い入れがあるからだ。俸給の面から見れば、看守部長の俸給月額は主任の半額程度だから、その貢献度は非常に高いと言える。

大正八年（一九一九）に物価高騰で増俸された『判任官等俸給令』、『奏任及判任待遇監獄職員給与令』によると、看守長が月額八十五円から百六十円、看守部長が月額五十円から八十円、看守は月額三十円から七十円と規定されている。

ちなみに、所長は高等官で年俸制だ。

椎名通蔵は高等官三級俸を下賜されたので、年俸三千百円であった。

高く分厚い塀に囲まれていた所内には木造の庁舎、管理倉庫、舎房、工場、収容用品倉庫が所狭しと、建ち並んでいたが、今はもう、まともな建造物は何一つ残っていない。

工場地帯では各所で下敷きになり、取り残された受刑者を救出するたびに大きな歓声が上がっている。職員が吹く笛もあちらこちらから鳴り響く。吹鳴の短・短・長（ピッ・ピッ・ピー）というリズムは危険を知らせ、注意を喚起するものだ。

「所長の采配いかんで囚人も我々も生死が決まる。ぜひ迅速的確なご指示を！」

椎名は背後から声を掛けられた。

次長・野村が文書主任・影山に支えられ立っていた。

〈この非常時になんという言い草だ。次長として何をすべきか考えろ！〉

椎名は、怒りを抑えて、「被害状況の取りまとめを、お願いしたい」と指示をした。

野村は「私は怪我《けが》をして動けないので、誰か適当な者に……」と、これも無責任に答える。

怪我の様子を質問したが、何も答えず、長身の文書主任に「医務に連れて行ってくれ」と言って、椎名に背を向けた。

椎名は正門近くの瓦礫の山に上った。三メートルほどの高さがある。構内の全域と官舎の状態を見ようと思ったのだ。崩れた煉瓦塀は長い直線の堤に変わっている。西側にある所長官舎と二十棟の官舎は屋根瓦の損壊程度で倒壊は免れているようだ。

工場は七棟が全壊、押し潰されていた。

横浜市内は方々で火災が発生しているようだ。刑務所から望む東北の丘陵から北西の丘の上空に黒煙が舞い上がり始めていた。

方向を南に転じると、遠くで黒煙が立ちのぼっている。横須賀《よこすか》鎮守府の石油タンクに火がついたのかもしれない。

椎名は「警備本部設営完了しました」との報告を受けて移動した。

戒護管理棟の前のわずかな平坦《へいたん》な空き地に机が置かれ椅子が五脚並べられ、影山と茅場が座っていた。

椎名に気づいた影山が席を立ち、敬礼をする。一方、茅場は手元の紙に目を落としたままで見向きもしない。椎名は茅場に声を掛けた。

「戒護主任、現在わかっている人的被害の詳細を……」

「これは、所長」

茅場は、さも、今気づいたような顔をして、立ち上がり、手にした罫線《けいせん》入りの和紙を見ながら言った。

「在所人員千百三十一名、うち横浜地裁出廷六名、これは安否不明です。点呼により無事を確認した者は千三十名。うち骨折等の重傷者が十一名います。行方不明が九十五名です。行方不明者は全員が建物の下敷きになっていると思われます。死亡者がいないとも限りません。逃走者はおそらくゼロです。今、文書主任から次長が骨折の重傷を負ったとの報告を受けました。医務所の様子を見てきます」

茅場は報告を終えると、「では」と言って立ち去った。

「職員はどうなっている」

椎名は影山に訊《き》いた。

「数名が行方不明ですが、まだ正確にはわかりません」

「次長は君が助け出したのか？」

「はい、避難の際、部屋を覗くと部屋の隅で膝を抱えておられ、当職を見ると助けてくれと……。担いで助け出しました」

影山の顔は笑いを堪《こら》えているように見えた。

野村救出時の格好が滑稽だったのだろうか。

「どこを骨折したのだ？」

「医務主任の話では、脛《すね》にヒビが入ったのだろうと。次長は副木《そえぎ》を当ててもらいました」

「治療道具と薬品はなくてはならない。どの程度無事かわかるか」

「看病夫《かんびょうふ》はじめ受刑者たちが掘り起こしていますが、医務主任の陣頭指揮はなかなかのものです。受刑者もよくやっています」

「そうか……」

この時、椎名は刑務所の南側、一キロほど先に煙が上がるのを見た。

強い南風が吹き始めたのも感じていた。住宅が密集しているわけではないが、延焼のおそれがないとは言えない。風は北側の横浜市街地の大火災によって、そこに吸い込まれる空気の流れによるものかもしれない。

刑務所構内は、倒壊建物はじめ可燃物の山だ。ここに火が回ったら、ひとたまりもない。

「天利看守部長に私の命令だと言って、受刑者を五、六十人事務所の非常持ち出し応援に差し向けるよう伝えよ。それから会計主任には持ち出しの指揮を執るように伝えなさい」

椎名は強い語気で影山に命令を発した。

何が起こっても、決して失ってはならない物が、ほとんどすべて、瓦礫の下に埋まっている。

身分帳、点検簿、領置金品、領置品元帳、勾留更新簿、刑執行指揮書綴《つづ》り、各種会計帳簿、現金金庫、職員の人事記録、給与簿……等々。焼失したら刑務所の機能を果たせない。釈放日すら分からなくなってしまうのだ。椎名は再度、南の空を見た。

〈至急取り出し類焼のおそれがない場所に運び出させなければ!〉

ここは、すべて木造建物。どこかに類焼すれば、またたく間に火の海になる。

司法省行刑局長・山岡萬之助《やまおかまんのすけ》の気がかりは市谷《いちがや》刑務所と小菅《こすげ》刑務所

揺れが収まると、大部屋に出てきた司法省行刑局長・山岡萬之助を総務課長と書記官らが囲んだ。

掛け時計は、ほぼ十二時を指して止まっていた。

「局長、お怪我はございませんか」

総務課長が声を掛けた。

天井の漆喰《しっくい》が落下するなど、激しい揺れに生きた心地がしなかったのは山岡だけではなかったようだ。控訴院検事を経て本省に入った総務課長も顔面は蒼白《そうはく》になっている。

三十人ほどが執務する大部屋は、書架が倒れ、机の上の物が床に散乱していたが、怪我人は出ていない。

司法省は明治十八年（一八八五）に建てられた煉瓦造りの地下一階、地上三階の建物である。

「刑務所の被害状況を直ちに調査せよ。まずは、市谷刑務所と小菅刑務所だ……」

山岡は筆頭書記官・永峰正造《ながみねしょうぞう》に命じた。市谷と小菅を指定したのには理由がある。ここから囚人が帝都に逃げ出せば、取り返しがつかない事態を引き起こす可能性があるからだ。およそ被告人を収容する市谷刑務所（東京拘置所の前身）には裁判中の凶悪事件の犯人や政治犯などが多数収容され、小菅には、刑期十二年以上、無期までの長期刑受刑者と政治犯が収容されていた。

山岡の脳裏には市谷の死刑台の概観と、小菅の所長・有馬四郎助《ありましろすけ》の顔が浮かんでいた。

なぜ有馬かというと、信仰心のあつい耶蘇《やそ》（キリスト教徒）所長で、時には監獄法令や司法省の指示命令を無視し、思うままに受刑者処遇を展開する独善主義の問題所長という札付きだったからである。

永峰は受話器を取った。

交換台にはつながるが、外線は不通だった。帝都の電話局は壊滅していたのだ。

山岡萬之助は明治九年、長野県岡谷《おかや》近郊の小村の農家に生まれた。小学校を出てからは、家業の農作業に従事していたが向学心やみ難く、二十歳の時に上京。神田《かんだ》の簿記学校を経て日本法律学校（後の日本大学）に入学し、二年後の明治三十二年に卒業、その年の司法官試験を受験。わずか二年の勉強で見事に合格し、司法官試補に採用された。明治三十四年、判事に任官。三十九年からドイツ・ライプチヒ大学に留学して刑法、刑事訴訟法、刑事政策を学んだ。

明治四十二年暮れに帰国。山岡は検事として復職すると共に母校で刑法と刑事政策の教鞭《きょうべん》もとるようになった。

大正三年（一九一四）、司法省に入省。参事官、官房保護課長を経て、大正十年六月に監獄局長に就任した。

山岡は官房保護課長時代、少年法と矯正院法（後の少年院法）の成立に尽力している。ここで初めて、犯罪少年を刑罰によって処分するのではなく、善良な社会人に導くため一定の期間、教育的プログラムを受けさせ社会復帰させるという保護処分が取り入れられたのである。

大正十一年一月、山岡は刑事政策の第一人者としての看板通り、行刑制度調査委員会を発足させ、監獄の改革に着手する。

まずは、暗いイメージを与えている呼称の変更だった。『監獄』を『刑務所』と呼び変え、教育的行刑への布石を打ち始めたのだ。

司法省の監獄局は行刑局と改称、まだラジオ放送さえ始まっていなかった当時、映画と音楽を情操教育、リクリエーションとして、処遇現場に導入することを許した。各刑務所の講堂には映写機が整備されたのである。

所内生活の改善も行った。

一例を挙げれば、歯ブラシと爪楊枝《つまようじ》の所持と使用を許したことである。従前は塩を指先につけさせて歯みがきに代えていたが、歯ブラシの貸与と自弁（購入及び差し入れ）を許したのだ。

次なる目標は、累進的処遇の導入、仮出獄基準の策定だ、と豊多摩《とよたま》刑務所など在京の刑務所で試行を始めた矢先の大災害だった。

午後二時、山岡は司法大臣室に入った。緊急の省議のために呼ばれたのだ。折から組閣中で空席だった司法大臣席には大審院長の平沼騏一郎《ひらぬまきいちろう》が座っていた。

山岡は直々《じきじき》に刑務所の被災状況について報告を求められた。

通信手段がない中で、市谷刑務所のみ使者より第一報が届けられていた。山岡は、随伴した筆頭書記官・永峰に視線を送り、顎をしゃくった。無言の動作で、「報告せよ」と命じたのだ。

「僭越《せんえつ》ながら行刑局書記官・永峰正造が報告させていただきます。報告を受けた刑務所は未決監《みけつかん》・市谷刑務所のみですが、煉瓦塀の一部、約百八十メートルが倒壊。煉瓦煙突が倒れ炊事工場を直撃。ボイラーによる炊飯調理は不能になりました。また、第一震が収まるや、全職員が舎房に駆けつけ、手分けして、およそ五分で房扉をすべて開け、収容者全員を構内空き地に避難させており死傷者なしであります」

「脱獄は？」

平沼は永峰を睨《にら》むように凝視したまま質問した。

「脱獄ですか。それはないはずです」

「ないはずだと！　いいかげんな報告をするな。塀が倒壊したのだから、何をおいても、まず、それを確かめるべきだろう」

平沼は語気を強めた。

「は、はい。申し訳ありません」

永峰は全身を硬直させ顔色を変え、上体をほぼ九十度倒し、頭を下げた。

山岡も「申し訳ありません。直ちに調べます」と言って頭を下げた。

「囚人が脱獄すれば、市中はどのような混乱になるか想像もつかぬ。ともかく、一刻も早く被災したであろう全刑務所に伝令を走らせ、全容を明らかにすべきだろう。なぜ報告を待っているのか」

平沼の恐ろしい迫力に省議メンバーは息を呑《の》んだ。

「豊多摩刑務所の過激思想犯、小菅刑務所の長期重罪犯がどうしているか、誰もが気になるところだ。大至急調査の上、報告に参れ」

平沼は永峰の顔を見て顎をしゃくった。

小菅刑務所長・有馬四郎助

小菅刑務所長・有馬四郎助は激震発生の際、所長室で免囚保護事業関係者の応対をしていた。

免囚とは刑務所出所者のことで、この日は、無期懲役囚の仮出獄に当たり、帰る場所がない出所者の受け入れを依頼していたのだ。

有馬ほど受刑者個人に深く関わる所長は他にはいない。受刑者とのエピソードは山ほどある。ここ小菅でも、鉄格子を切断し脱獄した受刑者が逮捕されて戻された際には、

「よく帰って来てくれた！」と涙を流し手を握ったという。

脱獄囚は有馬の手を両手で挟み号泣。以後すっかり改心し、工場の指導補助という担当刑務官の手足となって働く模範囚になったという逸話もある。

小菅刑務所は明治新政府が帝都整備のために造った大煉瓦製造所に由来する。元々、このあたり一帯は沼地や湿地が多く、鶴や鴨《かも》など水鳥が飛来していたので、徳川幕府三代将軍家光《いえみつ》が鷹《たか》狩《が》り場に選定。刑務所がある場所は八代将軍吉宗《よしむね》の命により造営された小菅御殿があったところである。

廃藩置県で東京府の所管となったこの地に、英国人技師・ウォートリスを迎え、明治五年（一八七二）煉瓦製造所が造られた。後に民間に払い下げられたが採算が取れず、明治十年に再び官営となった。

その翌年、明治政府は西南《せいなん》戦争などの国事犯を収容するために、内務省直轄の監獄を北海道・樺戸《かばと》、九州・三池《みいけ》に建てるのだが、それらは府県所管の『監獄署』と区別するために『集治監《しゅうじかん》』と命名した。

囚人ならば微々たる工賃で酷使できる。煉瓦製造は囚人作業にはまさに最適と、東京集治監《しゅうちかん》をここに建て、煉瓦の大量生産に当たらせたのである。

小菅の囚人煉瓦は堅牢・緻密と評判になり、銀座《ぎんざ》、丸《まる》の内《うち》といった市街地整備にとどまらず、司法省はじめ官庁建物や皇居の造営にも用いられた。

明治二十一年、東京集治監は自前の煉瓦を使用して大改築を行う。綾瀬川《あやせがわ》と運河で囲まれた二十一万八千余平方メートルの広大な土地を造成。中央看守所を中心に五翼の舎房が延びる放射状獄舎と南面並列に並ぶ工場群、それに看守宿舎などが建てられた。名称は、明治三十六年に小菅監獄、大正十一年（一九二二）に小菅刑務所と改称されていた。

　震災当日の収容人員は千二百九十五名。工場に出て就業していた者・千二百三名、昼夜独居拘禁者・五十二名、休養患者として病棟に入院中の者・四十名であった。

　激震が起こると同時に、大地には大きな亀裂が幾十も走り、砂水軽石を噴出。方々に地滑りあるいは陥没を生じ、地盤はほぼ全体が沈下した。第一震によって刑務所を囲む外塀と構内各所を分隔する内塀は、一瞬にして全部が倒壊。

　広大な刑務所内を地域住民に晒《さら》したのである。工場建物は二十三工場中十八工場が倒壊、他の五カ工場もかろうじて原形を留めているといった半壊状態だった。舎房、倉庫、その他の建物は、すべて傾き壁面などに亀裂を生じた。

　有馬は見るも無惨な状況に、看守と受刑者に多数の死傷者が出ていることを覚悟し、巡回の足を速めた。看守と受刑者にいちいち声を掛けながら、構内をくまなく歩く有馬は、次々に襲ってくる強い余震に足を取られながら、一種異様な感慨に浸っていた。

　受刑者たちは看守の指示を待たずに、怪我人の救助、介助に当たっている。また、逃げ遅れた同僚を助けようと、瓦礫の山に取り付いている者もいる。

　有馬の姿を見るや「所長殿！」「有馬さん！」と、駆け寄ってきて、有馬の無事を喜ぶ囚人があとを絶たないのだ。

　工場外に避難した受刑者は、その気になればまたたく間に脱獄を遂げられる状況にある。しかし、今のところはまだ誰も逃げようとしないようだ。有馬は文書係の看守部長を司法省に向かわせることにした。午後二時のことだった。

「よいか、火の手も上がっているし、道路は寸断されているだろう。まず、そこの荒川《あらかわ》を渡るのも難儀する。その先も安全に渡れる橋はないと思う。余震に十分気をつけて一刻も早く行刑局長に報告に参れ。第一報はそなた一人に託すゆえ、何としても使命を全うせよ。文書には本日の収容人員、建物等の被害の状況を認《したた》めてあるが、口頭で余からの伝言として、『外塀全部倒壊。監房は倒壊のおそれあり。使用に耐えず。看守の応援派遣と兵による外周警備を所望。ご高配を賜りたし』と申せ。逃走の有無を聞かれるはずだが、『出立時点では逃走者はなし』とだけ申せ。よいな。くれぐれも知り得た事実のみ返答すること。わかったな」

「はい」と言って、有馬の指示を復唱した看守部長は帽子の顎紐《あごひも》を掛け、「では、行って参ります」と敬礼して走り去った。

有馬はこの時、五十九歳。小菅刑務所に着任したのは大正四年一月だから九年目に入っていた。

横浜市内とメリケン波止場

関東大震災の震源は横浜市の南西五十キロ、相模《さがみ》湾の海底千三百メートルである。

マグニチュードは七・九。相模湾の海底を貫く相模トラフがフィリピン海プレートに引きずられて断層破壊が生じたのである。長さ二十四キロ、幅二キロから五・五キロにわたり百メートル以上も陥落した衝撃だった。

六十四年前の安政《あんせい》六年（一八五九）に開港し国際貿易港として、めざましい発展を遂げてきた横浜の被害は甚大だった。

丘陵と谷《やつ》と呼ばれる低湿地に囲まれ、大岡川《おおおかがわ》と中村川《なかむらがわ》沿いに延びる市街地。横浜港沿いの商館や官庁が集中する中心地の煉瓦造りの建物はことごとく地震で倒壊し、多くの人が生き埋めになり圧死した。

同時に多地点で同時発生した火災の猛烈な火焔《かえん》は旋風を発生させた。旋風の威力は凄《すさ》まじく、火の気のないところでも、熱風によって可燃物が発火。市街地をなめつくし、壊滅的な被害を生じさせたのである。

横浜市の前身は、およそ七十年前の嘉永《かえい》七年（一八五四）、日米和親条約締結の際、東インド艦隊司令長官、マーシュ・C・ペリー提督の応接所となった横浜村である。当時は半農半漁の戸数約百戸の小村だったが、開港によって栄え、この年は戸数九万八千八百四十戸、人口四十四万千四十八人を数える大都市として新年を迎えていた。

諸外国の艦船が入港する横浜港は日本の玄関口としての機能を担い、石炭や重油といった燃料を供給する基地であった。高く野積みされた石炭山が何箇所もあり、海岸沿いには外国資本の巨大な重油タンクが林立。広大な石油会社敷地には、船舶への積み込み用に小分けされた数千本のドラム缶が野積みされていた。

横浜を最初に襲った上下動は、大建築物も民家もたちまち倒壊させ、土を載せた瓦葺《かわらぶ》き家屋は屋根の重さによってほとんどが押し潰されてしまった。

海岸通りから関内《かんない》方面には美しい洋館が建ち並んでいた。これら商館や大商店の建物は明治二十年（一八八七）頃に建てられた煉瓦造りが多く、耐震が十分考えられていなかったことと、埋め立て地という脆弱《ぜいじゃく》な地盤だったことから、最初の激震によって、ほとんどが潰れてしまった。さらに次々に襲う余震によって形を崩し、元の建物の景観を思い起こさせるものは皆無なほどに醜い瓦礫と化していった。

猛火に包まれるまで原形を留めたのは耐震耐火建築の建造物である神奈川県庁、横浜市役所、中央電話局新庁舎、横浜正金《しょうきん》銀行くらいだったが、猛火に追われ逃げ込んできた多数の市民によって大混乱が起こった。

特に横浜正金銀行にあっては、ここなら助かると、避難民が殺到した。ところが銀行側は火の手を避けるために鉄の扉を全部下ろしてしまった。やがて銀行内にも火が回った。今度は建物の外に逃げようと、行員が扉を開ける。そこに避難民がなだれ込んだのだ。折り重なって焼け死んだ人は二千人にのぼった。

横浜正金銀行は現在、神奈川県立歴史博物館として保存活用されている。

横浜地方裁判所では最も広い法廷で労働関係の審理が行われていた。所長判事、検事正はじめ判事、検事、弁護士、それに廷吏、訴訟関係者、新聞記者、傍聴人が一瞬のうちに崩れた瓦礫に押し潰された。他にもそれぞれの部屋で裁判所職員の多くが生き埋めになっていた。

横浜港では、湾内には大小百数十隻の船が錨《いかり》を下ろし、小型汽船や艀船《ふせん》を曳《ひ》く小蒸気船がポンポンと快音を発して行き来していた。

新港埠頭《しんこうふとう》では、翌九月二日に北米に向かう予定の東洋汽船のこれや丸（一万千八百十総トン）の他、大阪商船ぱりい丸、ろんどん丸、日本郵船三島丸《みしままる》が繋留《けいりゅう》されていて、盛んに荷物の積み込みが行われていた。

この新港埠頭には国鉄の横浜港《よこはまみなと》駅があった。東洋汽船と日本郵船の大型客船が出港する日は、東京駅から直通列車が運行される。翌日は洋行者と見送り人を乗せた列車が水上に浮かぶ土手のような線路道を通って横浜港駅に到着することになっていた。

隣のメリケン波止場には、この日、正午出港予定のカナディアン・パシフィック社の汽船エンプレス・オブ・オーストラリア号（二万千八百六十総トン）が停泊していた。間もなく正午。大桟橋《おおさんばし》では出港合図の汽笛が鳴らされた。甲板から色とりどりの別れのテープが投げられ互いに手を振り合う。内外の客千余人を乗せ、バンクーバーに向けて、まさに出港しようとしていた。

大勢の見送り客の中に、大阪の心斎橋《しんさいばし》で輸入雑貨店「荒木商店」を営む荒木和一《あらきわいち》もいた。荒木は欧米で珍しい商品を見つけては、日本に輸入していた。エジソンが発明した映写機を日本に初めて輸入したのは荒木だった。「活動写真」という言葉は、荒木が考案したとされる。敬虔《けいけん》なクリスチャンで、複数の外国語に精通し、前年のウィンザー英皇太子訪日の際には通訳を務めた。

荒木は渡米する長男夫婦を見送るため、次男と次女を連れて、前日夜行列車で大阪を発《た》ち、この日の朝横浜駅に到着した。次女の数美《すみ》はこのとき十九歳。後に九歳年長の外交官、大久保利隆《おおくぼとしたか》の妻となる。大久保は昭和十六年（一九四一）、ハンガリー特命全権公使に任じられ、赴任する。昭和十八年、日本の同盟国イタリアが降伏。日本が頼みとする同盟国ドイツも独ソ戦で劣勢に転じ、あと一年ないし、せいぜい一年半までしかもたないと判断した大久保は、ヨーロッパ情勢をなんとか祖国日本に伝えたいと帰国命令の発出を願い出る。滅多に下りないソ連の通行ビザも運よく下り、独ソ戦の前線を回避してトルコを経由し、鉄道でソ連、満州を経て釜山《プサン》から連絡船に乗って、昭和十九年初めに帰国。帰国後は外相をはじめ宮内大臣などに、ドイツ降伏必至と一日も早い終戦を説いてまわった人物である。

数美は「さようなら、さようなら」と手を振った。

その時だった。突然激しい衝撃に襲われ、桟橋がスーッと海面下に落ちた。大桟橋にいた数百人の見送り客と数十台の自動車は海中に吸い込まれた。その中に、写真を撮っていた数美の次兄正清《まさきよ》もいた。桟橋は大混乱に陥った。

湾内に停泊していた船は、大急ぎで錨を上げ、一斉に沖へと向かっていった。津波を恐れたのだ。海中に転落した人々の多くは、何とか自力で陸に這い上がってきた。幸い、その中に正清もいた。

荒木親子三人は、桟橋に一隻だけ残っていた船に向かった。船はフランスの貨客船アンドレ・ルボン号。エンジントラブルのため、動けないでいたのだ。アンドレ・ルボン号には多くの被災者が逃げてきた。フランス語が堪能《たんのう》だった荒木は、被災者の取りまとめ役となった。

避難者のなかには、外国人の姿もあった。横浜港近くの山手《やまて》地区には、大勢の外国人が住んでいたからだ。逃げてくる途中で拾ってきたのか、ぼろぼろのお遍路さんのような着物を着た外国人の姿もあった。荒木親子は、横浜での見送りの後、軽井沢《かるいざわ》に行く予定だったので行李《こうり》に着物を持ってきており、その着物を分け与えた。

やがて海岸付近で起きた火災によって、港内は大混乱に陥った。火に追われた避難民は逃げ場を失い、海に飛び込むしかなかった。なだれをうったように、海に飛び込む人々。一部は船に助けられたが、それもわずかだった。無数の溺死体は、川から流れてきた遺体と共に港内を埋め尽くした。

しばらくすると地上は一面火の海となった。付近にはスタンダード石油会社、ライジングサン石油会社の巨大タンクが八基もあり、ガソリンや重油など五千万ガロンに火が回るのももはや時間の問題だった。油が流れ出せば、港内も火の海になる。港内にいた船は危険を知らせる霧笛を鳴らし、湾外へと退避していった。

ついにドラム缶とタンクが爆発炎上し、次々と連鎖していった。タンクから流出した重油は河口から海へと流れ込み、無人の艀船、海上に浮遊する荷物など様々な物を呑み込み、広がっていった。避難民を乗せた小船も渦巻く火焰に包まれていった。この日は風が強く、強風に煽《あお》られた炎は、次第にアンドレ・ルボン号に近づいてきた。

フランス人船長のメッセージを、荒木は船上の避難者に伝えた。

「せっかく皆さんを救助しましたが、あの火が来たら、もうだめです。皆さん、海に飛び込む覚悟をしてください」

女性たちは泣きながら帯を解き、襦袢《じゅばん》姿になった。数美は迫りくる炎を見つめながら、風向きが変わることをひたすら祈った。

横浜ハ大震災ニシテ今ノトコロ全滅ト思ハル

第一震直後から多数の船舶が一斉に無電を打ち始めた。

東洋汽船のこれや丸無線電信局長技師・川村豊作《かわむらとよさく》もそのうちの一人だった。船上より全市が猛火に襲われているのを目撃、通信無線機に向かった。ところが横浜港上空は在港船舶間での無電のやり取りなどで蜂の巣をつついたような状況だった。

これでは正確な無電の発受信ができないと、重大な責任を負う覚悟で「ＳＯＳ」の符号を放った。船舶の遭難信号ＳＯＳが空中にとんだ時は、各無線電信局はあらゆる通信を中断して次に発せられる遭難位置と状況を聞き取る義務がある。

川村はSOSを打ち続けた。ほどなく他局の無電がピタリと止《や》んだ。川村は『こちらはこれや丸無線電信局　銚子《ちょうし》無線電信局応答願う』と符号を打つ。『こちら銚子無線電信局　これや丸どうぞ』と返信があった。

時刻は十二時三十分。川村は勇躍して第一信を打電した。

ヨコハマハ　ダイシンサイニシテ　イマノトコロ　ゼンメツトオモハル
シキュウ　キュウエンヲ　タノム
（横浜は大震災にして今のところ全滅と思はる至急救援を頼む）

直ちに銚子から『オール　ライト』の返信が届いた。

このやり取りを聞いていた三島丸、ろんどん丸、ぱりい丸の無線電信局からも第二、第三の情報が発せられた。

震災発生時、神奈川県庁にいた神奈川県警察部長・森岡二朗《もりおかじろう》は、鉄筋コンクリート造りの県庁舎に避難のため押し寄せた群衆を、ここも火が回るのは時間の問題だ！と、部下と共に誘導し、全員無事に避難させた。

警察部長とは、現在の県警本部長の役職に当たり、知事と同じ内務省人事で異動発令されていた。森岡は救援依頼の通信手段は船舶による無線電信のみと判断し、火の中をくぐり抜け、新港埠頭にやってきた。

岸壁と桟橋には逃げ場を失った避難民が船による救助を受けようと押しかけていた。その数二千人から三千人といったところであった。

大型船舶は火を避け沖に錨を下ろしている。小型船が数隻、沖の船と行き来し避難民を大型船に送っているが、避難民は我先にと押し合い大混乱していた。森岡は、危うく海上に落とされそうになった子どもを助けたことから、この場の整理誘導を行う決心をした。

「皆さん、落ち着いてください。押し合わないようにしてください。私は警察部長の森岡二朗です。女性と子どもをまず避難させましょう。通してください」

大声を発しながら、人ごみを押し分け桟橋で救助を待つ列の先端にたどり着いた。森岡を手伝う男たちも十人二十人と集まり、無秩序状態で混乱していた桟橋上の整理誘導はたちまち成功した。

森岡がこれや丸に乗船できたのは、午後八時だった。森岡は直ちに無線室に赴き、川村に協力を要請。快諾を得て、紙と鉛筆の提供を受けた。

大阪府知事宛・兵庫県知事宛・大阪朝日新聞社宛・大阪毎日新聞社宛
次の文を発信願います。

本日正午大地震起り、引き続き大火災となり、全市ほとんど火の海と化し、死傷者幾万なるを知らず、交通通信機関、水食糧なし、至急救助乞ふ　神奈川県

無電は銚子無線電信局を通じて大阪と神戸《こうべ》に送られた。

さらに、午後十時には停泊中の全船舶に宛て、

明朝六時に米を全部炊きて陸に持参すべし、市民への炊き出しなり

と打電させた。

森岡の電文が大阪、神戸に着く頃にはサンフランシスコに『横浜に大震大火あり』との報が既に伝わっていた。福島県双葉《ふたば》郡富岡町《とみおかまち》と原町《はらまち》に造られた磐城《いわき》無線電信局の局長・米村嘉一郎《よねむらかいちろう》は三十八歳の通信官吏であったが、彼はこれや丸、ろんどん丸、ぱりい丸などから発せられた無電を傍受し、未曽有の大震大火と判断。これをサンフランシスコに送電したのだ。横浜には二千人以上のアメリカ人が居住している。他人事《ひとごと》ではない。英国人その他の外国人も多数居住又は在留しているはずだ、と、サンフランシスコの電信局は米国内及び欧州に向けて一報を発信、たちまち全世界に横浜壊滅の報が伝わったのである。

米村は我が国最強の能力を持つ無線電信機の前に座し続けた。

米村の英語力は貧弱だったが他に英語を解する者はいなかったので、世界各地から磐城局に届く符号による通信の回答を一人で行った。さらに、これや丸など船舶からのもの、あるいは大阪、神戸などの無線電信局から発信される情報を傍受すると自己の判断で世界に発信すべきか否かを選択し、発信すべきものは直ちに英訳に取り掛かった。しかしながら、辞書と首っ引きでもそう簡単に英訳できるものではない。どうしても情報を提供したい。しかし英訳できない。焦燥に駆られた米村はモールス符号を使うことを思い立った。米村は三日三晩不眠不休で海外に向け、情報を提供し続けたのである。

八十八年後にも双葉の名は、東日本大震災の津波による原発事故で全世界に知られることになる。

横浜市の死者行方不明者はおよそ二万七千人、重軽傷者一万千人、倒壊家屋は二万五百戸。火災による焼失家屋は六万二千六百戸にのぼった。

横浜刑務所に火の手が迫る

激震から一時間ほど経《た》った時、横浜刑務所の西南に隣接する電気局宿舎のほぼ真ん中の長屋から黒煙が一筋立ちのぼった。みるみる煙は広がり火の手も上がる。強い南風に煽られ、左右の棟にも燃え移った。

誰が発したのか、

「火事だ！」

という声に、南側の塀の前に避難していた受刑者が一斉に立ち上がり、看守の指示を待たずに火災現場に向かった。崩れた塀を乗り越える赤い服の集団を数人の看守が追う。

臨時の警備本部には椎名と茅場らがいた。そこからはおよそ百メートル。火災がなければ集団脱獄を看守が追いかけているように見える。

茅場は「うおっ！」と一声叫ぶと、倒壊した戒護本部から取り出した木箱の一つをバールでこじ開けた。拳銃を取り出したのだ。木箱には錠前を二個取り付けてあったが、錠前の鍵を保管していた金庫は取り出せなかったので、蓋を壊した。

茅場は弾丸を込め始めた。

「何をしている。やめなさい！」

椎名は大声を発し、茅場の前に立って拳銃を摑んだ。既に実弾が二発か三発装塡されている。暴発したら当たって死傷するおそれがある危険極まりない行動だが、椎名は必死だった。

「所長、拳銃を操作しているときはそばに来たらいかんのですよ」

「そんなことはわかっておる。武器の使用は絶対に認めない。携帯することも許さん」

椎名は思わず怒鳴りつけた。

「脱獄防止と護身用ですよ」

「ならん！　射殺するなら逃がした方がましだ。塀がなくなった刑務所で頼りになるのは心だ。お互いを対等の人間であると認める信頼関係じゃないのか。主任が今までやってきた力で抑える管理はもうできないと肝に銘じるべきだ」

「そうですか……」

茅場は拳銃から弾丸を取り出すと拳銃を箱に収め、荒々しく蓋を被せた。

無言のまま顔面を引きつらせ、腰に提げたサーベルを押さえながら走った。囚人たちが乗り越えた場所に取り付くと瓦礫を乗り越え姿を消した。

火の粉が舞い上がり始めた。消火の方法がないのだから隣接する刑務所官舎に火は移る。風向きをみればここも時間の問題だ。椎名も火災現場に向かった。

進むに従って大気は熱くなる。崩れた塀の上は留まれないほどの熱さだった。

電気局宿舎は二棟が火煙に包まれていた。なんと、数十人の受刑者が勇敢にもその中に飛び込み、家財の搬出を行っている。

官舎地帯にも囚人たちの姿があった。ざっと数えても二百人以上の囚人が塀の外に出ていた。赤い囚人服が溢《あふ》れる中に白い制服の看守と官舎在住の女と子どもが点々といて、皆必死の体で動き回っている。

受刑者たちの一隊は、官舎への延焼を防ぐために看守と共に建物の取り壊しに着手していた。

受刑者たちの動きは一人として止まっていない。各戸から家財を運び出し、風上の空き地に運ぶと、すぐに引き返してくる。所長官舎にも囚人が出入りしていた。妻子の姿もちらっと確認できた。

椎名は、この時改めて自分の行刑に対する考えに確固たる自信を持った。囚人に鎖と縄は必要ない。刑は応報・報復ではなく教育であるべきだ。その根底に人対人の信頼があればよい。

椎名の受刑者処遇のこの思いは、仙台の第二高校時代に芽生えていた。

地元の同級生の自宅を訪ねるときに、古城《ふるじろ》という地にあった宮城監獄の前をよく通った。現在の宮城刑務所である。

堀と土塁に囲まれた監獄は伊達政宗《だてまさむね》が晩年隠居するために造った若林《わかばやし》城の跡をそっくり譲り受け、建てられていた。堀の外に広大な農地があり、そこで働く囚人たちは二人ずつ鎖でつながれていた。それは、脱走を防ぐための措置だと素人でもわかった。人間性を認められない囚人たちを気の毒に思い心を痛めたものだ。

大学では判事や検事を目指す学友から、なんで監獄官吏になりたいのだと首を傾げられたが、うまく答えられなかった。

今なら明快に答えられる。自分は犯罪者を処罰することより、犯罪者を更生させ国の役に立つ人間に育てることを選ぶのだと。

火災現場で全体の指揮を執る戒護主任・茅場のはたらきに目が留まった。

日頃、囚人に対しては暴力的な取り扱いも止むなしと部下の行為を黙認し、処遇改善の指示には、いちいち反発してくる茅場だが、今は全く別の姿である。時機に合った的確な指示を出している。

電気局宿舎の住人は救出され、官舎居住者にも囚人にも、怪我人は出ていないようだ。

水道は止まり水を使えないのだから、消火方法は江戸の火消しと同じ破壊しかない。取り壊し道具のとび口は消防ポンプ小屋に置いてあるが、小屋は倒壊した工場の下敷きになっている。それでも茅場は今、官舎地帯に建つ最も大きな建物である職員待機所の柱にロープを掛けさせ、引き倒そうと、陣頭指揮に当たっていた。

ここは他施設の護送出張職員や非常時における官舎外の職員を宿泊させる建物で、旅館の造りに似た豪奢《ごうしゃ》な建築物である。脱獄防止と共に類焼を防ぐ防火壁の役割も担っていた外塀が倒壊しているので、ここが焼ければ、またたく間に構内にも火は回る。建具をすべて外してから二十人余りの囚人が掛け声と共にロープを引いた。

火災の火力は強烈だ。三十メートル以上離れた位置でも熱くてじっとしていられない。舞い上がった火の粉は強風に乗って北に流れ、刑務所の敷地内に落ちる。火の粉と灰が雪のように降り注ぎ始めていた。やがて、あちこちで悲鳴と怒声の混じった叫び声が起こり始めた。ついに構内にも火の手が上がったのだ。下敷きになった同僚を救おうと、折り重なった材木や瓦を取り除いている囚人たちの身も危うくなってきた。

救出活動の中止と撤退避難を命じなければならない。椎名は火の粉が降る中、警備本部に向かった。

途中で上衣に火がついた囚人が目の前に飛び出して来て転がった。作務衣《さむえ》様の上衣である。打合せを細紐《さいちゅう》で二箇所結わえ付けて着用するのだが、固く結んでいて解《ほど》けないのだ。看守が帯剣の鞘《さや》を抜き、紐を切った。燃える上衣が脱ぎ捨てられた。

看守は第六工場・麻袋縫製工場の担当・山下信成であった。

「山下君、救出活動を中断して受刑者を風上の安全な場所に避難させよ！」

椎名は大声で指示をした。

山下は無言で頭《かぶり》を振った。

椎名は「気持ちはわかるが、これ以上被害者は出せない。命令に従え！」と言い放ってから、仮設の警備本部に向かった。

工場担当看守・山下信成

山下は所長の後ろ姿に短い敬礼をすると再び倒壊した第六工場の瓦礫の山を上り、梁が重なった部分の隙間から工場内に入った。もう、瓦礫の上で指揮を執るゆとりはない。いつ火に包まれるかわからないのだから一刻の猶予もならない。

揺れが来るたびに形を変える瓦礫の山だから、中に入れば出られなくなる可能性がある。だが、そんなことは百も承知である。行方不明三人のうち一人は救出した。まだ取り残されている二人を何としても救出したいと思っている。

隙間を右に左に動き、進退を繰り返して名前を呼んだ。

「青山《あおやま》！　佐伯《さえき》！　聞こえるか」

「オヤジさん青山です。助けてください！」

「青山諦めるな！　佐伯！　無事なら返事をしろ！」

佐伯の返事は返ってこない。

「吉本！　聞こえるか？」

頭上にいる雑役夫・吉本受刑者に向かって大声を出した。

「はい」

「よく聞け、お前の他に元気のいいのを何人か残して、他の者は避難させろ！　所長殿の命令だ」

「上のことは心配せずに任せてください。我々にとっての所長は山下のオヤジさんだから見捨てるわけにはいきません。ガハッハッハ」

吉本は豪快に笑った。

命懸けの必死の状況の中で笑い声に出会うとはありがたいものだ。

「よし！　この山下所長、殉職はせんぞ。ワッハッハ」

山下も大声で笑った。

見上げれば頭上三メートルぐらいのところに数人の影、さらに全体に人影が見え、皆動き回っている。降り注ぐ火の粉を追い、火がつかないように踏み消しているのだろう。

この日の縫製工場就業人員は八十人。無事に逃げ出した七十七人のうち無傷の者たちが戻ってきたのだ。さらに独居を脱出した一人が加わり素手で瓦礫と材木を取り除きながらの救出活動を行っていた。

午後一時半を回ると、火の手があちこちで上がり、呼子笛が絶え間なく吹鳴されるようになった。吹鳴のリズムは退避避難という緊急時の誘導合図のものだ。

「青山！　オヤジがそばまで助けに行っている。これ以上迷惑を掛けるな。焼き殺されたくなかったら、じっとしていないで自分で上がってこい！」

頭上の囚人が叫んだ。

しばらくすると、上で歓声が上がった。

「オヤジさん！　戻れますか？　青山が上がってきました」

吉本の声だ。

「よし、分かった」

山下は、佐伯を見捨てなければならない現実に戻ると申し訳ない気持ちでいっぱいになった。

佐伯は工場で一番の年長者だった。五十歳過ぎの前科前歴のない初入受刑者は珍しい。魔が差したとしか思えない傷害致死事件で入所した男であった。洋服の仕立て屋でミシンを踏めるというので山下が引き取ったのだが、将来を悲観して自殺を企てたこともあった。だが、五月に着任した椎名所長から声を掛けられ、人が変わったように明るくなった。つい数日前も、「真面目に服役して仮釈放を目指します」と言っていたので不憫《ふびん》でならない。

「佐伯！　返事をしろ！」

山下はもう一度、大声で佐伯を呼んでから工場を脱出した。

刑務所炎上

構内はあちこちで火の手が上がり、全所避難が必要になった。

警備本部も移動しなければ間もなく火に包まれる。

椎名は会計主任・坂上義一《さかがみぎいち》の報告を受けた。

「庁舎への類焼も時間の問題です。これ以上の持ち出しは断念しました。既に持ち出した書類、資材、現金などすべての物を塀の外の公道・電車道に運び出させています」

焼失を避けるためには構外しかなさそうだ。椎名は坂上の判断を善しとして「ご苦労さん」と返事をした。

医務主任が走ってきて、避難を始めた患者の群れを指差す。

「所長、病人を塀の外に避難させます。構内は焼き尽くされるでしょう」

率先して医務課の避難移動の手伝いに赴いた受刑者二十名ほどが寝具を持って先に歩き、その後に戒護主任に看護応援を命じられた女囚が病人と負傷者を介助しながら続いていた。やや間隔を空けて、看病夫が重病、重傷者をタンカに乗せて続く。

「まだ薬品と資材を運び出したいので大至急受刑者を貸してください」

「分かりました。すぐに差し向けますので指揮を頼みます」

医務主任は、「では」と一礼すると踵《きびす》を返した。

椎名の命令を受けた看守が右往左往する受刑者の群れに、「医務所へ応援を！」と叫ぶと、受刑者五、六十人が「おう！」と大声を上げて走った。医務主任の陣頭指揮で診療台、医療機材、薬品などの資材が運び出された。想像をはるかに超す量だった。

戒護部門からは看守部長・天利が報告にやってきた。

「所長殿、報告します」

煤《すす》で真っ黒になった天利の顔は目だけが異様に光っていた。白い夏の制服、制帽は全体的に煤で黒ずみ、ところどころ焦げている。ズボンの太もも付近は掻《か》き傷で破れ血が滲《にじ》んでいた。

「工場からの救出は、すべて断念しました。受刑者と看守、それぞれ若干名が瓦礫の下にいます。無念です」

「………」

椎名は頷《うなず》いただけだった。適当な言葉が出なかったのだ。

「倒壊した被服倉庫並びに雑居舎房から布団を取り出させ、風上で類焼のおそれがない構内東南の角にある広場に運ばせていましたが、必要数は何とか取り出しました。受刑者たち入り乱れての必死の作業には頭が下がりました」

放射状の雑居舎房の一部は既に火に包まれていた。

布団の上で眠ることができるとはありがたい。あとは食べ物だ。炊事工場にも火が移っている。果たして、どれくらいの食料が確保できたのだろうか。

午後二時半過ぎには工場、舎房、炊事工場、戒護本部、庁舎、女監、病監、倉庫すべての倒壊建物、半壊建物に火が回った。安全な場所は構内では東南の隅と正門あたりだけになった。受刑者の約半数、五百名ほどが東南の隅に避難。そこには布団や食料などの物品も置かれていた。残り半数は負傷者や病人も含め、刑務所東側の塀の外の公道に避難した。

新たな警備本部は正門があった位置に机と椅子を移して設けられた。刑務所の塀と堀割川の間にある幅二十メートルほどの公道には路面電車の軌道もあるが、浮き上がったり、折れ曲がったりしている。市内方向約百メートルのところには脱線し向きを大きく変えた一両が道を塞いでいた。それを見た職員と囚人たちは、悲鳴に近い声を上げた。地震の規模の大きさに驚いたのである。

椎名は火災が発生した時点で解放を考えた。監獄法には、天災事変に際し囚人の避難も他所《よそ》への護送も不可能であれば、二十四時間に限って囚人を解放することができるという規定がある。そして、その決定は所長に委ねられていた。

交通機関が破壊され通信も遮断されているのだから囚人を他所へ護送することはできず、軍の支援なども期待できない。もっとも軍の出動は囚人たちとの軋轢《あつれき》を生み出しかねず、両刃《もろは》の剣と言うべきだろう。それはともかく、現実的に食事の給与はままならず、何より火災が迫りつつあるのに消火する術《すべ》がない。風向き次第では焼き尽くされるのを待つ以外にない状態である。このまま囚人たちを刑務所に縛りつけておくわけにはいかない。解放だけが唯一の合理的な手段であろう。

二百六十六年前、江戸市中がほぼ焼失した明暦《めいれき》の大火の際、牢屋奉行・石出帯刀《いしでたてわき》は獄中者を焼死させてはならぬと切腹を覚悟で切り放しを決行した。それが解放の起源である。

しかし避難させるための釈放が、脱獄だ、と誤って浅草門《あさくさもん》の門衛に伝えられ、門が閉められたことにより行き場を失った避難民二万数千人が圧死、焼死するという痛ましい結果になった。

たかだか百五十人ほどの囚人でも、牢を抜けた脱獄囚の一団と思われて起こった悲劇である。柿色の囚衣を着た千人にも及ぶ集団が巷《ちまた》に出れば未曽有の大混乱を引き起こす可能性は十分ある。

次に、何人還《かえ》ってくるか、である。おそらく多数の未帰還者が出るだろう。結果として犯罪者を逃がしたという非難を受ける。もちろん、その責任を取る覚悟はできている。だが何百人という未帰還者が出た場合、その責任を我が身一つが負うことで赦《ゆる》されるだろうか。司法省の上層部にも責任は及ぶことになるだろう。

司法省が解放後にその事実を知ったら激怒するに違いない。横浜刑務所の幹部職員全員が何がしかの責任を負わされることも十分考えられる。

椎名はひとしきり考えられる限りの可能性を予測してみた。しかし千人規模の解放という前例などないのだから、いくら考えてもきりがない。かといって結論の先延ばしは最悪の結果を生むことにもなる。

そして腹をくくった。

〈日本国の法律が解放という条項を定め、その権限を所長に委ねている以上、自分が全責任を負って決断するしかない。今考えるべきはどんな試練があっても解放を実現させ、その後、帰還者たちの受け入れが終わるまで職務を全うすることである〉

午後二時五十分、椎名は次長・野村幸男と戒護主任・茅場宗則を呼んだ。

野村は松葉杖《まつばづえ》をついてやってきた。今まで、重傷を負った囚人、職員と共に医務所の野外病床にいたのだ。

「見ての通り、塀は崩れ、建物は間もなく灰燼《かいじん》に帰す。近隣に避難の場所などないので解放以外に取るべき道はないと思料されるが、他に取るべき道があれば申してみよ」

二人は驚いた様子で顔を見合わせた。

「次長！」

　返事を促すが、野村は口を真一文字に閉じたままだ。

「戒護主任はいかがかな」

「解放ですか!?」

　監獄法二十二条の『解放』という規定は茅場の頭には全くなかったとしか思えないような驚き方だった。

　椎名は十年前の膳所監獄を思い出した。所長として最初に赴任した刑務所である。受刑者に対する処遇は場当たり的で、単に前例を踏襲しているとしか思えなかった。間もなく、刑務官たちが職務の基本法令である監獄法すら学ぶ機会を与えられていなかったことを知ったのだ。

　幹部を集めて、看守の研修を行うように指示を与えると、「看守に法律は無用！　我々上官の指示を忠実に履行すればすべてうまくいきます」と提案を一蹴された。無知の部下を動かすのだから、幹部たちは監獄官練習所で学んだ小難しい法律の知識など無用だったのだ。彼ら自身も、犯罪者は我慢するのが当たり前、それが償いだ！　と、いつの間にか監獄法など無用の長物と思って見向きもしなくなっていたのである。

　椎名は自ら講師となって、看守と看守部長を対象に勉強会を始めた。監獄法と監獄法施行規則を印刷して教材として配付、逐条解説から始めた。予想をはるかに超える反響で一気に知的レベルが上がり、幹部の方が部下を抑えきれなくなって教えを請いに来るようになった。向上心と向学心は生まれつき人が持っている特性だと、深く感銘した。

看守による弁論大会までできるようになった。しかもテーマは処遇論や刑罰論など帝国大学で学ぶような高度な刑事学の分野にまで足を踏み入れたが、高等教育を受けていない看守たちが見事に期待に応えてくれた。いつしか学ぶ気風が自然と囚人にまで浸透した。無知が犯罪を呼ぶが、逆に教養と知への渇望が更生につながる。それは驚くほど低くなった再犯率が証明した。

「解放は所長の権限で許されるのでしょうか？　本省の許可を取る必要があるのではないですか」

野村がようやく口を開いた。

椎名は返事をしなかった。監獄法の規定は所長の権限を規定しているものだから、すべては自分の判断で行い責任も取る。

野村は妙案を思いついたとばかりに胸を張って続けた。

「本省から海軍省にお願いしてもらって、軍艦で他の刑務所に移送するというのが私の考えです」

「私もそれが最善の策と思います」

茅場も同調した。

「明日にでも実現できればいいが、それは無理だろう。食事はどうする？　今夜は我慢させるとしても明日はそうはいかないだろう」

二人は下を向いた。現実の問題はそこにある。

「解放して何かあったら、その責任はすべて私にある。問題が起こった時は、貴職らは当職が命じた解放を一旦は思いとどまるよう止めたと報告しよう」

二人は言葉を発しなかったが、そういうことならば了承するということだろう。椎名の目を見て小さく頷いてみせた。

「では、午後五時に会議メンバーと看守部長に説明する。午後六時には負傷者も含めて全員に解放を告知する。それぞれ欠席者のないよう集めて欲しい。頼みましたよ」

「わかりました」

茅場は一礼をして立ち去った。

「文書主任」

椎名は傍らの影山を見た。

「今のことをすべて議事録として記録しておきなさい。もしもの時の責任の取らせ方に役立つだろう」

「はい……」

影山は慌てて、上衣の胸ポケットから刑務官手帳を取り出し鉛筆を握った。

解放断行

午後三時、椎名は会計主任・坂上に油紙で包んだ封書を手渡した。皇居桜田門《さくらだもん》前にある司法省に行くよう命じたのだ。

「会計主任、焦らずともよい。身の安全に十分配慮しながら行ってくれ。この状況だ。火が収まったら解放するつもりだ。現状を訊かれたら、そう答えよ」

「はい、なるべく早く届けるように努めます」

「まずは口頭でこの有様を伝え、食料と医薬品を大至急送って欲しいと申せ」

「了解しました」

坂上は勇躍出立した。

椎名は公道上に避難した囚人と共にいた昼夜独居の担当看守・斎藤を見舞った。

斎藤は囚人たちが瓦礫を積み上げて作ったベンチに横たわっていた。

「あの地震でよく収容中の全房を開扉し全員無事に脱出、避難させてくれた。衷心より感謝する」

「所長殿、もったいないお言葉」

斎藤は起き上がり、姿勢を正した。

「この斎藤、無様なことに怪我をして、肝心なときに十分な奉公ができないことを深くお詫びいたします」

斎藤は頭を下げた。目に涙を溜《た》めている。

過去の天変地異とその時発生した火災によって犠牲になった囚人の多くは、独居房に拘禁されていた者という記録が残っている。房の施錠を解き開扉することができず、閉じ込められた状態で圧死又は焼死したのだ。

「ところで、斎藤殿、問題受刑者を多数担当されていたので聞きたいのだが……」

「はい、何なりと」

「本日午後六時過ぎに、全受刑者を解放することにした」

「解放ですか？　一時釈放するということですね」

「そうだ。斎藤殿は監獄法を勉強されたのか」

「はい、私が拝命したときは所長殿の講義を何日も受けたものです。こんなことができるのかと、驚きました。たまたま解放という条文が記憶に鮮明に残っていたということです。他は忘れました」

斎藤は笑った。

「そうか、それなら話が早い。二十四時間後には戻ってこいという規定だが、みすみす犯罪や非行を起こす囚人まで無条件で解放せよという規定ではないと解釈している。そこで聞きたいのだが、斎藤殿が担当した受刑者の中で、これは危ない、解放すべきでないという者がいたら教えてもらいたい」

「………」

斎藤は考え込んでいる。

即答できないということは問題のある囚人がいるのだろう。

椎名はゆっくり立ち上がり周囲を見た。

二人を見ている受刑者が五人、十人と増えてきた。斎藤を慕う、独居に収容されていた者たちだ。

「所長殿、何かしでかしたら私が責任をとります。全員解放してやってください」

斎藤が頭を下げた。

「わかった。そうしよう」

椎名は小さく微笑《ほほえ》んでその場を去った。

構内の火勢はますます強くなっている。燃え尽きるのを待つしかない状況である。

午後四時、裁判所に出廷していた被告人六人が戻ってきた。看守も運転手もついていなかった。

彼らの話によると、裁判所は一瞬のうちに潰れ、建物の中にいた者は、ほとんどが下敷きになっているということだった。その後、猛火の襲来によって一帯は火の海になり、なす術もなく自分たちは、ただ火から逃れることで精一杯だったと語った。

強盗事件を起こし裁判中の中村《なかむら》なにがしが椎名の前に歩み寄った。中村は前科持ちで今回は重罰間違いなしという被告人である。

「裁判所本館の真裏にある蔵のような建物が、囚《とら》われの者たちの鉄格子付きの控え室です。自分たち六人はそこに入って、刑務所から持参した昼の弁当を食べ終わってしばらくしてからでした。

格子の鉄扉を挟んだ向かいの看守室には堀池《ほりいけ》の看守《オヤジ》さんがいました。気味の悪い地鳴りを聞いて顔を見合わせていると、オヤジさんが『来るぞ気をつけろ！』と言って鍵のかかった扉を開けようとされました。カチッと音がしたので錠が外されたことがわかりました。

その時です。大地震がやってきて、私たちは鍋の中に入れられて調理人にゆすられているジャガイモのようにぶつかり合い、モルタルが塗られた壁に何度もぶつけられました。長い揺れでした。天井が落ちてきて下敷きになり死ぬのか！　と、観念していました。俺の人生は人様に迷惑ばかりかけっぱなしだったと、地獄を覚悟しました。不思議ですね、走馬灯のように自分の人生が映し出されました。母の顔もありました。ああ死ぬんだ、死ぬってことは案外あっけないものだなと思っていると、揺れが収まりました。

看守室は天井が落ちているではありませんか。堀池のオヤジは見えなくなっていました。自分たちが開けてもらった扉のわずかな隙間を力を合わせて広げていると、オヤジさんが瓦礫の間から顔を出されました。私たちは一斉に声を上げました。無事でよかったという歓声です。オヤジの白い制服はもうボロボロでした。剣も提げてはおられませんでした。私たちはそこから何とか這い出ることができました。

外に出ると裁判所の建物は煉瓦と石が積み重なった廃墟《はいきょ》になっていました。中から助けてくれ、という声が聞こえました。二、三箇所から声が上がっていました。私たちはオヤジの命令でその声がする場所の瓦礫を取り除き救出しようと、二手に分かれて取り掛かりました。素手ですから石はなかなか動かせません。方々で火災が発生していました。その火の手がこちらにやってくるのも時間の問題でした。どれぐらい経ったでしょうか。間もなく火に包まれるという時に三人の裁判所職員を助け出しました。そのうちの一人は判事さんでした。

オヤジさんはこの時点で私たち六人に『お前たちだけで、刑務所に還れ！　急げ』と、指示をされました。熱風で風上を向いていられない状況でした。火はすぐそこまで来ていたのです。命令だ早く逃げろ、という看守殿の声で私たちは走りました。看守殿は残られたと思います。ご無事であればと祈るばかりです」

中村は椎名に一礼すると、うつむいたまま顔を上げなかった。

「そうか、よく無事で戻れたな。よかった。それで、市中の様子はどうなっている。ことごとく火の海か？」

椎名は天高く黒煙が上がっている空を見てから質問した。

「川に挟まれた市内一帯は焼け尽くされていると思います。私の家族と親類縁者も皆焼け出されているはずです。無事を確かめたかったのですが、市中に向かえば遅かれ早かれこちらが巻き込まれ焼死するのは必至と諦めました。ああ……」

中村は絶句した。

椎名は中村を見て、囚人たちに家族の無事を確かめさせるためにも、解放は適切な措置であると確信した。不安や心配事が高じれば脱獄という手段に出るのも人情というものだ。刑を務めに来ている刑務所で刑を増やさせてはならない。

「所長」

文書主任・影山が椎名に声を掛けた。

「出廷業務に当たっていた護送車の運転手と看守二名が行方不明ということになります」

「…………」

椎名は無言で影山の顔を見て頷いた。言葉には出さなかったが、どうか無事でいてくれ、と念じた。

影山が六人の被告人に向かって、「よく戻ってきた。このまま逃げてしまおうとは思わなかったのか」と、表情を緩めて訊くと、中村は他の五人の顔を見回してから、「そんなことをしたら男じゃありません。いや人間失格ですよ」と言って笑顔を作った。

それにしても、御影石《みかげいし》をふんだんに使って、いかにも堅牢そうだった裁判所が全壊したというのは驚きだった。

午後五時、会議メンバーと、看守部長十八人が集められた。

この時点での人的被害を影山が発表した。

「本日の収容人員は千百三十一名です。死傷者はすべて受刑者で被告人は全員無事です。死亡三十八名、死因は焼死五名、圧死三十三名。重軽傷六十名うち重体十名。職員は死亡三名、死因は焼死二名、圧死一名です。重軽傷十八名、行方不明が裁判出廷勤務に就いた三名です」

続いて椎名が会議の趣旨について語った。

「見ての通り構内は、ほぼ灰燼に帰してしまった。おそらく焼き尽くされるだろう。所長である本官は監獄法第二十二条に基づく解放を断行することにした。解放は全員を対象とする。ただし、負傷者はじめ留まることを希望する者もいると思うので、それは本人の希望通りとし、二十四時間に限っては自由に行動させる。食事の給与はできないことを告知する」

椎名は全員をくまなく目で追った。皆の表情は凜《りん》としていた。

「質問があれば、その都度手を挙げて欲しい。よろしいか」

一様に頷いたのを見てから話を続けた。

「さて、我々は解放中の二十四時間内に食料、衛生資材、建築材料、衣服などを可能な限り調達しなければならない。電話、電報は不通。通信手段として唯一可能性があるのは船舶の無線である。必要があれば軍艦、商船などを個別にあたることにする。司法省には、会計主任に第一報を認めた文書を持たせ出立させた。救援物資の目録も添付してあるので、早ければあす夜には多少の物資を受け取ることができるかもしれない。

　だが、明日の夕刻には解放した囚人が戻ってくる。囚人たちに不安を抱かせないことが逃走の防止と平穏な収容を維持する唯一の手段だということを念頭に置いて、次長が作成した分担表に基づき各自鋭意、物資の調達に尽力されたい。一両日は自力で調達して、しのがなければならないと思っている。千人近い囚人の解放は前例がない。解放の断行に当たって事前に警察に通知をして混乱を避けたいと思う」

　椎名はここで明暦の大火の悲劇を説明し、言葉を続けた。

「似たようなことにならないよう、県警察部と近隣警察署に解放するとした通知を届けてもらう。六人の看守部長にお願いすることとし、人選は済ませてあるので、文書主任の指示に従って欲しい。市内は火の海になっていて県庁、警察署のいくつかは火に包まれていることと思う。自己の判断で警察が機能していないと思ったら直ちに帰還するように。無理をして火の中に飛び込むことがないように、よろしいな。

　なお、塀の倒壊から既に五時間が経過しているが、一人の逃走者も出していないということは、ひとえに諸君の人徳と日頃の深い温情による処遇があってのことと感謝する。おそらく古今東西このような奇跡とも言える実績はないであろう。復旧、復興まで気持ちを引き締めて一糸乱れぬ連携と和を維持し続けて欲しい。以上だ。質問はないか？」

　看守部長数人がゴソゴソと小声で話し合い、何か言いたそうにしていた。

　椎名は看守部長の中では長老の天利看守部長を名指しして発言を促した。

「解放については意見も質問もありません。ただ一つだけ申し上げたいことがあります。我々看守部長を拝命している者は、旧施設である戸部の神奈川県監獄署の勤務を経験しています。旧施設は江戸時代の牢屋敷のような監獄でした。ある時、十数人に逃げられるという大脱獄がありました。脱獄囚が泥棒や強盗をはたらいたので、当局、市や地域住民からも厳しい叱責を受けました。今度もそんなことになりはしないかと、実は内々、我ら看守部長は話し合いをしておりました。

今まで誰一人逃げなかったのは、今はここにいるべきだと思ったからに他ならないと思います。真の人情の発露はこれからです。このまま収容が長引けば、必ず脱獄が起きます。今、一旦解放しておけば、戻ったものは絶対に逃げ出すことはしないでしょう。

解放は大歓迎であります。

我らは自信をもって彼らを信頼します。それに対し、彼らは信頼に応えるでしょう。それは、『解放』が囚人たちを信頼している何よりの証《あかし》だからです。二十四時間で還ってこない者は、かなりの数にのぼるかもしれません。しかし、信頼された事実があるのですから犯罪には手を染めないと思います。日頃、囚人と心を通わせている我々は今回の所長殿の決断に衷心より感謝申し上げます」

看守部長たち全員が立ち上がった。

「所長殿に対し敬礼！」

天利の号令で一斉に敬礼をした。

椎名は平常心を装い、表情を変えずに敬礼を返したが、心中は感動でいっぱいだった。

午後六時、千余の囚人たちが担当看守と、看守部長の指揮の元、倒壊した塀の煉瓦を朝礼台程度の高さに積み上げた台の前に集まった。

構内は、幾分火勢は弱まったが、鎮火にはほど遠い。

夕闇が迫っていた。

台上に立った椎名は、ほくそ笑んだ。解放の時刻を六時半にすると決めたのは、囚衣の色を目立たなくさせる闇の訪れを待ったからである。

「今から聞き逃したら困る大事な話をする。後方の者、聞こえるか？　聞きづらい者は手を挙げなさい」

椎名は可能な限り大きな声でゆっくり話した。数人の手が挙がった。

「全体に少しずつ前に出なさい」

囚人たちは、しゃがんだままズルズルと音を立てて前との間隔を詰めた。縫製工場の受刑者は山下看守の指示で規律正しく四列縦隊で並んでいた。椎名は全体をゆっくり二度見回してから話し始めた。

「まず、三つのことに対して感謝したい。はじめに人命救助をしっかり行ってくれたこと。次に職員の指示に従い秩序を守ってくれたこと。そして、見ての通りいつでも逃げられる状態だったのに、ここに留まってくれたこと。心から感謝する。ありがとう」

椎名は頭を下げた。多くの囚人たちが頭を下げて応えた。

「我が国には実にありがたい、このような非常時に一時釈放できるという制度がある」

ざわついた。

椎名は、笑顔を作って話を続ける。

「監獄法第二十二条の規定により、本日午後六時三十分諸君を解放する。解放とは二十四時間に限り無条件で釈放するということだ。明日の午後六時三十分までに、ここに必ず戻ってきてもらう。期限に戻らなかった時は逃走罪として罰せられることになるので、時間は厳守すること。よいな」

今度は歓声が上がり、喧騒《けんそう》状態になった。

手をいっぱいに広げて静粛にするようにと合図を送る。波が引くように静かになった。

「しばし、静粛に聞いて欲しい。裁判所から還ってきた者の話によると、市内は壊滅状態で阿鼻叫喚《あびきようかん》の地獄絵だという。我々は火災に遭ったとはいうものの五体満足に生かされている。ありがたいことだ。とにかく感謝の気持ちを持って、良心に従い正しい行動をして欲しい。着衣はそのままだ。柿色の囚衣で襟には番号と名前まで書かれている。間違いがあれば名前を覚えられ官憲に告発されるだろう。反対に善行を尽くせば、いい人として記憶され、感謝されるだろう。

解放とは、江戸時代に行われた切り放しという制度が引き継がれたものだ。今から二百六十年前、江戸中が焼き払われ、十万人以上の死者を出した明暦の大火というのがあった。この時初めて行われたものだが、逃げ出した者はいなかった。以後、法度になり、今に引き継がれている。火事場泥棒という言葉を聞いたことがあると思うが、江戸の大火のたびに庶民が暴徒と化し、掠奪《りゃくだつ》、強奪をしたという記録が残っている。今現在、市内で似たようなことが起こっていてもおかしくない。ただでさえ蔑まれ偏見の目で見られる姿ゆえ、諸君が犯人扱いされ、官憲や庶民から手痛い扱いを受けるかもしれない。いや、正直に申そう。諸君らを法律の規定によって一時釈放に処すると、警察署には通知したが、一般の住民は知らない。脱獄囚と思われるのが自然であるゆえ、得物を持って攻撃され、逮捕監禁される、というおそれも、ないとは言えない。だが、どんな状況に置かれても堂々と善行を通して欲しい」

椎名は横浜市内方面上空を指差した。黒煙が高々と巻き上がっている。

「あの通りの市中ゆえ家族親族が被災している者も多数いることだろう。衷心よりお見舞いを申し上げる。親兄弟、妻子、親戚縁者などの安否を尋ね、諸君の無事を見せるとともに、可能な限り孝行、復旧の手伝いをしてきなさい。行くあてがない者はここに留まっていてもよいが、食事の給与はできない。我々だけではない。何万、何十万という被災者も同じだ。ひもじい思いをしている時こそ品性が出るという。二、三日経てば、必ず救援の品が入るはずだからともに我慢して復旧に力を尽くそう。以上だ。質問があれば手を挙げなさい」

ひと呼吸おいてから思い思いの交談で騒がしくなった。

一人が手を挙げてから立ち上がり「お訊きします！」と、大声を出した。

またたく間に、静かになった。

「一時釈放になるのはありがたいことですが、二十四時間では留守宅や父母の元まで行って安否を確認するいとまがありません」

皆の最も気になることだったのだろう。「そうだ、そうだ」と相槌《あいづち》が打たれた。

「よい質問だが、時間は厳守だ。法律には二十四時間と明記されている。必死になって駆け戻ってきなさい。明日の午後六時半までに必ず戻ってくること。これは命令だ」

椎名の例外を認めない厳格な回答に、騒然となった。

茅場戒護主任はじめ幹部職員は顔色を変え殺気立った。騒擾・暴動といった取り返しのつかない事態にでもなったらと、不安を覚えたのだろう。

「静粛に！　静かにしろ！」

影山が怒鳴った。

しかし、囚人たちは影山を無視。騒がしさは、さらに大きくなった。

椎名は壇上で全体を見回しながら成り行きに任せていた。表情は穏やかなままだ。

不平不満、不安は誰にでもある。聞く耳持たずと封じ込めば、いずれは爆発する。思いを口にさせ聞くだけ聞いてやれば、答えは「否」でも納得するものなのだ。

各工場担当看守と看守部長が囚人たちの列の中に入って「静粛に！」と呼び掛けた。

ようやく静けさが戻った。

椎名は上衣のポケットから懐中時計を取り出した。

「明日のちょうど今頃、午後六時半までに必ず戻ってきなさい。日没間近のこのうす暗さが目安だ」

椎名は眉間に皺《しわ》を寄せ厳しい顔を作った。今度は静粛が保たれた。

「法を守ることが人の道の基本である。どんなに酷《ひど》い悪法でもしかり。社会の安寧秩序を維持する目的で人の手によって作られたものが法律だ。諸君は法を破ったから此処《ここ》にいて自由にならぬ身を悔やんでいるのだろう。二十四時間を厳守して世間の信頼を取り戻すのだ。明日の午後六時三十分までに帰らなかったときはどうなるのか。よく聞きなさい。先ほど、逃走の罪になると言ったが、刑罰は懲役一年だ」

椎名はここまで言うと、表情を元の穏やかなものに戻した。

「たとえ二十四時間を超したとしても、刑が増えることを覚悟して戻って参れ。どうしても此処に戻れないときは他の刑務所に出頭し『横浜刑務所解放囚なにがしは、椎名所長の命令により出頭しました』と申し出よ。よいな！　以上だ」

「わかりました。横浜刑務所解放囚それがしは必ず明日の午後六時半までに戻って参ります。たとえ定刻を過ぎる事情が発生したとしても、戻って参ります。刑が増えても務めるならば、ここ横浜で務めたいと思っております」

質問をした受刑者は、深々と頭を下げた。

椎名は懐中時計をかざし、

「時刻はこの時計ではかる。それでは、横浜刑務所所長・椎名通蔵は監獄法第二十二条の規定に基づき、在監中の諸君を、明日九月二日午後六時三十分まで解放する。……さあ、立ちなさい」

懐中時計は六時十八分を指していた。

解放囚は公道に出たところで三方向に分かれた。左に折れて市内に向かう者が最も多く、およそ半数程度の四百名ほど、刑務所正面の半壊した堀割橋を渡って根岸の競馬場方面に向かった者は約百名、右に折れ、横須賀、鎌倉《かまくら》、茅ヶ崎《ちがさき》、小田原《おだわら》、伊豆《いず》方面に向かった者が二百名余りだった。

市内に向かった集団は、中村川まで来て進路を塞がれた上に、市内のあまりの惨状に固まってしまった。多くは、しばらく佇んでから山手の道を登る者と中村川上流に向かう二手に分かれた。そこに長い時間留まり、深夜になってから、もうどこにも行けないと早々に刑務所に引き返した者もいた。

解放囚が刑務所を出たあと、椎名は全職員を集め、「明朝定時までに出勤すること」とだけ言って退庁を命じた。

負傷者を含め、刑務所に留まった囚人は百九十八名。椎名の他、幹部職員全員と官舎居住の職員が刑務所に残り、夜を明かすことにした。

第六工場担当看守・山下信成は、足早に刑務所敷地を出ると、電車道を北上し、保土《ほど》ケ谷《がや》の自宅には向かわず駆け足で市内を目指した。

解放囚の集団を追い越すと、裁判所を目指し、躊躇《ちゅうちょ》することなく、燃え盛る市内に向かった。受刑者たちの前で見せていた沈着冷静かつ温情に溢れる穏やかな顔ではなかった。

山下の妻は横浜地方裁判所に電話交換手として勤めていたのだ。

司法省行刑局の理不尽な対応

午後三時に横浜刑務所を出立した会計主任・坂上義一が司法省にたどり着いた時には、午後十時を回っていた。

建物がどうなっているのかと心配してきたが、赤煉瓦造りの司法省は無事だった。大きな損傷はなさそうだ。日比谷《ひびや》公園が緩衝となり火の手も日比谷までで延焼を免れていたのだ。

司法省周囲の大通りは避難民で埋め尽くされていた。どうやら皇居前広場を目指したものの、入りきれなかったのだろう。人と家財を満載した無数の大八車が空を焼く火災の明かりに照らされてはっきり見える。

疲労困憊《ひろうこんぱい》の体に鞭打って、坂上は人ごみをかき分け、司法省の前庭に足を踏み入れた。前庭は臨時の執務場所になっている。建物の倒壊をおそれて机と椅子を持ち出したのだろう。

ところどころ焼け焦げた白い木綿の制服姿の坂上は、「行刑局長はどちらですか」と聞き回った。

意外にも局長は庁舎二階の局長室に踏み止《とど》まっていた。

「横浜刑務所の看守長・坂上義一、ただいま所長の命により報告に参りました」

扉が開け放されロウソクの灯《あか》りがもれている局長室の前室に入り大声を出した。

「しばらく廊下で待っていなさい」

若い事務官がドアを開け、顔だけ出した。

十分、二十分と時間が経過しても呼ばれない。三十分経った。ついに我慢できなくなった坂上は「至急、局長殿に報告したいのです」とドアをノックし大声を発した。

「やかましい！」

部屋から出てきた事務官に坂上は胸を突かれたが、踏ん張ると、汗で湿った脇の下から胸のあたりを事務官に押し付けて腹に力を入れ押し返した。

「貴様、無礼は許さんぞ！　横浜どころではないのだ。極悪人ばかりを収容している小菅が酷い目に遭っている。巣鴨《すがも》も市谷もしかりだ。火急の処理が終わってから聞く」

事務官は顔を歪《ゆが》め怒鳴った。

坂上は何とか立っているといった状態だったが、事務官の対応に怒りがこみ上げ、体中が熱くなった。

一刻も早く本省に！　と横浜の猛火の中を突き抜け、避難民をかき分け、ようやく多摩川にたどり着いたものの橋は落ちていた。

伝令の職務を全うしようと、迷わず、くの字に折れ曲がった長い鉄道の鉄橋に取り付いた。落ちてはならぬと、それこそ一時間以上かけて渡ったのだ。何とか無事に帝都に入ったが、今度は火焔から逃れる避難民が延々と続く大道を逆行した。押し戻されることも度々あったが、今、ようやくの思いでやってきたのだ。

坂上は「失礼！」と大声を出して、事務官を右に払い部屋に入った。

「横浜刑務所は外塀全部倒壊、建物は火災によって焼き尽くされ囚人千人余りが無戒護状態です」

「なんだって！」

司会役をしていた書記官が大声を発した。

「囚人は逃げたのか!?」

局長の隣に座っていた筆頭書記官・永峰正造が怒鳴った。

「待ってください」

坂上は上着のボタンを外し、腹に巻きつけた油紙の包みを取り出した。熱い空気の塊が部屋に放たれた。焦土に漂っていた焼死体の異臭も入り混じる。坂上自身も鼻が曲がるような悪臭だった。

油紙をぎこちなく外す。握力もなくなるほど疲労の極に達していたのだ。

「所長から局長閣下あての報告書です」

と言って、両手で捧《ささ》げ持った。

「よこせ」

席を立ってやってきた永峰は息を止め、苦虫を噛《か》み潰したような顔で、煤と泥にまみれた坂上の手から封書を取り上げ、その封書を局長に手渡すと、鬼の形相を坂上に向けた。

「どうなっている。囚人は散り散りに逃げたのか」

「さあ……」

「どういうことだ」

「私が出てくるまでは、逃走者はありませんでした」

「………」

永峰の表情が幾分か和らいだ。

行刑局の非常時対策はまずは脱獄の防止が第一番ということなのだろう。

「私が刑務所を発ったのは午後三時ですから、それまでの話です。今はどうなっているかわかりません」

「貴様！　何だ、その言い草は……」

「所長から水と食料それに医薬品の支援を賜ってこいと、厳しく指示を受けてきました」

坂上は、それだけ言うと、局長の顔を凝視し続けた。

局長から報告書を読むように指示された永峰は罫紙の二枚目を読み始めると、かっと目と口を開いたまま、全身を震わせた。

「局長！　横浜は千人の囚人を……」

と言って絶句した。

永峰から報告書を受け取った山岡が目を通す。

そして、おもむろに口を開いた。

「横浜刑務所は夕刻、解放を断行したようだ」

ざわめいたが、すぐに静寂が支配した。

「一人の逃走者も出していない小菅の頑張りが水の泡ではないか」

山岡が声を抑えてつぶやくように言うと、場の空気が一変した。

「局長！　千人もの横浜の囚人が市中へ出たのですから、脱獄の噂《うわさ》は根も葉もないものとは言えなくなりました。帝大出の所長のおかげで……」

永峰の言葉によって、朦朧《もうろう》とし、直立不動の姿勢を崩しそうになっていた坂上は我に返った。坂上は移動式の掲示板に貼り出されている近隣刑務所の被災状況に目を移した。

『市谷刑務所』

所長・大野數枝《おおのかずし》
建造物の被害

煉瓦塀百八十メートル余倒壊
炊事工場の煉瓦煙突倒壊により炊事場内部も全壊す
工場二棟半壊
収容人員千二十名のところ死傷なし
炊事は空き地に土を掘って釜を据付ける。水道は断水も井戸水を使用し炊き出し可能

『小菅刑務所』
所長・有馬四郎助
建造物の被害
煉瓦塀倒壊
工場十三棟全壊、二棟半壊
監房全て半壊
収容人員千二百九十五名のところ死者三、重傷十三
職員一名重傷
外塀倒壊するも混乱に乗じて逃走を企てる者なし
軍隊の出動を望む。当方で陸軍省に要請済み

『豊多摩刑務所』
所長・寺崎勝治《てらさきかつはる》
建造物の被害
煉瓦塀倒壊七箇所　延べ九十メートル
監房屋根墜落一箇所
収容人員九百二十名のところ死者、重傷者なし
隣接する『中野電信隊』に来援を求める

『巣鴨刑務所』
所長・大月義平二《おおつきぎへいじ》
建造物の被害
工場、舎房の屋根瓦落下多数
収容人員二千二百八十五名、全員無事

『浦和《うらわ》刑務所』
所長・秋山要《あきやまよう》
工場六棟全壊
病舎全壊、監房屋根瓦全部剥落

収容人員　工場就業者三百七十一名のところ死者二、重傷十五

なるほど。逃走者は出ていないようだ。

「椎名の奴《やつ》め！」

永峰のつぶやきが耳に入った。激しい怒りがこみ上げた。

「局長！」

坂上は怒鳴った。局長室に響き渡る一声で皆の動きが止まった。

「当職は帰庁後復命しなければなりません。支援のご回答をお願いいたします」

言い終わると坂上は膝を折り、分厚い絨毯の上にうつ伏せに倒れた。

第二章　二十四時間内ニ出頭ス可シ

無実の囚人　福田達也

福田達也には妹がいる。名前はサキ。

二人が生まれ育った溝村《みぞむら》は八王子《はちおうじ》から相模原一帯の養蚕農家を取りまとめる組合と製糸工場があり、米国への生糸輸出によって得た莫大《ばくだい》な富によって潤っていた。

サキの母方、父方双方の祖父は戊辰《ぼしん》戦争にも関わっていたが、終戦後間もなく相模野へ入植し養蚕農家になった。福田家の三男だった父・福田勝之助《かつのすけ》は獣医師となり、母・節《せつ》は高等小学校を出て養蚕組合・漸進舎《ぜんしんしゃ》の事務員となる。

明治三十一年（一八九八）、二人は見合いで結婚し間もなく長男・達也を授かった。

明治三十七年暮れ、父は獣医として日露戦争に出征。その時、達也が七歳、長女のサキはまだ節のお腹《なか》にいた。ところが明治三十八年、父は旅順《りよじゆん》の戦いで戦死。節は二十六歳の若さで寡婦になってしまう。

節は再び漸進舎の社員となって働き、二人の子供を育てていたが、大正三年（一九一四）に第一次世界大戦が始まると生糸相場は暴落。節の給与も減額されて一家の生活は一気に苦しくなる。

達也は実業学校を卒業してすぐに兵役を志願。横須賀海軍海兵団に入隊した。しかし折からの軍縮政策によって三年で退役を余儀なくされ、母と同じ漸進舎で働き始めた。

達也に災難が降りかかったのは、その直後であった。漸進舎で公金紛失事件が発覚し、その余波で達也は公金窃盗の容疑を掛けられ逮捕されたのである。

達也にとっては青天《せいてん》の霹靂《へきれき》だった。

節は漸進舎の理事で出納役である岡崎善次郎《おかざきぜんじろう》に達也が嵌《は》められたのだと思った。

公金の紛失ではなく、岡崎の使い込み、つまり横領事件だと信じていたので、達也はすぐに無罪放免されるものと思っていた。社員の間でも、遊び人として評判のよくない岡崎が使い込みをごまかすために達也を窃盗犯に仕立てたとささやかれていた。

節には、もう一つ岡崎を疑う根拠があった。それは、長年にわたって男女の付き合いを迫る岡崎を、無視し続けた自分への逆恨みである。

娘のサキの目から見ても母は確かに美しく、その上、気丈だった。節は岡崎への疑念を口にすることはなかったが、母娘《おやこ》とも達也は無実であるとの思い、確信は揺らぐことはなかった。

節は長州萩《はぎ》の由緒ある武家の血を引いていた。刑事の事情聴取を受けた際、臆することなく達也の無罪放免を訴えた。達也も暴力的な取り調べに耐え、自白の強要には頑として屈しなかった。

しかし、警察はこの地域の有力者である岡崎の訴えを一方的に聞き入れて調書を作成、送検し、検事は容疑否認のまま達也を起訴した。

第一審の横浜地裁は懲役三年を宣告。達也は母に弁護士費用などの負担をこれ以上かけたくないと一言の相談もせずに控訴を断念し、そのまま下獄したのだった。

達也は横浜刑務所で服役。ここで担当看守・山下信成と出会った。

山下は達也の実直な人柄と陰日向《かげひなた》ない服役態度を見て無実を信じた。

「人の裁きには時に誤りもあろう。しかし恨みに捉《とら》われていても道は開けない。刑務所は自己を磨く場と考えよ。大きな目で世の中を見るのだ」

山下は達也をそう励まし、何くれとなく目を掛けながら早期の仮出獄に向けて後押しをした。

一方、達也も山下の期待によく応えた。

山下の上申が功を奏し大正十二年九月中には仮出獄が許されることになっていた。刑の満了から、およそ十ヶ月早く釈放されるのだ。

ところが八月初旬、達也の早期出獄を妬んだ一受刑者の理不尽な挑発に乗り、殴り合いの喧嘩《けんか》沙汰を起こしてしまう。

仮出獄を前にした受刑者が意図的に他囚から喧嘩を売られることは、よくあることだが、喧嘩は重大な規律違反で、いかなる事情があろうとも両成敗。懲罰を受ければ仮出獄は自動的に取り消される。

仮出獄に縁のない受刑者が嫉妬して喧嘩をふっかけ、出獄の邪魔立てをするのである。達也は山下看守からはどんな挑発があっても我慢するよう注意され、度重なる嫌がらせに耐えていたのだが、同じ受刑者による三回目の挑発に乗ってしまった。男は口汚く罵っても、胸倉を摑んでも喧嘩にもならない達也に対し、ついに暴行を加えてきたのである。いきなり顔面を殴りつけられた達也は、殴り返しこそしなかったが相手を工場の中央廊下に組み伏せた。非常通報で駆けつけた看守たちから見れば、紛れもない殴り合い摑み合いの喧嘩である。問答無用、達也は八月中旬に軽屏禁罰《けいへいきんばつ》一月を言い渡された。

懲罰中は独房でひたすら黙想を続ける毎日である。達也は仮出獄を取り消された自分を責め続けた。一年余り前、溝村出身の新入《しんにゆう》受刑者から母と妹のサキが村八分に遭っていることを聞かされ、ただひたすら一日も早く出所して母と妹を護《まも》らなければと、仮出獄を目指し努力してきた。その願いが叶《かな》った矢先に喧嘩をしてしまった自分の不甲斐《ふがい》なさを責めたのである。

〈こうなったら脱獄だ！〉

達也は独房の中央に正座し、脱獄の方法、逃走経路などを、あれこれと考え、妄想にふけっていた。そのとき地震に遭ったのだ。

突然地鳴りが近づき、轟音と共に床が突き上げられた。

達也は転げ回った。置き便器が床に飛び出してきて糞尿《ふんによう》を撒《ま》き散《ち》らす。長い上下動が収まると、今度は大きな横揺れに変わった。

達也は半ば圧死を覚悟した。扉を渾身《こんしん》の力を振り絞って蹴り続けたがびくともしない。扉が開かない密室の恐怖は大変なものだ。

揺れが続く中、房扉が次々に開けられているのがわかった。

達也の房も、倒壊寸前に開けられた。達也は独居舎房担当・斎藤看守の指示に従って、布団を頭に被り舎房の外に飛び出した。

命からがら脱出した達也は目の前の光景を見て思わず「わっ！」と声を上げた。

塀は崩れ落ち、高さは半分以下になっている。隣接する民家や刑務所官舎の屋根が見えるのだ。

〈なんで誰も逃げないのだ！　崩れた塀は簡単に乗り越えられる〉

一気に走れば一分とかからずに外に出られる。それなのに、誰一人逃げ出そうとはしていない。それどころか避難場所として指定されていた塀との間の空き地に工場を出た連中が留まっている。

実に不思議な光景だった。達也は〈俺は違う！〉と心の中で叫ぶと、天佑《てんゆう》だ！　脱獄だ！　と、ただそれだけを思った。

刑期の満了まで待たなければならないのなら脱獄だ！　と考え続けてきたのだから、もう止められない。その上、元々自分は無実の身で、刑務所に居ることが間違いなのだ、という思いも湧いてきた。

足は勝手に動いていた。

達也は塀に向かって何食わぬ顔をしてゆっくり歩いた。

塀までは三十メートルほどの距離になった。駆け出そうと思った時に大きな揺れに足を取られて転がった。達也は伏せたまま揺れが収まるのを待った。

視線は崩れ落ちた塀にあった。乗り越える場所に目星を付け、足を掛ける場所まで決めておいた。

揺れが収まった。

達也は跳ねるように起き上がると、走った。

目指した場所に取り付いて足を掛けた。

しかし瓦礫はもろく、身体は真夏の海岸の乾ききった砂山に乗ったようにズルリと滑り、瓦礫と共に落ちた。

立ち止まって足場を探す。若い看守が笛を吹きながら近づいてくる。達也は大きな塊を見つけ飛び乗った。今度は難なく上ることができた。

頂上に立った。「よし！」と、声に出して塀の外に下りようとしたその時、鋭い声で呼び止められた。

「福田！　福田達也！　本物の犯罪者になるのか！」

声の主は山下であった。倒壊した六工場の屋根の上に立っていた。山下だけは裏切ることができない。達也はひるんだ。同時に母の顔を思い浮かべた。いかなる理由があろうと、母は達也が進んで法を破ることを許さないだろう。

達也は上体を前のめりにして何とか踏み止まると塀の中に向きを変え、瓦礫の山を軽々とした身のこなしで下りた。

山下の元に走った達也は、閉じ込められた受刑者の救出に加わったのである。

午後六時三十分、所長の解放の宣告を受け、第六工場の列の最後尾に座っていた福田達也と青山敏郎《としお》は飛び上がるように立ち上がった。

達也は一ヶ月近い独居生活をしていたが、その半分は懲罰中で入浴も被服の洗濯交換もなかったので、ヒゲは伸び放題、着衣からは悪臭がする、みすぼらしい姿だった。

山下看守は周囲にも十分聞こえる大声で達也に話しかけた。

「二年前にお前の母親から、息子の無実を信じて出獄を待っているという手紙をもらっている。どうぞ厳しく躾《しつ》けてくださいとも書かれてあったが、書き出しの宛名は『福田達也の担当先生殿』とあった。息子を思う母親の気持ちが察せられてジーンときたぞ。ともかく実家に帰って無事な顔を見せてやれ。被害に遭っていたら、できる限りのことはしてこい」

「はい」

達也は山下に尻を叩かれた。飛び上がるほど痛かった。力いっぱい叩いてくれた山下の気持ちを達也は理解した。嬉《うれ》しかった。

山下は青山にも声を掛けた。福田に言うのとは反対に肩を抱くようにして小声でささやいた。

「くれぐれも邪心を起こすなよ。俺は信じているからな」

「は、はい……」

青山は顔を赤らめた。

青山が何をして刑務所に来たのかは知らないが、同じ罪を犯すなと言われたのだろう。青山は達也が班長を務める班員で、「福田の兄貴」と言って慕ってくる同年代の優男である。

二人は堀割川沿いの電車道を北に向かった。道路はあちらこちらで隆起又は陥没していて、敷設されたレールは左右上下に大きく曲がり飛び出していた。二人が向かう方向は一面紅蓮《ぐれん》の炎が屏風《びょうぶ》のように左右に伸びている。その上をモウモウと舞い上がる黒煙が渦を巻いていた。火災によって起こる旋風は燃え盛る木片や火を噴くトタン板を大変なスピードで上空高く舞い上げた。やがてそれらは燃え尽きハラハラと地上に降り注ぐ。

中村川河畔で佇んだ。

川向こうは一面火の海だった。まさに横浜市街地は壊滅状態なのだ。ここを突破しないと溝村に帰れない。

「兄貴、俺は戻るよ」

「戻るって刑務所にか？」

「いや、実家は藤沢《ふじさわ》なんだ。市内を見てから戻ろうと思ったので兄貴についてきた。じゃあ、明日の六時半に刑務所で」

青山はくるりと向きを変えて来た道を戻った。

中村川には無数の遺体が浮いていた。おそらく火災から逃れ水に入ったものの、溺れ死んだか、熱風を吸って窒息死したのだろう。

中村川をさかのぼり、大岡川を渡ることにした。達也はサキと母の顔を思い浮かべると同時に走り始めていた。軍隊で身に付けた歩幅の短い耐久走法だ。

達也は大岡川との合流地点で、ついに息が切れ、両足にピクリと腓返《こむらがえ》りの予兆を感じ立ち止まった。

ここでも川面《かわも》にはたくさんの屍《しかばね》が浮いているのがわかった。闇が迫る中でも、遺体は、より黒い塊として立体的に迫ってくる。

母子と思われる女性と幼子の遺体をいくつも目にしていたが、ここにもそれと思われる影がある。

将来の夢も希望もすべてを奪われた彼らのことを思えば、体がきついなどとは言っていられない。

実家のある溝村までは直線で約三十キロメートル。このように遠回りすれば、四十キロになるか五十キロになるか見当がつかない。

しかし、どのようなことがあっても帰宅して、定刻までに刑務所に戻る。

達也は着衣の裾を腹の前で締め直すと、「行くぞ!」と声を出して、自らを鼓舞し再び走り始めた。

一ヶ月近く独房で座り続けたためか、足腰は弱っている。走っては歩き、また走っては歩きを繰り返しながら進んだ。

いつの間にか足元は漆黒の闇になっていた。

達也は脱獄を考え始めてからは、頭の中で詳細な仮想逃走劇を繰り返していた。塀を飛び越えたら、畑の中を月が出る前にひたすら西に走り、弘明寺《ぐみょうじ》、平戸《ひらど》を経て渋谷村《しぶやむら》に入る。ここまで来たら漸進舎の受け持ちだった契約養蚕農家が点在するので、そのうちの一軒で自転車を借りる。もちろん無断でだ。

さらに綾瀬村から座間村《ざまむら》を通るのだが、この一帯は自転車で走り慣れている。月明かりがあれば、集落と田畑の中を最短距離で溝村を目指すことができる。相模川の土手に突き当たれば、自宅までは二キロほどだ。行程約三十五キロ、小走りと自転車で片道三時間を見込んでいた。

しかし、状況は変わった。ありがたいことに解放によって合法的に自由になった。

達也は公道を堂々と人目を気にせずに走っていた。出立の経路は違ったが、大岡川を渡ったら西に向かい綾瀬村を目指すつもりだ。その先は仮想脱獄で考えた通りの経路となる。

囚人服の柿色は、脱獄を防止するために月明かりでも色彩を放つように特殊な色素成分を混入した染色である。異様な着物姿の丸刈り頭の男が走っているのを見れば、刑務所から逃げ出した脱獄囚と思うのが当たり前だ。一般住民は、解放された囚人などとは夢にも思わない。そんな人命保護の制度があることを知らないからだ。数名の男たちが達也を尾行していた。治安を守るという名目で急遽《きゆうきよ》結成された自警団の連中である。約三十分走っている間に、尾行集団は十人ほどに増えていた。前ばかり見ている達也は全く気づいていない。

東海道に出たところで提灯《ちょうちん》を手にした巡査に呼び止められ、「おい、貴様どこから来て、どこに行くのか？　名を名乗れ！」と誰何《すいか》された。

「………」

達也は息を整えた。

刑務所からは、まだ七、八キロの地点だ。

いつの間に集まったのか男たちに取り囲まれていた。

フーと、深呼吸をしてからゆっくり、はっきりとした言葉で返事をした。

「高座《こうざ》郡溝村の福田達也と申します。横浜刑務所の解放囚です。明日の午後六時半までに還って来い、と言われ釈放されたのです」

「何をとぼけたことを。そんなことがあるわけがない。脱獄囚だな」

中年の巡査は眉間に皺を寄せて言った。

「この野郎！」

右横にいた男に手の甲を持たれ腕をねじ上げられた。手首、肘、肩に激しい痛みが走る。なんという馬鹿力だ。

達也は出そうになった叫び声を抑えた。

身体は前のめりになり、うつ伏せに倒されそうになるのを必死に耐える。

激痛に顔を歪めながらも巡査の顔を見て説明した。

「刑務所は建物も塀もすべて崩れ落ち、その後焼失。全員が解放されました。警察署にも連絡が入っていると思います。確認してください」

「市内の大火は見れば分かる」

巡査は東の空を指差した。

また地面が揺れた。断続的に襲う余震も、動いているときは、足元がふらつくといった程度でしか感じないが、このように動かないでいると体全体で感じる。実に気味が悪い。

皆思いは一緒なのだろう。取り囲んだ者たちの多くはその場にしゃがんだ。

「でかい揺れだ。気をつけろ」

達也の腕をねじ上げた男が言った。偉そうな言い方だが、どうやら臆病者らしい。よろよろと前後左右に揺られると、手を離し「ひゃー」と叫び声を上げ、達也の足元にうずくまるや、すぐに地面に両手をついて伏せた。

揺れが続く。長い揺れだ。

巡査も堪えきれずに、しゃがみこんだ。

立っているのは達也だけになった。揺れを膝で吸収し均衡を保つ。海軍で小型艦船に乗船していた時の身のこなしを身体が覚えていたのだ。

揺れが収まると、元気を取り戻した男たちが、達也を取り巻く。今度は左右の腕を取られ、足蹴を受けた。

取り巻きの後方には木刀や棒などの得物を持った若者が、命令があれば襲いかかろうと身構えていた。

「もうやめておけ！　皆、下がれ」

巡査の怒気を含んだ一喝に男たちは達也から離れた。

巡査は人差し指ほどの太さの縄を上着のポケットから取り出した。

「確認するまでだ。おとなしくしていろ」

と言いながら、丁寧に巻かれた縄を解いて伸ばした。

巡査は長さ三メートルほどの麻縄の中ほどに小さな輪を作り、そこに達也の右手首を通して背中で押さえると、一方の縄を背後から首に回して、ぐいと引いた。

この方法は喉が圧迫されるので右手は難なく十センチほど上がり、筋肉が張って動かせなくなる。

次に左手首に縄を巻き、右手の上に引き上げた。ここまではあっという間の早業だった。達也は捕縄術によって捕縛されたのである。

巡査は男たちに大声を発した。

「皆の衆、ご苦労でした。この者は派出所で預かる。恐らく脱獄囚だろうから大層な手柄だ。褒賞については後日連絡する。万一、この者が言うように釈放された囚人に間違いなかったときは解き放す。よろしいな」

男たちは口々に「おう！」「お任せする」などと言うと、四散した。

達也は、巡査に縄尻を持たれ、およそ二百メートル南に下った派出所に連行され、土間に敷いた茣蓙《ござ》の上に座らされた。

闇の中で、柱時計が時刻を告げた。鐘が九つだから午後九時になってしまったのだろう。いつ解き放されるのか。達也はずっと、窓から外をうかがっていた。停電で真っ暗になった町並みに人通りはほとんどない。時々、提灯が揺れながら通り過ぎるが、話し声は聞こえなかった。

巡査は中年の男二人を見張りにつけて、出掛けてしまった。

縄尻は机の脚にしっかり結ばれていた。男たちは終始無言で達也を見張っている。

巡査が横浜刑務所の解放について確かめに行っているのなら、帰りはいつになるか分からない。達也は、暗澹《あんたん》とした思いの中で妹と母の無事を祈った。

「ああ情けない！」

達也は声に出して言った。

口にして気を紛らわせようと思ったが、逆だった。浅はかな自分が恨めしい。

〈しばらく待って、こちらの方に向かう解放囚と一緒に行動すればよかった。明るいうちに堂々と道路を歩いたのが間違いだった……〉

次から次と、後悔の念に襲われた。

巡査の好意

横浜刑務所で囚人を解放したという話を半信半疑で確かめに出た巡査は、続々と押し寄せる避難民から各地の被害を聞き取った。

震源地に最も近い高座郡の被害は甚大だった。都市化されていたとしたら東京、横浜の被害をはるかに超えたものだっただろう。警察本署がある藤沢、茅ヶ崎はほぼ壊滅状態であることが分かった。

相模湾沿いの東海道線、横須賀線、熱海《あたみ》線を走っていた列車と貨車は転覆脱線し、大《おお》船《ふな》、藤沢、辻堂《つじどう》、茅ヶ崎、平塚《ひらつか》、大磯《おおいそ》、二宮《にのみや》、国府津《こうづ》、鎌倉、小田原の各駅舎は倒壊してしまった。

指揮系統が全く機能しなくなった警察の職務は巡査個人の判断に委ねられる。巡査は人命救助を優先するために派出所に戻ることにした。この危急の折に脱獄囚の言い分など確かめている自分が愚かしく思えたのだ。

〈あの囚人はしばらく派出所につないでおくしかあるまい〉

と巡査は考えた。

避難民の列に交じって虚《うつ》ろな表情で歩く囚人服の男を認めたのは、その帰途である。

巡査はいくつもの提灯が揺れる人の群れをかき分けて追いつくと、問い質した。

「横浜刑務所から来たのか？」

「ああ、そうだ。それがどうした」

男はぶっきらぼうに答えた。

「囚人全員が釈放されたというのは本当か？」

「たった二十四時間だけだから、あまり意味もないがな」

「さようか……」

巡査はあまりにも不遜な男の態度に閉口したが、手帳を胸ポケットから取り出すと、通行人の提灯の灯りを借りて、先ほど記した囚人の氏名を確認した。

「福田達也という男を知っているか？」

「福田？　福田達也か、ああ知っている。いや知っていた。福田がどうしたというのだ」

「住民が脱獄囚だと捕まえたのを預かっておる」

「なにっ！　そんなはずはない。何かの間違いではないのか」

「囚人服にそう記されていたのだから間違いはなかろう。わざわざ他人の囚人服を着て歩く馬鹿もおらんだろう」

「福田が……。福田が。そうか、福田は無事だったのか……」

男は何度も福田という名をつぶやいた。

「解放が間違いないのなら福田を解き放さねばならぬ。お前さんも気をつけてな」

「ちょっと待ってください」

立ち去ろうとした巡査は呼び止められた。

「巡査殿、福田は生きているんですね。よかった。俺は福田と横浜刑務所の同じ工場で働く村瀬源蔵《むらせげんぞう》といいます」

村瀬は巡査に握手を求めた。言葉遣いも改まり、不遜な態度は影を潜めた。

「巡査殿、福田にこの村瀬源蔵が謝っていたと伝えてください」

「どういうことか、歩きながら話してくれるか」

巡査は村瀬の背中に手を回し、人の流れに入って歩き始めた。

「模範囚の福田は仮出獄が間近でした。私は同じ工場の、うだつの上がらない連中から『根性があるなら、やってみろ』とけしかけられて、福田達也にわざと喧嘩を仕掛けて仮出獄を取り消させたのです」

「私は刑務所の中のことはよくわからないが、あんたはなぜ福田の無事を何度も確かめたのかね」

「私たちが入っていた独房は地震で壊れ、火事で焼けました。その独房で逃げ遅れた者がいた。それが福田達也で、圧死したと聞いたのです」

「そうか、溝村の実家に行くと言っていたが、人違いか?」

「いえ、それなら福田達也に間違いありません。巡査殿、俺が心から反省して謝っていたと福田に伝えてください」

「そうか、村瀬さん、あんたの気持ちはよくわかった。しかし、私があんたの代理で謝罪してやるわけにはいかん。必ず刑務所に戻って自分の口から謝るのだ。福田も必ず戻る」

巡査は村瀬の上腕部をポンと叩き、「では、先に行くからな」と言って、小走りで帰路を急いだ。

派出所に戻った巡査は達也の縄を解き始めた。

「解放されたことが確認できたのですね」

達也が訊いた。

「ああ、確認できた」

巡査は達也に素っ気なく返事をすると今度は見張り番の男たちに向かって話を続けた。

「地震に津波、火災によって高座郡は被害甚大だ。震源は近くの海底だろう。海沿いは津波もあって大変な被害が出ているということだ。これから続々とやってくる避難民のために炊き出しをしておかないといかん。頼むぞ」

男たちは「はい」と大きく頷くと、派出所を後にした。

達也は縄を解かれた。

「腕はそのまま後ろ手にしておけ。無理に動かすと、取り返しのつかないことになる。わしが介助するから、そのままでいろ」

巡査は達也の肩と上腕部を揉《も》み始めた。筋肉がほぐれて柔らかくなったのを確認してから、右手を握ってゆっくり体の前に回した。同じようにして左手も動かした。

「道路も方々に亀裂が入っている。暗いから気をつけて帰りなさい。長い時間止めおいて申し訳なかった」

「いいえ、ご親切にありがとうございます」

「その格好だ、人目につかぬよう十分注意して帰りなさい。夜半から月が出るからなるべく早く、座間村あたりまで行くことだな」

巡査は先に派出所を出て安全を確認するように周囲を見回してから達也を送り出した。

妹の願い

朝七時過ぎ、達也は自宅へ帰り着いた。深夜の道行きで思いのほか時間をとられてしまった。家屋の周囲をゆっくりと回ってみたが地震の被害はなさそうだ。

驚かせてはならないと、敷かれた砂利を避けて歩いた。戸締りは、しっかりなされているようだ。立ち止まり、耳を澄ませて中の様子をうかがっていると、中から「どちら様でしょうか」と声を掛けられた。母の声だった。

「お母様、私です。達也です」

大きな声で返事をした。

ゆっくりと戸が開けられた。

懐かしい母の顔があった。

「どうしたのですか？　まさか逃げて来たのではないでしょうね」

「所長殿に許されて全員が一時釈放されたのです」

「そうですか。お上がりなさい」

着物姿の母は上品な仕草で正座をした。達也に対しては幼い頃から感情を表に出さない接し方をしている。二年半振りに会ったというのに、厳しい顔のままである。

「汚れていますので、ここで……。サキも無事ですか」

「はい。達也さん、先にお着替えしなさい。服は出しておきましょう」

母は立ち上がった。

達也は裏に回り、風呂場に入った。五右衛門風呂《ごえもんぶろ》には水が張ってあった。水道は断水している。おそらく母が井戸水を汲《く》み置いたのだろう。

泥にまみれた囚衣を脱いで水を被った。心身が清められたように思った。

達也は溝村に入ってから、囚衣の色が目立たぬようにと小川で泥を塗り込み、泥水に浸《つ》けて足で踏んだ。その囚衣を盥《たらい》に入れて水を注ぎ、足で踏みつけ泥の汚れを落とした。

すっかり伸び放題になっていたヒゲも剃《そ》った。

手ぬぐいで体を拭き、母が出してくれた綿の白いシャツを着て、亜麻のズボンをはいた。ベルトを締めると、気持ちが一気に引き締まった。

座敷に移り、母の前に座る。サキが茶を持ってきた。久しぶりに見る妹・サキは、洒落ちたワンピースを着ていた。

「サキ、洋服が似合うね」

「そうですか。お母様に買っていただいたの」

サキは嬉しそうに言った。

「所長殿が家族を見て参れと一日の自由をくれた。兄はお前が心配で帰って来た。ちゃんと女学校に通っているんだろうな」

「はい、成績も良《い》い方です」

短い会話で、達也は自分の心配が杞憂《きゆう》であったことを悟った。

「そうか、女学校を卒業したらどうするのだ？」

「師範学校に行くつもりです」

「それはいいことだが、前科者の兄がいては……」

思わず本音を口にしてしまってから達也はうつむいた。

「何を言っているんですか。お兄様は無実の罪でしょう。私は、なんと言われようと大丈夫です。それより、横浜はどうなっているの？　大島《おおしま》が沈んだとか、囚人が集団で脱獄したとか怖い噂がたくさん飛び交っているのよ」

「刑務所は潰れた上に焼き尽くされて瓦礫と灰燼の山だ。だが、脱獄した者はいない。根も葉もない悪意に満ちたデマというやつだ。全員に二十四時間の自由が与えられた。夕方の六時半までに還らなければならない。ここからも空を見れば大火とわかるだろうが……、横浜では多数の油槽が爆発炎上、野積みされた石炭にも火が移っている。横須賀も海軍の油槽が爆発炎上したらしい。兄が勤めた海兵団がどうなったのかも心配だ。おそらく帝都も一面火の海だろう」

達也は、夜道から見た恐ろしい情景をまざまざと思い出した。東から南の空一面がオレンジ色に染まっていたのである。

「達也さん、久しぶりに三人で朝餉《あさげ》にしましょう。お昼までは居られますね。ご近所で食材を借りてきます。サキはどうします？」

母の言葉に、サキは、お兄様とお隣に行きたいのですがと答え、達也を見た。

隣といっても、二百メートルほど離れている。

「ねえお兄様、サキの親友、三枝典子《さえぐさのりこ》さんと竹林で一夜を明かした時に聞いたのですが、うちと違って、大変な被害に遭っているらしいの。お父様は出張中で不在、家は屋根瓦がひどく傷んでいて、お部屋の中も手をつけられないほど家具が散乱しているらしいの……」

「わかったサキ、急いで行ってみよう」

達也はサキの役に立てるのがことのほか嬉しかった。

達也は三枝の家を目にすると、その惨状に声を失った。

地盤が悪かったのか、庭から屋敷のほぼ中央に向かって断層が走っており、屋根瓦は半分以上が剝落していた。一部は天井が剝き出《むだ》しになっている。雨が降ればひとたまりもない。縁側越しに座敷を覗くと箪笥《たんす》類はことごとく倒れ、押し入れの襖《ふすま》も外れて衣類や布団が散乱している。ところどころ、畳も大きく浮き上がっていた。

三枝家は今、女の二人暮らしだけにこのまま放っておくわけにはいかない。しかし、家の修繕と片付けには数日かかるかもしれない。完全にとはいかなくても最小限の修理と重量物の片付けだけするとしても、一日はかかりそうだ。その作業に関わればとても定刻までに刑務所へ戻ることはできない。

達也はどうすべきか迷った。

二十四時間の期限付き解放という事情をサキも知っている。サキは、この兄がどういう選択をするのか言葉には出さないが待っているのだろう。

達也は「うーん」と唸ってから、「できるだけのことは、やってみよう」とつぶやき、片付けを始めた。

三枝母娘とサキも加わり、居間だけはなんとか整えた。

三枝家からの帰路、達也の思考は目まぐるしく揺れた。

〈自分は無実なのだから服役したとはいえ犯罪者ではない。しかし午後六時半までに刑務所へ戻らなければ、今度こそ逃走罪で本物の犯罪者になる。椎名所長と山下看守の厚い信頼を裏切ることにもなる。かといって自分が手を貸さなければ、三枝母娘は家の中で夜を明かすことはできない。窮状にある善良な人を見捨てることこそが、本物の犯罪ではないのか……〉

家に帰り着いた達也は、野菜の煮物に分厚い出し巻き卵、作りたての味噌汁《みそしる》という母の心づくしの料理を前にして事の次第を報告した。すると、それまで黙っていたサキが突然畳に手をつき、達也の目を見て涙まじりに訴えた。

「お兄様、わたしのわがままな願いをどうかお聞きください。典子さんとお母様を助けていただきたいのです。横浜への帰りが遅れれば、お兄様がお困りになるのはよくわかっています。でも、お兄様……。もし、所長様が事情をお知りになれば、きっと……『人助けをせよ』とおっしゃるのではないでしょうか」

サキの話はもっともに思える。達也は母の顔を見た。

節は口元に、ほのかな微笑をたたえていた。

「そうか、そうだな。逃走罪に問われても刑務所からの帰りが一年遅くなるだけのことだ。困っている一家を見捨てることの方がよほど罪深い」

「ありがとうございます、お兄様。所長様にはお帰りが遅れる理由をお知らせしなければなりません。お兄様は逃げるわけではないのです。理由を手紙にお書きください。わたしが必ず定刻までに所長様にお届けします」

「何を言う。ただでさえこんな物騒な折に女のお前を横浜まで行かせられるものか。手紙などなくても、あの所長様ならばきっとわかってくださる」

「達也さん！」

節が厳しい口調で二人の話し合いに割って入った。

「達也さん、あなたの判断は、一つは正しいけれど、もう一つは間違っています。サキの願いを聞いて、一年刑が増えてでも友だちのご家族を助けようというあなたの決意は母も誇りに思います。ただし、所長様との約束は別物です。約束をたがえる以上、どんなことがあってもその理由をお伝えしなければなりません」

「でもお母様、サキ一人では……」

「いいえ……」

節は、達也に言うと、サキの方に向きを変え、

「サキさん、兄上は犯罪者になる覚悟であなたの願いを聞き届けてくれました。あなたは兄の代わりに六時半までに手紙を届けなさい。兄と、この母の名誉を担って横浜へ行くのです。できますね」

と、厳しい表情で語った。

「はい、お母様」

サキは目を見開き、大きく頷いた。

達也は道中の想像がつくだけに、大いに心配だったがそれ以上は反論しなかった。母とサキの性格では、この強い決意をもはや変えようがないと知っていたからだ。そして、サキならば無事に役目を果たしてくれるだろうという確信めいた気持ちも生まれていた。

それぞれにやるべき事が決まり、三人は晴れやかな表情で食卓に向かった。達也は久しぶりの母の手料理に心おきなく舌鼓を打った。

食事が済むと達也は机に向かい、引き出しから便箋と封筒を取り出して手紙を書き始めた。椎名所長と山下看守あての二通である。サキは既に出発の準備を整えていた。

「サキ、大丈夫だな」

「大丈夫です。学校の制服を着て行きます。身分を明らかにしておく方が、何かあったときに役立つと思います」

サキは自信たっぷりに言う。

「わたしが街道まで送りましょう」

節が笑顔で言った。

「わかりました。お母様、お願いします。サキ、もう一度よく聞いてくれ。六時半が刻限だ。それまでに刑務所に行って欲しい。淵野辺《ふちのべ》に出て八王子街道を南下して町田《まちだ》、川井《かわい》を通って保土ヶ谷に入りなさい。道が陥没や橋の落下で通れないときは、できるだけ広い人通りのある道、あるいは横浜線の鉄路、又は水道みちを通りなさい。横浜市内の大岡川と中村川を渡ったら根岸の堀割川を目指す。分かったね。堀割川まで行けば刑務所はすぐだ。川沿いの電車道は線路が浮き上がり、地割れもしているから気をつけなさい。刑務所の煉瓦の高い塀は崩れ、広大な敷地は瓦礫の山になっている。そこに柿色の囚人服を着た大勢の人たちがいる。帽子を被り白い詰襟の服を着た警察官のような格好をしている人が看守だ。その中に、山下信成という看守がいるから、これから書き上げる手紙二通を渡して欲しい。必ず直接渡してくれ。横浜刑務所までは、四十キロぐらいある。頼んだぞサキ」

「はい。山下さんですね。任せてください」

サキは唇をつぼめ、引き締まった表情を作った。

十二時半、三人は家を出た。

サキが肩に掛けた学生カバンには、水筒と手ぬぐい、達也が使っていた実父の形見の懐中時計、達也が認めた所長と山下あての封書が入っていた。

サキと母は急ぎ足で淵野辺に向かい、達也は三枝家に向かった。

少女悪路を走る

平坦な道を三キロほど行くと、八王子街道に出た。ここで、サキは母と別れて横浜方面に向かう。なるべく行けるところまで急ごうとサキは走り始めた。人の流れに逆らう形だ。横浜市内から避難の人たちが大勢下ってきているのだ。

村の境と思われるあたりには天幕が張られ、救護所あるいは案内所の看板が立てられていた。炊き出しの煙が立ち上っているところもあった。なかには自警団や在郷軍人が通行人に目を光らせているところもある。

「横浜刑務所の囚人が武器を手にして大挙北上している」とか、「朝鮮人が井戸や水道に毒を投げ入れ、商店を破壊して金品を強奪するなど悪行の限りを尽くしている」とか、あるいは「社会主義者が放火している。朝鮮人と囚人が呼応して首都と横浜を混乱に陥れている」といったことが実《まこと》しやかに流布されていたからだ。

明治時代に布設された横浜市内を潤すための水道の警備に習志野《ならしの》から騎兵隊がやってきてから、緊張が一気に高まった。

サキは要所に置かれた自警団の見張り所を通過するたびに呼び止められた。大概は善意、好意に基づくもので、女学校の制服姿だったから大事にされた。

八王子街道は横浜に近づくに従って避難してくる人たちが増えてきた。大八車やリヤカーが数珠つなぎにやってくる。満載の荷物が荷崩れを起こすと、流れが止まって全く動けなくなる。サキは何度も身動きの取れない人ごみの中で立ち往生した。

それでなくても、人波をかき分け逆に進むのだから、流れが止まったら最悪だ。

五分、十分……。容赦なく時は進む。押し戻されることもある。

横浜線の町田駅を知らせる矢印付きの看板がある場所でまた動きが止まった。

サキは時計を見た。二時半だった。まだ十キロほどしか来ていない。

サキは必死に前に進もうと頑張った。

「すみません。六時半までに根岸に行かなければならないのです。通してください」

華奢《きゃしゃ》な女学生の懇願は通じた。皆、渾身の力を込めてサキが抜けられるだけの小さな隙間を作ってくれた。

中には十メートルばかり先導してくれた法被姿の男もいた。

サキの前に道が開けたのは、三時近くだった。

サキは走った。四時過ぎに川井宿あたりの小さな町並みに入った。

避難してきたと思われる老女の持っている風呂敷包みを目の前で奪い取った男を見た。

ほんの五、六メートル先で起こったことだ。サキは無意識で道を塞ぎ、風呂敷包みを取り返そうと手を伸ばしたのだが、男の体当たりで弾き飛ばされた。

必死の形相をした男の血走った目が、振り向き様こちらを睨みつけたとき、サキは「ドロボー!」と、叫んだ。

「ドロボー! 捕まえて!」

サキは絶叫した。男が転び、数人の男たちに取り押さえられた。

サキは呆然《ぼうぜん》と立っている老女に声を掛けた。

「おばあさん、大丈夫ですか? お怪我はありませんか?」

「なんてことを! あれがなければ暮らしていけないよ」

握り締めた手は震え、腰が抜けたように、その場にしゃがみこんでしまった。

「大丈夫、捕まえてくれましたよ」

サキは老女を立たせると、ひったくりを取り囲んでいる男たちの輪に近づいた。

「これ、婆《ばあ》さんのか?」

中年の男が風呂敷包みを差し出した。

「ありがとうございます」

老女は腰を深く折って頭を下げ礼を述べた。

「あんたのお婆さんか？」

「いいえ」

「これは驚いた。あっしはあんたが取り返そうとしたところも全部見ていた。いやあ、こんな時に勇気のあるお嬢さんを見て元気が出たよ。婆さん、この娘さんに礼を言うんだな」

周囲に集まった人垣から歓声が上がった。

サキは頬を赤らめて、「六時半までに根岸に行かなければならないので、失礼します。このおばあさんを送って差し上げてくれませんか」と言って男に頭を下げた。

「根岸か……。そりゃあ急がないといけねえな。お嬢さんこのまま、この街道を行ったら、白根《しらね》のあたりで突き当たるから、それを右に行って一キロほど行ったら左に行く道がある。保土ヶ谷という道標が出ているから分かるはずだ。山道だが十キロほどで中村橋に出られる。そこまでたどり着けば、根岸はすぐだ、堀割川を下ればいい。このまま道は狭くなるが突き当たったら、まだ火がくすぶっている瓦礫と灰燼の市内に入ってしまうから、八王子街道を行ったら必ず右に曲がるんだよ」

「ありがとうございます」

サキにとって今、最も知りたい道案内だった。

　男は、腕時計を見た。今は四時二十分だ。山道だからあと二時間では厳しいかもしれんぞ。

「早く行きなさい。

とにかく気をつけて」

　サキは丁寧に頭を下げてから走り出した。

　二十分余り走ると教えてもらった突き当たりに着いた。サキは迷わず右に曲がり、さらに五分走って左に曲がった。

　山の麓までは十五分ほど。そこからはかなりきつい坂道になった。

　行く手に黒煙が上がっていた。

　サキは構わず登っていった。

　しばらく行くと近隣住民だろうか、二家族が荷物を抱えて下りてきた。

「おねえちゃん、こっちはだめだ。火事だから、みんなと一緒に逃げないと」

　小学生くらいの男児が両手を広げてサキを止めた。

「六時半までに根岸へ行かなければならないの。どうしよう。他に道はないの？」

「ここから先は行けないよ」

　男児の母親が返答し、事情を説明してくれた。

　放火があり、山火事になるおそれもあると言った。

　地震で裏山が崩れ幼子二人を家もろとも埋められた母親が悲しみのあまり、近隣に火を点《っ》けてその中に飛び込んだというのである。

「この先には根岸に行く抜け道はないね。来た道を戻れば小学校に行く道があるから、そこを行きなさい」

サキは振り返って来た道を見た。

「おねえちゃん、俺がそこまで行ってやるよ。母ちゃんいいだろ？」

「ああ、そうしてあげな」

母親は微笑んだ。

男児がサキの手を引いた。

サキは坂道を下った。遅れを取り戻そうと、バタバタと大きな音を立てて走った。

小学校に向かう道はつづら折りになっていた。サキは男児に礼を言うと大きく深呼吸して、また走り出した。

しばらくすると、地鳴りがした。足元が大きくグラグラと横に揺れる。思わず立ち止まってしゃがんだ。

左側前方にある表土を剝ぎ落とされた山肌が目に入った。巨岩が一つ転げ落ちてきた。さらに間伐材が数本、御柱祭《おんばしらさい》のように山肌を滑って大きな音を立てて岩の上に落ちて転がった。

サキは山道で遭う地震がいかに危ないかということを知った。戻ることもできず、刻限までの到着も諦めかけた。先が見えず気力も萎えそうだ。暑さと喉の渇きは限界をとうに通り越している。水も残り少ない。

だが、サキは兄の顔を思い浮かべて、気を取り直し歩き始めた。

なかなか山の傾斜を抜けられない。道を間違ったのではないかと、不安を感じながらも、歩き続けた。

下界が見下ろせる場所に立ったのは午後五時四十分だった。

サキは集落に向かって、どんどん山道を下りる。視界は大きく開けている。末広になっている横浜市内は、ほぼ全部が灰燼と化し、大きな火柱を上げて燃えているところが点々とあった。道端に立って市内を見下ろしている初老の男に会った。

挨拶をすると男はサキを呼び止め、「女学生が一人でどこに行くんだ？」その服の様子では随分難儀してここまで来たようだな」と、いかにも気の毒に、という表情で言った。

サキは溝村からやってきて根岸に向かっていると説明した。男は「えっ、溝村から！」と驚きの声を上げた。

「鎮火にはまだまだかかる。あれとあれが石炭置き場で、こっちは重油のタンク。ガソリンタンクは大爆発を起こして燃え尽きた。多少でも煙が立ち上っているところは、絶対に踏んではだめだよ。中は火の塊かもしれないからね」

男は心配そうな表情を変えなかったが、精一杯、励ましてくれた。

「根岸まではあと四キロほどだ。頑張って！」

山道は想像以上に時間がかかった。間もなく六時になる。

焦土と化した大地は、遠くから見ると、川だけがくっきりと悠々と海に延びていた。

大岡川と中村川の合流地点に橋がかかっている。サキはそこを目指し河畔を歩いた。川面は想像を絶する惨状だった。視界に入る数キロにわたって死体で埋め尽くされていたのだ。

サキは大岡川の土手を下流に向かって早足で歩いた。

対岸の木々はすべて幹や枝を焼かれ、どうにか地面と接する部分だけが残っていた。傍らには、もう年齢も、男女の区別もつかない黒い蠟人形《ろうにんぎょう》のような遺体がいくつもあった。

サキは手を合わせ「成仏してください」と心の中で祈った。

大岡川を渡るにはここしかない。

サキは、意を決した。

落ちた橋桁と橋脚を見定めて堤防を伝って下りた。靴を脱ぎ、紐を結束しカバンに提げる。靴下も脱いでカバンに入れた。

そっと足先から水に入った。疲れた足にはたまらない。何と気持ちがいいことか。これなら大丈夫と勇んで渡りだした。ところがゴツゴツした石を踏むので素足ではとても歩けない。三、四歩進んで戻ってくると、靴下を穿《は》き、靴を履いて紐をきつく締め直した。

「お嬢さん！　この川は深いから入ったらダメだ！」

背後で大声がした。

サキは、自分が兄から大切な手紙を預かっていることを思い出した。手紙を水に浸けたら何しに来たのかわからなくなる。

サキは、「分かりました。ありがとうございます」と、返事をすると堤防を登った。

注意してくれたのは着物姿の母と同じくらいの年格好の男女だった。

「どこに行くの？」

婦人が言った。

「刑務所です」

「あなたが刑務所!? どこから来たの」

「溝村です」

「まあ、随分遠くから来たのね。知り合いがいらっしゃるの？」

「はい、看守の方に会いに行きます。六時半までに行かなければいけないんです」

「お嬢さん、川を渡るなら、ずっと上流に行くか、下がって中村川との分岐点まで行って、壊れた橋をうまく渡るしかないな。急ぎでなければ、上流を勧めるのだが、時間がないから、ほら、あの橋を渡る方が早い」

男性が橋を指差した。

「物騒になっているから、とにかく気をつけて行きなさい」

サキは二人に礼を述べて、橋に向かった。

橋は難なく渡ることができた。歩く人影が点々と続いて見える土手の上を歩くことにした。白いブラウスは汗と塵《ごみ》にまみれすっかり汚れていた。いかにも疲れきったという表情の人たちと何回も行き交った。

間もなく堀割川という地点でサキは、怪我をしてもがき苦しんでいる一人の男を見つけた。

行き止まりになっているのか、人通りがない土手下の大道のほぼ中央にいたのだ。男は兄と同じ色の服を着ていた。

サキは、迷わず駆け下りた。

ひどく汚れた囚人服を身に着け、剝き出しの手足や首筋には乾いた血糊《ちのり》がこびりついている。

サキに声を掛けられた男は力を振り絞って起き上がり胡座《あぐら》をかいた。目の周りは黒ずみ、唇は倍以上に腫れ上がっている。年齢は兄くらいだろうか。

サキはハンカチに水筒の水を垂らし男の顔を拭いた。男の視線は水筒に注がれたままだ。サキは黙って水筒を差し出した。

「えっ!?　……いいのか」

男は水の量を確かめてから、遠慮気味に少し飲んだ。

「おいしかった。生き返ったよ。ありがとう」

「全部飲んでいいですよ。兄と同じ服を着ているから事情はわかっています。刑務所はもうすぐですから」

男は両手で拝むように水筒を持ち、渇ききった喉をゆっくり潤した。だが、やはり水を全部飲み干すのはためらったようだ。

「これから刑務所に行くのかい」

「ええ、兄の代わりに六時半までに……」

「兄さんの代わりに！　君はどこから来たんだ」

「溝村です」

「溝村……、ひょっとして福田さんの妹さんか？」

「兄を知っているのですか」

サキは不思議な縁に驚いて目を輝かせながらも、はっと気づいて時計を見た。時刻は六時二十分を指していた。

「兄は私の友人を助けるため、時間までに還ることができないので私を使いに出したのです。一日だけ身代わりです」

「そうか……。僕は兄さんの友人の青山という」

生気を取り戻した男は笑顔を作った。

「青山さん、もう時間です。一緒に行きますか？」

「………」

男は答えなかった。

サキは青山と共に土手を登った。

「大事な水をありがとう。僕は後で帰る。刑務所は、あそこだ。行けばすぐに分かる。こんな服を着た男たちがいっぱいいるから」

青山は別れ際に、水筒を貸して欲しいと言った。残っている水で人助けができるからだという。

サキは、微笑んで水筒を差し出した。

青山は、市内に向かって走り去った。

サキは、青山の背に手を上げてから南に向きを変え、路面電車が通っていた道に下りた。四人服を着た男たち三人組が後方から走ってきて、サキを抜いて行った。サキは彼らの後を早足で追った。根岸橋が見えるあたりまで来ると、三人組は道路際に縦にまっすぐ延びる瓦礫の山の中ほどで、右に向きを変え姿を消した。あと百メートルほどの地点である。

〈間違いない！　刑務所の入口だ〉

サキは目的地が見えた喜びで走る気になった。

最後の力を振り絞って走ろうと踏み出した時に、左右の腕を摑まれた。若い男たちに抱え上げられて半壊した民家に連れ込まれた。

サキは大声を上げて二度、三度助けを求めたが手で口を塞がれた。人の流れが、ぷつりと切れた間隙でその声は誰にも届かなかったようだ。

カバンを開けて物色する男が、「なんだ、こいつは？」と言って、所長と山下あての封書を破るように開封し、中に金が入っていないのを確かめてから、荒々しくカバンに投げ入れた。

男は三人。物盗《ものと》りと乱暴目的の拉致だと想像し、恐怖に震えていたサキは、悲鳴ともつかぬ大声を上げて暴れると、男の手を振りほどいた。

カバンを取り返し、胸にしっかり抱きしめて、さらに大きな声を上げた。

黙らせようと再び口を塞がれたが、今度は男の指に噛み付いた。

恐怖に勝った怒りは、サキの頭を冷静にさせていた。

〈六時半という刻限にギリギリ間に合っていたかもしれないのに。おまけに封筒まで開けられて……〉

サキは逃げた。後を追ってきた男に襟を摑まれた時、囚衣を着た男たちがなだれ込んできた。刑務所に戻る解放囚だ。彼らが助けに来てくれたことはすぐに分かった。暴徒三人めがけて突進したからだ。

サキは五人の解放囚に護られて、刑務所にやってきた。

そこは塀もなければ、何一つ建物も残っていなかった。

入口だったと思われる場所には、二人の看守が立っていた。サキを助けた囚人たちは、サキが危険な目に遭ったことを口々に語ってくれた。

「私は、解放された福田達也の妹のサキと申します。山下信成さんという看守さんはいらっしゃいますか？　兄から手紙を預かってきたのですが」

「それはご苦労様。ここでお待ちください。呼んできます」

年長の看守の優しい丁寧な言葉遣いが嬉しかった。

刻限を過ぎているはずなのに、次々に帰還する囚人たち。サキがその方向に視線を向けていると、

「福田達也君の妹さんですか」

後ろから声を掛けられた。

「私が山下です」

「はじめまして。福田達也の妹、福田サキと申します。兄の依頼で参りました」

サキはようやく責任を果たせた達成感で胸が高鳴った。

「福田達也君に何かあったのですか？」

「手紙を預かって参りました」

「溝村から歩いて……」

「はい」

「遠いところをよく無事に来られたね。今もそこで大変な目に遭ったと聞きました」

山下は優しく語りかけてくれる。

サキは山下の視線を受けて、酷い姿の自分に気づいた。ブラウスはボタンが弾けているし、黒い革靴は埃《ほこり》で汚れている上にいくつもの掻き傷ができていた。白い靴下は煤と土埃で黒ずみ、両膝には擦り傷があり血が滲んでいた。

「今、そこで封を破られてしまいましたが、中の手紙は無事だと思います」

サキは達也から渡された二通の手紙を取り出して、山下あてのものを手渡した。

「立派に使いを果たしてくれて兄さんも喜ぶだろう」
山下は封筒から便箋を取り出した。

山下信成看守殿
私、福田達也は、建物の補修、人命救助に当たっています。
期限の二日午後六時半には帰還できません。
明日中には必ず帰ります。
しばしの猶予をお願い申し上げます。
もちろん、帰還後　逃走の罪で処罰されても異存ありません。
大正十二年九月二日
第六工場　八八七番　福田達也

追伸　本書を届けた者は、私の妹サキです。
真《まこと》に恐縮ですが、今夜はお側《そば》に置いて保護していただきたくお願いいたします。

「これもお願いします」
サキは椎名所長あての手紙を山下に渡した。山下は宛名を見てから、これは自分で渡しなさいと、サキに返した。

サキは刑務所の敷地に入った。

瓦礫の山と化した刑務所の中には、バラックがいくつも建てられていた。

バラックの一つに、囚人の長い列ができている。

「あそこで、還ってきた一人一人に声を掛けている人がいるでしょう。あれが椎名所長です。ここで待っていてください。所長に来てもらいます」

山下は所長の元に向かった。

サキは、ここに兄がいたのか、と思うと、何とも言いようのないしみじみとしたものを感じた。今は一面瓦礫の山で、建物は一つも残っていない。兄の話を聞いて想像したよりもはるかに酷い状況だ。兄はじめ多くの人たちが怪我もなく無事でいることが不思議だった。奇跡だと思った。

囚人の列が途切れたところで、所長が席を立ってやってきた。

「こちらが、福田達也君の妹さんです」

山下の紹介にサキは緊張で身体を硬くしながら、

「はじめまして、福田サキと申します。兄がお世話になっております。兄の代わりに参りましたが、遅くなって申し訳ありません。これは兄が所長様に宛てた手紙です。不注意で封を破られてしまいましたが、読んでいただけますか」

サキは手紙を差し出した。

「今、山下君から事情を聴きました。拝見しましょう」

椎名は手紙を開き黙読した後、声を出して読み上げた。

「椎名所長殿、一四人が所長殿に手紙を差し出す無礼をどうぞお許し下さい。事情は山下看守殿の手紙に認めてありますが、急務により、二日午後六時半の期限には帰れません。解放の際の所長殿のご訓示は一言一句すべて脳裏に刻まれておりますが、しばしの猶予を賜りたくお願い申し上げます。明日には必ず戻ります。帰所後、逃走罪で処断されることはもとより覚悟いたしております。大正十二年九月二日、第六工場就業、八八七番、福田達也。お兄さんの願い出はよく分かりました」

椎名は手紙を畳んだ。

「兄が戻るまで私をここに置いてください」

サキは椎名の顔をしっかり見て言った。

「……………」

椎名は何も言わず、笑顔で首を斜めに傾げた。

「所長殿、妹さんは兄の福田君に六時半までに必ず着くようにと言われ、確約したそうです。時間に遅れ、お兄さんが逃走の罪に問われるのではないかと心配しています。私は、所長殿の時計が基準だと申しましたので、どうか確認してあげてください」

山下が直立不動の姿勢で言った。

「そうですか。では……」

椎名は懐中時計を上衣のポケットから取り出した。

「おお、間に合った！」

椎名はサキに時計を見せた。

何と、針は六時三十分ちょうどを指していた。

「サキさんが時間内に到着したことは、お兄さんも喜ぶでしょう。さて、お兄さんの身代わりといってもそれは認めるわけにはいきません。お客様として今夜は我が家で預かりましょう」

「えっ、そんな……」

返す言葉が見つからないサキは首を小さく横に振った。

「心配はいらない。疲れているようだから、今夜はゆっくり休みなさい」

六人の囚人　横浜大桟橋に留まる

河野和夫《かわのかずお》は北の方向・横浜市内に向かう囚人の群れの中段にいた。ゆっくり歩く流れがもどかしく、かき分けながら先を急いだ。

「この野郎、何しやがる！」と肘を張る者もいたが、割り込む男が河野だと知ると「これは失礼しました」と道を空けた。

河野は解放される前も、北の空を見て心を痛めていた。火災が収まるどころか、黒煙が立ち上る範囲は広く激しくなっていた。地響きを感じ、地震かと思った途端にドカーンという爆音がした。地震ではなかった。石油タンクが爆発したのだ。

国際港横浜は船舶の燃料である重油、石炭を大量に保管している。それに火が回ったら、二日や三日では鎮火しない。野積みされた石炭なら一週間以上燃え続けるだろう。河野は外国航路の機関人夫だったから横浜港には何度も入港した。積み込まれる黒光りする石炭の山を思い描き、その火力と高熱を思い出した。

〈信子《のぶこ》は無事だろうか〉

刑務所から真金町《まがねちょう》遊郭は近い。中村橋を渡れば三十分余りで着く距離だ。

河野は陸《おか》に上がるたびに土産を持って信子の廓《くるわ》に上がった。郷里が近かったということもあって話がはずんだ。あの過ちがなければ、今頃は信子を身請けして船も下りて幸せに暮らしていただろう。河野は一刻も早く真金町の様子を見たいと焦っていた。

中村橋の手前で囚人たちの動きが止まっていた。橋は落ちているが堀割川は川幅が狭いので渡ろうと思えばたやすい。だが、思った通り、燃え盛る石炭の熱風で先には進めそうにないのだ。

囚人たちの群れは中村川の上流、大岡川と合流する西に向かう者を除いて大きく反転した。刑務所の近くまで戻り、そのまま磯子《いそご》の海岸を目指す者、東に向きを変えて根岸の競馬場方面に向かって斜面を登る者、西に向かって保土ヶ谷、戸塚《とつか》方面に向かう者という三つの群れに分かれたのだ。河野は根岸競馬場方面の高台に登った。山手あたりから下りられそうな斜面を探し、真金町あるいは石川町《いしかわちょう》あたりに出ようと考えたのだ。

火勢は想像をはるかに超えていた。河野は旋風を見た。焼けたトタン板は回転しながら地上はるか一キロぐらいまで吹き上げられる。火の手の延焼がないのに、樹木が次々に発火するのだ。高台の山手は広く火に包まれていた。扇形の末広部分の反対側に当たる大岡川沿いの高台も火の海だった。こちら側の裾に広がる市街は見えない。河野は進路を市街に当たる北西に変えた。

「信子！　待っていろ。すぐに助けに行く」

河野は斜面を登る辛《つら》さに打ち勝つために女の名前を呼んだ。刑務所生活でなまった足腰は悲鳴を上げている。河野は、信子とひしと抱き合う姿を想像しながら夕闇が迫る高台の道を歩き続けた。

木々が根こそぎ倒され視界が開けた場所に来た。市街地が眼下に広がっていた。油槽所と石炭置き場の猛火は、かがり火のように市街地を浮き彫りにしている。

〈なんということだ〉

河野は頭を抱えた。ところどころにビルが姿を留めているが、黒煙と火焰、くすぶる炎と煙、瓦礫で埋め尽くされ廃墟と化している。記憶に残る遊郭の情景を思い出しながら、焼け残った建物に目を凝らした。黒い板塀で囲まれた廓は、ちょうど刑務所構内の半分くらいの広さだったが、あそこにも石造りの建物が一つか二つはあったような気がする。

信子に聞いた話だが、真金町には自分と同じ女が何百人もいると言っていた。

「河野さん、きれいな人も大勢いるのに私を選んでくださってありがとうございます」

二度目に高楼に上がった時、信子は両手をついて頭を下げ、頬を濡《ぬ》らしたのだ。塀で囲まれ出入りを厳しくしていた廓だから、ほとんどの者が焼け死んでしまったのだろう。

河野はもうどうにでもなれという気持ちになった。自暴自棄という自己本位の無責任な感情ではない。自らを痛め苦しめ、積極的に命を危険にさらして信子への償いをしたいと思ったのだ。

河野はとにかく廓のあった場所に行こう、そこで焼け死んでも構わないと崖を下り始めた。足を踏み外したら死ぬかもしれない。そういう思いもあったが、怖くはなかった。

二百メートルくらいある急斜面を常識では考えられない速度で下った。

くすぶる建材、焼けた瓦、尖《とが》った瓦礫、それらを避けることなく突き進んだ。見慣れた土蔵と石造りの二階屋を目指したのだ。

不思議なもので、熱風を浴び、焼ける瓦礫を踏んでも熱さは感じなかった。

間違いない、ここが廓の跡だ。遺体が無数に横たわっている。何を着ていたのかも分からなければ、性別も分からない。河野は南無阿弥陀仏《なむあみだぶつ》を唱えながら歩いた。

鎮火した廓の周辺一帯には幾人もの人影が見える。火炎から逃れ、生き延びて戻って来た人たちかもしれない。すっかり日が落ちているのだが、ハマの吉原《よしわら》と言われたこの郭の跡だけは赤い夕日に照らされているような陰影を見せていた。河野は信子のいた高楼のあたりで平らな地面を見つけ崩れるように膝をつき、仰向《あおむ》けになって空を見上げた。

立ちのぼる煙は大火を映して赤黒い。

あの日、まっすぐここに来ていればと、水兵と見ず知らずの船員との喧嘩に巻き込まれ乱闘になった時のことを改めて悔やんだ。金を奪われ、おまけに逮捕されて傷害の罪で刑務所に放り込まれてしまった。よくもだらだらと生きながらえてきたものだ。たまらず「この役立たずが！」と口にし、跳ねるように勢いよく立ち上がった。

足は自然に港に向かった。いつの間にか河野を知る解放囚が五人ついて来た。

横浜港沿いに建ち並んでいた美しい煉瓦造りの商館群は無惨にもすべて崩れ落ち、瓦礫の山になっている。桟橋はどれも原形を留めていなかった。船に救助を求めて来たのか大桟橋の入口付近には数百、いや千人を超す人々が海上を眺めて座り込んでいた。

〈これでは救援船が入港しても岸壁につけられない。おそらく夜が明ければ停泊している船から救援の品が届けられるはずだ〉

河野は訳もなくこみ上げる熱い思いに奮い立った。船員魂に火がついたということなのだろう。自分でも一本芯が通った男になったような気がした。

傍らにいる解放囚に「ここで夜を明かそう。朝になったらえらいことになるぞ」と言って笑った。

「えらいことって何ですか」

古株の稲村幸吉《いなむらこうきち》が聞いた。

稲村は洋館を専門に狙う義賊だと自慢話をする男で河野と同じ炊事工場で就業する調理担当炊事夫である。男気に富んでいる河野とはウマが合うらしい。おまけに外国航路の船乗りだったと知ってからは尊敬することしきりで、「火夫《ボイラーマン》の河野さんは、ただものではない」と言いふらすので、河野和夫はいつの間にか横浜刑務所の全受刑者が一目置く存在になっていた。

「飯にありつけるかもしれない。もっともしっかり働けばだが」

「河野さん、働くって……」

大工の山田健太《やまだけんた》が大声で言った。腹が減ったと、そればかり言っている若者だから食べる話になり元気になったのだろう。電工の和田《わだ》と左官の鈴木《すずき》も目を輝かせた。三人は営繕工場の就業者で構外作業にも就ける模範囚であった。もう一人の同行者、板前だったという加藤《かとう》は避難民の群衆の中に居て、母親の背で泣く赤子をあやしていた。

河野は石油タンクから流れ出た重油が燃え盛っている桜木町《さくらぎちょう》方面から視線を徐々に右に移す。横浜港を波浪から守る、弧が描かれた防波堤はことごとく水中に没していた。灯台が用をなしていないので、港内への進入は昼間でも熟練と経験がいるようだ。防波堤の外に大小百隻くらいの船が停泊しているのが見えた。

船乗りだった河野には出港せずに停泊している意味がわかる。未曽有の災害にあった港町と人々を見捨てられないのだ。これが船乗りの共助の精神であり、命懸けで助けるという基本的なモラルなのだ。

すべての船が飯を炊いている。朝まで少なくとも二、三回は蒸気釜で飯を炊くだろう。問題は陸揚げである。栈橋はすべて大きく破壊されていて船をつけられないから、通常ならば艀船《はしけぶね》を使う。艀船がどれだけ無事か分からない。おそらく救命艇も使われるだろう。だが、小舟から高い栈橋に荷揚げするのが一苦労である。波があれば命懸けというこことになる。いずれにしても船乗りの経験があるか、荷役《にやく》の経験がないと難しい。河野は船乗り経験者としての使命感によって、信子を失った深い悲しみと自責の念から解放された。

夜が明けると、まずこれや丸が大栈橋に近づいてきた。

警察部長、囚人の活躍に驚く

これや丸には県警察部長・森岡二朗がいた。

森岡は前夜、避難民の救助活動を指揮していた東洋汽船社員に県知事あての文書を持たせ上陸させていた。うまく連絡が取れていれば、午前七時には多数の警察官が公園に参集し、栈橋に来るはずだ。

森岡は甲板に出て栈橋の様子を見ていた。

ところが、七時を回り七時半を過ぎても、数人の警察官しか見当たらない。誰が言ったのか、救援物資が配られると聞いた市民が続々とやってくる。これでは握り飯は下ろせない。それこそ大惨事になりそうだ。森岡の指示でこれや丸は汽笛を鳴らして一旦、桟橋から離れた。人々は立ち去る船に怒声を浴びせた。

警察官と県職員がやってきて、配布場所の設営と避難民らのおおかたの整理ができたのは午前九時を回った頃だった。これや丸から発する電信によって続々と港内に集まり錨を下ろす船。各々救命艇に握り飯を積み込み、海上に下ろし桟橋に向かった。

右往左往する県職員や荷揚げの手伝いを買って出た市民をよそに、崩れた桟橋に足場を見つけ、手渡しリレーで荷揚げを始めた丸刈り頭に柿色の揃《そろ》いの服を着た男たちを見て森岡は目をこすった。四人が危険な荷揚げを手伝っていること自体が信じられなかったのだ。内務省に入省間もない駆け出し時代、森岡は在京の刑務所には何度か行ったことがある。記憶にある囚人に対する印象は、信用できない悪人で特別な存在というものだった。

それがどうだ。てきぱきと統制のとれた動きをしている。それに引きかえ、県職員と市民の荷揚げは見ていられない。せっかくの飯を海に落とすし、陸に揚げても無秩序に奪い取られている。警察官も多勢に無勢で目の色を変えて押し合う市民を抑えきれないで混乱の中心にいるだけだ。いっそ拳銃を空に向けて撃って混乱を鎮めようかと思ったほどだ。

幸か不幸か拳銃を持っていなかったので、それはできなかった。

これでは、地方から届く救援物資の荷揚げは難しい。組織だった警察、軍隊の応援、荷役人夫の確保ができていない限り、横浜港での救援物資陸揚げは困難だと思った。

森岡は部下に命じて、特製の握り飯を作り、褒美として、囚人たちに渡すように指示をした。

陸揚げは昼過ぎまでかかった。森岡にとって炊き出しの初日は反省しきりだった。

朝鮮人を引き渡せ

金森直蔵《かなもりなおぞう》は、解放と共に実家がある神奈川県橘樹《たちばな》郡鶴見町《つるみまち》を目指した。現在の横浜市鶴見区の一部である。

金森と共に行動しているのは、同じ雑居房に収容されていた力石銀太郎《りきいしぎんたろう》で二人は同年の二十二歳である。力石は秋田県出身、大阪で丁稚《でっち》奉公をしてから、横浜の商社に移ったが理由を告げられないまま馘首《かくしゅ》された。職を失った力石は、賭博に手を出し、その借金を返すために悪い仲間に引き込まれ、押し込み強盗までするようになった。そして、ついにその一味として捕縛され、横浜刑務所で服役しているのだ。

解放は二十四時間。故郷の秋田まで帰ることができない力石は、刑務所敷地内で残留組になるはずだったが、金森に誘われて同行することになった。

金森は、目立つ柿色の囚人服のまま娑婆《しやば》に出て、一人で世間と立ち向かう自信がなかったのだ。解放後、単独で歩く囚人は少なく、二人三人、又は五人、十人と集団で横浜の街に散らばっていた。

色が白く痩せて背が高い金森と、背は普通だが色黒で横幅のある力石。横浜刑務所から金森の実家がある鶴見町までは十二キロほど、若者が普通に歩けば二時間半で着く距離だが、被災後の道は、そういうわけにはいかない。倒壊した家々の瓦礫が道を覆い、その瓦礫を踏み越えて前進していくしかない。目印の建物もなくなっているので、何度も方角を見失った。暴徒と化した男たちを避け、方々で燃え上がる火災に進路を阻まれ、その都度迂回《うかい》しながら、鶴見町の金森の実家に着いたのは、九月二日の早朝だった。

朝焼けの中に、うっすらと浮かぶ金森の実家の店構えを見た力石は、思わず声を上げた。

「うおっ、でかい！」

大きな家の前半分は屋根が吸い込まれるように落ちていた。そこは六間間口《ろつけん》の店部分だった。

店内に入ろうとしている二人の男がいた。

「家の者か？」

力石が小声で金森に言った。

目を細め、相手の風体を確かめていた金森は人影との距離を一気に縮めた。大声で「お前ら、どこの者だ。何をしている」と一喝する。

急に声を掛けられた二人は慌てたものの、相手が二人と知ると手にした道具を構えてみせた。しかし、囚人服に気づくと、甲高い奇声を上げて逃げ去った。

家の横の勝手口が開いた。

「坊《ぼ》っちゃん？　もしかして坊っちゃんですか？　あっ坊っちゃんだ！」

老婆が駆け寄って金森に抱きついた。

金森呉服店は、江戸時代から続く老舗で明治のはじめ江戸から鶴見に移ってきた。直蔵の父親の善之助《ぜんのすけ》は六代目になる。その善之助は、倒壊を免れた住居部分の奥の仏間で布団の上に横たわっていた。足には副木が当てられ、晒《さらし》が巻かれていた。

震災時、善之助は早々に昼食を済ませ、店に戻って大福帳の記帳を行っていた。激しい揺れと飛び散る反物の中、奥に下がることができずに崩れてきた屋根の下敷きになったのだ。

その善之助の横で、直蔵と力石は身を強張《こわば》らせて座っていた。帰って来た息子を見ても善之助は一言も声を掛けず目を逸《そ》らした。やがて「逃げてきたのか」と、ぼそりと口を開いた。

直蔵が黙っているので、力石が答えた。

「いや、違います。二十四時間だけ、わしら『解放』されました。一時釈放という制度があり、横浜刑務所の椎名所長が家族の安否を確認してこいと言って解き放してくれたのです。それで、金森さんとわしは一晩中歩いて、ここまで来ました。家族の皆さんの無事を確かめたら、本日午後六時半までに、元の場所に帰らんといかんのです。それが約束です」

「それは、ご苦労でしたな。店は潰れましたが、家族も使用人も皆無事です。屋根が落ちたので、その下にある店の商品を姑息《こそく》な盗人《ぬすっと》が狙ってきますが、そんな物は惜しくありません。持っていきたいのなら盗らせます。それより……。たいしたものはできませんが、用意をさせますから朝食を食べていってください」

善之助は、力石の顔を見て言った。

「いや、この家の飯など食べたくない」

直蔵がようやく口を開いた。

立ち上がって出ていこうとする直蔵の足を、力石はしっかりと摑んだ。

「わしは腹減って、もう一歩も動けん。刑務所まで歩いて帰ることは無理や。腹の虫が合唱しているわ。なあ、飯……、飯を食べさせてもらってから帰ろう」

「そうしていきなさい」

善之助が笑った。

金森と力石は別室に案内され、提供されたこざっぱりした着物に着替えた。囚人服は夜、歩いている間にあちこちでひっかけて何箇所か大きく破れていた。朝食の握り飯を食べている間に、老婆が繕ってくれていた。

地震で軋み、大きく歪んで閉まらなくなった襖の陰から男の子が顔を覗かせて、金森と力石の様子をうかがっている。遠くから子供の名前を呼ぶ、細い声がした。

子供の顔は消えた。

「親戚の子か？」

「いや、親父《おやじ》の後妻が産んだ腹違いの弟や」

「弟？　そういえばお前によく似ていたな。いくつだ」

「今年の正月で十歳。母親が死んだのが五年前で、親父に後妻が来たのは三年前だ」

「それって、計算合わないな」

「いや、計算は合う。母親が生きていた時から、外に囲っていた妾《めかけ》が後妻になっただけだから」

直蔵の母親は、十日ほど寝込んであっけなく死んでしまった。その三回忌を待ちわびたように、父親が後妻としてかねて世話をしていた女を家に入れたのだ。その頃から、直蔵は家に寄り付かなくなり、悪い仲間とつるんで遊び、果ては傷害事件を起こしたのだった。

「家族のほかには、ここに何人ぐらいが住んでいるんだ？」

「奉公人も合わせたら、二十人ぐらいかな。この婆やは、もう二十年もこの家にいる。なあ、そうだよな」

話しかけられて老婆は、嬉しそうに頷いた。

勝手口の方から怒声が聞こえてきた。大勢の話し声がする。善之助が寝ている部屋に向かって、奉公人が小走りで急ぐ。

「なにか、あったんじゃないか？」

力石は立ち上がり、奉公人が走ってきた勝手口に向かった。金森も続いた。勝手口には、手に棒を持った男たちが十数人押しかけていた。

「朝鮮人を出せ。この店に朝鮮人が奉公しているだろう。こっちにはわかっているんだ。その奉公人を出せ」

興奮した男たちは口々に喚《わめ》いた。

奥から、三人の奉公人に支えられて善之助がゆっくりと出てきた。

「金森呉服店の主人、金森善之助です。どういったご事情で皆さんはそんなに殺気立っていらっしゃるのでしょうか。訳をお聞かせください」

穏やかな表情で質問した。

「朝鮮人が、井戸に毒を入れている」

「被災者に暴行を加え持ち出した金品を強奪したっていうではないか」

「婦女子も襲われたらしい」

男たちは口々に気色ばんで言い放つ。

善之助は眉間に皺を寄せ、

「だから朝鮮人を出せと言われるのですか。確かに朝鮮から働きに来ている人はいますがここにいる私どもの店の奉公人は、もう長いこと真面目に働いてくれています。皆さんが言われるようなことをするような人間でないことは、主人である私が一番知っております。ですから、我が家の奉公人に関しては皆様には安心していただいてよろしゅうございます。私の言葉に嘘《うそ》があればすべての責任を負います。決してお約束をたがえることはございません」

と語気を強めた。

一呼吸おいてから、「ご納得いただけましたでしょうか」と念を押した。

大怪我をしているとはいえ、大店《おおだな》の主人の威厳は眼光にあらわれていた。

善之助は、老舗の主人であるだけでなく、町の名士である。押しかけてきた者の大半は、どこかで世話になっている。その恩人が見得を切って約束したのだ。押しかけた男たちは、毒気を抜かれたような顔でぞろぞろと出て行った。

老婆の歓待に時間が経つのを忘れてしまった。間もなく午後五時になろうとしている。来るのに費やした時間を考えれば、定められた時間に帰り着くことは難しい。二人は最寄りの警察署に「横浜刑務所の解放囚です」と言って出頭することにした。出頭した証書をもらって帰れば、処分されることはないだろうと思ったのだ。警察官に「解放囚の証は？」と聞かれれば、手に持つ風呂敷に包まれた囚人服を見せればいい。

善之助に礼を述べに行くと、

「様々な流言が出ているようです。お帰りは気をつけてください。また、お務めが終わりましたらきっとお寄りください」

善之助は、力石に向かって言った。

本当は、直蔵に伝えたかったのだろうが、二人はついに一言も言葉を交わさなかった。

二人が鶴見警察署に着くと、その周りを群衆が取り囲んでいた。

「何があったんだ?」

力石は近くにいる男たちに質問した。

「警察署に三百人の朝鮮人がかくまわれている。その引き渡しを要求しているんだよ」

「朝鮮人狩りか!? 日本中で始まったらえらいことになるぞ」

力石がつぶやいた。

明治四十三年（一九一〇）八月に日韓併合条約が公布されると、朝鮮人の移入が始まった。翌年の在日朝鮮人は八百名弱。それが漸増し、大正十一年（一九二二）は六万人、震災の翌年は八万人を突破していた。

ちなみに、以後も増え続け、終戦前年の昭和十九年（一九四四）は百九十三万六千人に達している。

金森と力石は、警察署に出頭したくても、埋め尽くす群衆に圧倒されて、近づくことができない。集まってくる人々は異様な熱気を放ち、「朝鮮人を出せ」と唱和を繰り返す。今にも、署内に人がなだれ込みそうな雰囲気に包まれている。

署員が一人出てきた。金モールが巻かれた制服を着ている。

「私は署長の大川常吉《おおかわつねきち》だ。朝鮮人が毒を混入した井戸水を持ってこい。私が先に諸君の前で飲む。そして異常があれば朝鮮人は諸君に引き渡す。異常がなければ私に預けよ」

警察署の前で、大川は仁王立ちになり、群衆に言い放った。

その時、鶴見警察署内にいた警察官は約三十人。暴徒がなだれ込んだら、ひとたまりもない。

「朝鮮人を出せ！」

再び誰かが叫んだ。

その声に対して、大川は大声で言葉を続けた。

「私の言うことを信用できないのなら、朝鮮人を殺す前に、この大川を殺せ！　自分を殺してから中に入れ」

本物が持つ気迫と覚悟が圧倒的な迫力で群衆を黙らせた。

群衆は顔を見合わせて、ボソボソと言葉を交わし合う。

「署長。わしらは何もそこまでやる気はない。ちゃんと見張っておいてくれ」

群衆の中ほどから大声が発せられた。

やがて、一人二人と、その場を去っていった。

群衆の後ろからこの一幕を見ていた金森が言った。

「俺は、これから猛省して、この国に必要な男になる！」

力石も、「そうだな」と言って頷いた。

天使降臨　横浜公園

市街地が炎に包まれていくなか、横浜公園には多くの避難民が押し寄せていた。その避難民の中に交じって、柿色の一塊が移動していた。

そのうちの三人、牛島啓次《うしじまけいじ》、生方喜作《うぶかたきさく》、杉山榮吉《すぎやまえいきち》は解放された時からずっと行動を共にしていた。地元に生家もなく知り合いもいない三人は、一日だけの横浜見物のつもりで横浜刑務所の敷地を出てきた。人の波にあらがうこともなく七キロの道を移動して、大勢が集まる横浜公園にやってきたのだ。

「だから、朝になってから動けばよかったんだ」

一番若い牛島が愚痴る。

「こんな好機は二度とないから、少しでも長いこと娑婆の空気に触れたいと言ったのは誰だったかな」と生方。

「いや、確かに俺です。こんな酷い有様になっているとは思わなくて」

横浜公園は多くの人で溢れていたが、もう一つ、水も溢れていた。公園内の水道管が破裂して、水かさが増し続け、膝頭まで水が溜まり泥沼と化している。その泥水の中で、多くの人が留まっていた。夜が明けるまでは行き場がないのだ。

いろいろな話が耳に入ってくる。

「大津波が来るらしい」

「路面電車の中で人が大勢死んでいるのを見た」

「山手の女学校ではアメリカ人の女性教師が生徒を助けた後、逃げ遅れて梁に挟まれ焼け死んだらしい」

話は夜が明けるまで続いていた。皆、話をすることで大きな不安から逃れようとしていたのだろう。

そのうちに、頭上の墨色の空が白み始めて、周りの光景が浮かび上がってきた。人々の不安は払拭され、この泥沼と化した公園にいたことの幸運を感じることとなった。泥水が猛火を阻んでくれたのだ。

避難民は、誰が言い出したのか、炊き出しの救援が来るという話を信じたようだ。

生方は、杉山の額の上と後頭部の怪我に気づいた。どちらも生乾きの血糊がべっとりとついている。どこかにぶつけたのか、飛んできた異物が当たったのか、皮がめくれている。痛みは少ないという。額を拭くと血が流れ出した。部位が頭だけに出血が激しいのだ。

「杉山、大丈夫か」

「ああ」

杉山は手を当て止血を試みた。すると「汚れた手で傷口を触ってはだめです。こちらにいらっしゃいませんか。少しばかり、傷薬を持っていますから」と、声を掛けられた。

メガネを掛けた若い女性が人ごみの中にいた。微笑んで手招きをしていた。

「私みたいな受刑者に、ご親切を……。看護婦さんですか？」

杉山が訊いた。

「ちょっとだけ経験がありますが、今は商社の事務員です」

女性は手際よく杉山の傷口を消毒して、舶来の傷薬を塗りガーゼを当てた。

見守っていた周囲の者から、どよめきの声が起こった。

「娘も怪我をしているので手当てしてください」

女性は、少女の怪我の手当てもした。女性は鈴木《すずき》テイといい、山下町《やましたちょう》のスピルマン商社の事務員である。彼女も火煙から逃れて横浜公園にやってきた避難民の一人だったが、医師か看護婦がいたら医薬品を提供するという英語での呼び掛けを耳にした。

鈴木は事務員の職に就く前に市内の病院で看護婦をしていたので、申し出る者がいないことを確認してから、アメリカ人男性に話しかけ、救急箱などの提供を受けたのだった。

鈴木の周りに人が群がった。口々に、症状を訴え、順番無視の押し合いになった。

杉山をはじめ三人の囚人は、押すな！　落ち着いて！　と大声を発しながら鈴木の前に立ち塞がった。

「並んでください。順番に診てもらいましょう」

囚人服の力は大したもので、順番待ちの整理はたちまちうまくいった。

鈴木の救護活動は、横浜貿易新報に、『万人に天使降臨の感あらしめた』と掲載された。

性相近し、不良囚人の行動

「オヤジさん、水です。傷は痛みますか」

粗暴凶悪と評され丙種受刑者として千葉刑務所に移送の認可を上申中の囚人、山口正一は、一椀《ひとわん》の水を斎藤看守に差し出した。

九月二日午前七時、刑務所敷地の内外には、居残った囚人が各自気に入った場所を見つけ散らばっている。

腕を骨折し、頭部に包帯を巻いた斎藤は、晴天の空を見上げながら布団の上に起き上がり、差し出された椀を受け取った。

「山口。今日は夕方六時半まで自由の身だ。お前はどうするのか」

「わしは、担当《オヤジ》の世話をすることに決めています。何かして欲しいことがあったら、何でも言ってください」

山口は、独居舎房から五十人全員を無事に助け出し、骨折等の重傷を負った斎藤の世話をすると決め、片時も離れずそばにいたのだ。

斎藤は官舎で一人暮らしをしている。身の回りの世話をする者がいないので怪我をした受刑者らと一緒にいるのだ。

「わしの世話などはいらん。それよりも今はすべきことが山ほどある。椎名所長殿の指揮に従って、刑務所全体のために行動してくれ。お前は肝が据わっている。動けないわしの代理だと思って、働いてくれ。職員は皆、所長殿の命令で夜明けと共に任務に就いている。ここで横になっているのが心苦しいのだ。だから、わしの代わりに働いてくれ、頼む」

「オヤジさん……」

山口は斎藤の手を握った。何という嬉しい言葉か！　嫌われ者で独居に追いやられた自分を頼りにしてくれる。生まれて初めてと言ってもいいほどの嬉しい言葉掛けだ。

山口は天涯孤独の身で、父母の顔を知らない。叔父叔母に育てられ、八歳の時から非行に走り幼年監《ようねんかん》（犯罪少年を収容する施設で現在の児童養護施設と少年院の前身。満八歳から収容していた）育ちで、骨の髄までひねくれていた。それがいま斎藤には対等の一人の人間として信用されている。その思いが粗暴な男と評されていた山口の胸に沁《し》みわたった。

独居舎房の者たちが遠巻きに、山口と斎藤の話に聞き耳を立てていた。皆、命の恩人の斎藤を慕っているのだろう。

「わかりました」

山口は一言返事をして、仮設の警備本部へと向かった。

椎名は主任らを前に何事か指示を与えているようだ。山口は一刻も早くと、早足になる。十メートルほどの距離に近づくと、「所長殿！」と、大声を発した。

山口は駆け寄ってきた看守に胸を合わされ行く手を阻まれた。

「山口。何のつもりだ。ここに入ってきてはいけない」

「所長殿に話があります」

「今は会議中だからだめだ」

「斎藤のオヤジの代理で来たんです。急用です」

山口は語気を強めた。

「戻れと言っているのがわからんのか！」

看守は怒鳴った。

「いや、構わん。通しなさい」

椎名が立ち上がって声を掛けた。

「山口さんだね、話を聞きましょう」

椎名は山口の元に歩み寄った。

「斎藤のオヤジさんから、所長殿の指示に従って刑務所全体のために働いてくれと言われました。動けないわしの代理だと思って働いてくれと……」

椎名が、頷くと山口は言葉を続けた。

「わしにできることがあったら、何でも命じてください。オヤジに救ってもらった命です。どんな仕事でもやります」

椎名は間を置いてから笑顔を作った。

「山口さん、ちょうどよかった。頼みたい仕事がある。穴を掘って便所を作ってくれないか。刑務所全体が抱えている衛生問題で、今最も大事な仕事だ」

「はい！」

山口は満面の笑みで返事をした。

「千人分の便所だ。四隅に幅一メートル、長さ一メートル五十センチ、深さ一メートル五十センチほどの穴をとりあえず一つずつ掘って欲しい。そこに板を渡して便所にする。一つは周囲に煉瓦を積んで囲みを作ってくれ。女囚用にする。糞便でいっぱいになったら、また別の穴を掘ってもらう。まず鶴嘴《つるはし》とスコップをどこかで調達しないとだめだと思う。大至急だ。頼んだぞ」

山口は椎名に左肩を摑まれた。所長に直接触れてもらった嬉しさで全身が熱くなった。

「所長殿、穴掘りの場所の線引きだけはしておいてください。わしは有志を募って工具と渡し板を調達してきます」

山口は一礼すると踵を返し走った。まずは斎藤に報告しようと思ったのだ。

残留受刑者と早々に戻ってきた受刑者二百人余りが山口の周りに集まった。手分けして声を掛けたら野外病舎の手伝いをしている者を除き、女囚も含め全員が集まった。

山口は集まった面々に便所作りの説明をした。確かに皆が今最も困っている問題だ。ほぼ全員が作業に参加すると申し出た。山口はここでもまた感激に言葉を震わせた。

鶴嘴とスコップを常備している土木工事会社に的を絞って交渉に行くことに話がまと

まった。刑務所に入る前に土木工事の仕事に就いていた者もいて、会社の所在地情報が出揃った。そして技術屋として大手の土木会社に勤めていたという高山栄治の責任者に指名した。高山は出所間近だったが、最後のご奉公と二つ返事で指名を受けてくれた。

近在の六社を選び出し、山口率いる班と高山率いる班それぞれが三社ずつ回ることにした。便所の設置は四箇所だから最低でも鶴嘴四本、スコップ八本を借りて来るという目標を立てた。各班五人ずつ、それ以外の者は便所掘削位置周辺の瓦礫除去に当たることにして、四箇所への振り分けと、各所の責任者を指名した。囚人仲間も山口に一目置いたようだ。刑務官の関わりは全くない、まさに囚人自治である。

山口らがたどり着いた一軒目はどこに会社があったのかわからないほどの焼け野原の中にあった。かつて土木会社があったという名残は焼けて残骸となった重機だけだった。

二軒目は、会社の建物は半壊の状態でかろうじて建っていた。震災の後片付けが始まっていたが、柿色の囚人服の男たちを見ると作業員が集まり、問答無用で敷地から追い出された。

山口は怒りを抑え、穏やかな言葉遣いで社長を名乗る男に訪問の趣旨を説明した。

「そうか、残念だがスコップも鶴嘴も、これから町が復興する工事には欠かせない道具だ。いわば金のなる木。一つでも貸すわけにはいかない。他を当たってくれ」

男は山口たちに背を向けた。

山口は三軒目を訪ねることにした。

鈴木《すずき》工務店は、完成間近に被災した横浜中央電話局新庁舎が見える場所にあった。そこも周りと同じように自宅兼事務所の建物は半壊、倉庫は全壊していたが火事には遭っていなかった。

瓦礫に腰かけて煙草《たばこ》をふかしている初老の男性に、山口が声を掛けた。

「社長さんはどこにいらっしゃいますか」

「私が社長の鈴木正夫《まさお》だ。用件を聞こう」

山口は事情を説明し、工具の借用を丁重にお願いした。

「それで、あんたらは便所を掘るために腹をすかせて歩き回っていたのか。看守がいなくても逃げないとは驚いた。不衛生が流行病を引き起こす。便所が一番と言った所長さんも偉いが、あんたらはもっと偉い……」

鈴木は目頭を押さえた。

「いい話だ。感じいった」

と言って話を最後まで聞いてくれたが、次第に表情を曇らせていく。

商売道具を貸してもらうのは難しい願いだということを山口たちは十分理解していた。しかし、道具がなくては椎名所長から言いつかった使命を果たすことができない。

「何とかスコップと鶴嘴を四本ずつ貸してください」

山口が頭を下げた。

「無理だな」

返ってきた鈴木の答えは素っ気なかった。

「そこを何とかお願いします」

ここで断られれば後はない。全員、太ももに顎がつくほど深く頭を下げた。

「いや、違う。違う。貸してやりたいのはやまやまだが、スコップも鶴嘴もあの瓦礫の下にあって取り出すことができない。もし取り出せるなら、いくらでも貸すから持っていっていいよ」

「商売道具なのに、いいんですか。他のところじゃ『金のなる木』だからと断られました」

口の軽い一人が、言ってしまってから気がついたように両手で口を押さえた。

その様子を見て鈴木は、空に向かって声を出して笑った。

「人が生きるか死ぬかの難儀をしている時に、それを金儲《かねもう》けの種と考えるような下衆《げす》な性根は持ち合わせていないよ。社員にも、自宅の始末を優先するように言ってあるから、しばらくは休業だ。わし一人では、このがらくたの下から道具を取り出す術がないので駄目だと言ったんだ」

「わしらが片付けながら探します。大体どのあたりを探せばいいのか教えてください」

山口は再び、深く頭を下げた。

一時間後、スコップ十五本と鶴嘴五本を取り出した。

「このうち、スコップ八本と鶴嘴四本をお借りしたいのです。預かり書を書きます」

と言った山口の言葉に、鈴木は笑いながら手を振って無用だと言った。

「必要なだけ使ったら、また返しに来てくれ。まあ、早い方がありがたいが、しばらくはいいから。こっちも少しは片付いて助かった。それに、あんたたちの名前は全員覚えている。襟のところに名前が書いてあるからな。これから帰って大きな穴をいくつも掘るんだろう。ご苦労様だね。そうだ、ちょっと待っていなさい」

事務所の裏に回り、バケツを持って戻ってきた鈴木は「昨日から何も食べていないのだろう？　さあ、こんな物だが食べて行きなさい」と言ってバケツを置いた。水が入ったバケツの中には瓜《うり》が浮かんでいた。

刑務所に向かい、スコップと鶴嘴を担いだ一団は目的を遂げて意気揚々と歩いた。腹も膨らんだ。

高山は山口らが必要数の道具を借りてきたことに大喜びした。高山自身は会社に知人がいたにもかかわらず貸してもらえなかったのだ。ただ、長さ二間（約三・六メートル）の足場板四枚を手に入れて帰って来た。半分に切れば便所四箇所分になる。

食料調達

一方、早朝から出掛けた食料調達班は職員と志願した受刑者で組まれていた。看守部長を班長として看守一名、受刑者三名の計五名を一つの班として十二班が編成された。

　天利看守部長率いる班は天利の地元である町田方面に出掛けた。天利は、まず街中の居住区を抜け出し、川沿いを西に向かった。

　焼失を免れた地域に入った。この辺は家屋が崩れていても火の手が上がらなかったせいで、被害は少ない。

「こんな朝早くから何事ですか？」

　倒れた街路樹を片付ける四十過ぎの男が天利に話しかける。

「刑務所では食物や生活必需品が足りず、救援物資も望めませんので、食べ物を調達しに町田方面に向かう途中です」

　天利は、反感を持たれないよう、できるだけ丁寧に市民に説明をする。

「ああ、そういうことなら町田に行く道中にもたくさん農家があるので……」

　そう言ってから天利の耳元に口を寄せてささやいた。

「囚人を連れていったら、食べ物を提供してもらえないのではないですかね」

　天利は苦笑した。

「とにかく量がいるのでね」

「そうですか、頑張ってください。あなたたちもね」

　男は受刑者に軽く手を振った。

　町田の農村地帯に入った。この辺は穀類や野菜を生産する農家が多い。水の豊富なこの地方は、多種多様な農作物が取れることで有名だ。

朝早くから収穫を始めている農家がいくつもある。不幸にも、とうもろこしやイモ類など主食にもなる作物は、昨夜のうちに根こそぎ盗られたと嘆いている農家があった。

天利は、納屋の前で大根を水洗いしている農夫に近づいた。

「お忙しいところを申し訳ありません。実は、少し食べ物を譲っていただきたいのですが、お願いできませんか？」

刑務官の制服姿は警官や軍人と間違えられることがあるが、囚人服は誰が見てもそれとわかる。真っ黒に日焼けした、たくましい手をした農夫は天利を一瞥《いちべつ》した。

「これは貴重なものだ、あんたらに分けてやるわけにはいかない。それよりも優先して食わせなきゃならん人がたくさんいるからな」

「いくらでしたら譲っていただけますか？」

あくまで買うつもりであることを伝えた。

「そうだな。一本六十銭なら譲ってやってもいいかな」

「それは高い」

「そうかい、被災者は値段なんかどうでもいいからと列を作るらしい。欲しい人に買ってもらうさ」

天利は、「邪魔したな」と言ってその場を離れた。

農夫の言うこともわからないではないが、実に不愉快だった。

「天利部長！　大根一本に六十銭も払うことないですよ」

受刑者の一人が言った。

「良心的な農家を当たりましょう。せめて市場に出回っている売値でなければ。あれじゃぼったくりです。囚人だからって足元を見やがって」

「まあ、そう言うな」

天利は、次へ向かうことにした。

暴利を貪る不逞《ふてい》の輩《やから》は各地で自然発生していた。

避難民が殺到した箱根《はこね》街道では、七キロ余りの箱根越えに人夫片道三十円、駕籠《かご》片道百円、馬一頭八十円という法外な賃金をふっかけたし、ニワトリの卵ほどの小さな握り飯一個五十銭、水一杯五銭で売りつける者も現れた。

天利たちはどこを訪ねても、けんもほろろの対応を受けた。ここがダメなら諦めて帰ろうかと考え、ナスの収穫をしている夫婦に声を掛けるために近づいた。すると男の方から声を掛けてきた。

「食料を取りに来たんかい。あんたたちも大変じゃな」

「何か譲っていただける物は、ございませんでしょうか？」

「そら、そこにあるのは、形がイビツで売り物にならん豆じゃ。今年は出来も悪いし、味も今一つだから売れても二束三文じゃ。あるだけ持っていくがいい」

「えっ!?　本当にいいんですか……」

畑の隅に捨てるばかりに盛られている枝豆を見て、囚人たちは歓声をあげた。夫婦は笑顔で応える。今までの嫌な思いが一掃され、皆で枝豆の山に取り付いた。三分の一くらいは、食することができる。

口々に礼を言って枝から豆をむしり取り、麻の袋に放り込んだ。間もなく麻袋二枚が満杯になった。そこに、夫婦の父親と思われる老人が納屋からリヤカーを引いてきた。

「あんたたち、まだまだたくさん食料を集めるんじゃろ。それを担いで横浜まで帰るなんざ酷じゃ。これを使いなさい」

「いつお返しできるかわからないので、遠慮しておきます」

「困った時はお互い様じゃ」

老人は、夫婦と顔を見合わせてから笑顔で手を振った。

さわやかな気持ちになって、丘を一つ越えると、一面棚田が広がっていた。できれば、調理の必要のない野菜か、腹にたまる穀類はないかと探し回る。何でもいい。

天利が声を掛けようとすると、大柄な前歯の欠けた農夫が声を荒らげた。

「お情けで食料をもらおうっていうのか？　手間暇かけた作物はお前らにはやらん」

たいそうな剣幕で怒鳴った。天利だけでなく囚人たちも心無い暴言には慣れてしまった。五人は顔を見合わせ、「またか」と予想した通りの結果に苦笑いした。

夕刻までに帰るのであれば、ここから引き返さなければ間に合わない。来た時と違う道を歩き始める。途中、割れたスイカを一銭で買い、その場で頬張った。喉を潤してくれた上に、受刑者たちにとっては大変懐かしい味だったはずだ。

途中、解放囚の秋田作次郎《あきたさくじろう》と出会った。瓦礫の下敷きになった知人を救助していて帰りそびれたと天利部長に訴える。

「よし、わしが執り成してやるからついて参れ」

「部長と出会えてよかったです。このあたりはわしの知り合いが多いから、食料調達手伝いますよ」

秋田は喜んだ。

まず、助けた知人宅に行って大量のきゅうりをもらい、同級生だという豆腐屋へ行って油揚げを揚げてもらった。食料調達班でまともな物を大量に持って帰ることができたのは、この天利班だけだった。

司法省行刑局は米の一粒も支援する意思はなし

九月二日午後三時過ぎ、司法省に使いに出た会計主任・坂上義一が帰って来た。

夜半、司法省監獄局の局長室前室で行われていた会議に顔を出し、任務を全うするとその場に崩れ落ち爆睡してしまい、起こされたときは夜が明けていた。

なんと、坂上が寝かされていたのは大理石のように磨かれた石が敷き詰められた廊下だった。左右に部屋がある幅五メートルほどの中央廊下で、中央部分に幅百八十センチのあずき色の絨毯が端から端まで敷かれているのだが、若い事務官に揺り起こされた時、坂上が転がっていたのは石の上だった。

上体を起こし胡座をかいた。

部屋から永峰書記官が出てきた。

「目を覚ましたか」

「おはようございます」

坂上は座り直し、正座をする。

「早く帰って椎名に告げろ。横浜刑務所には当分救援の品は届けられないと……。しばらくは自力で持ちこたえろということだ」

永峰は膝を折り坂上より若干高い位置から目線を落とし憎々しげに言った。

所長を「椎名!」と呼び捨てにされ、坂上の眠気は一気に吹き飛んだ。

「書記官、冗談でしょ？　千人の囚人がいるのに米の一粒もないのですよ」

突如こみ上げる怒りに身体が震えた。

「なんだその口の利き方は！　看守長風情が誰にものを言っている」

永峰は顔面を蒼白にして握り締めた拳にさらに力を込め全身をブルブルと震わせた。この顔つき、小刻みに身体全体を震わせる姿は殴り合いの喧嘩をした直後の興奮状態にある受刑者と同じではないか。

「お言葉ですが、横浜刑務所に救援の品を送らないというのは行刑局長、いや、司法大臣のご指示と受け取りましたが、相違ございませんね」

坂上はこんな奴に負けてたまるかと思うと、勇気が出てきた。

「貴様、ただじゃ済まさんぞ」

坂上は永峰に蹴り上げられた。

靴の先が鳩尾《みぞおち》に食い込み、膝が顔面を直撃する角度だ。

坂上は腹を押さえ前のめりに崩れる。それを見た永峰は「さっさと帰れ！」と怒鳴り部屋に戻った。

坂上は腹を押さえたまま立ち上がると、ニタッと笑った。永峰の蹴りを感じた刹那、坂上は腹に力を入れ、両手を交差して両手のひらで永峰の脛を受けたのだ。それは全く無意識に出た防御の構えだった。毎日稽古をしている剣道で身に付き、磨かれた反射神経というものだったのかもしれない。黒革の短靴が若干腹に当たったが、痛手にはなっていない。

坂上は耳を澄ませた。横浜刑務所のことが語られているかもしれないと思ったからだ。部屋から何やら大声がする。

「内務省」

「囚人が刀を振りかざし」

「横浜刑務所」

という言葉が聞こえた。

まさかとは思うが、『内務省からの報告によると、横浜刑務所の囚人が看守の刀を奪って街で暴れている』ということなのか。坂上は言葉をつなぎ合わせた。

行刑局には囚人暴動の噂話など、一日夕刻にはいくつも届いていた。内務省や議員会館から役人がやってきては、

「巣鴨刑務所の囚人が一部暴徒化し、集団脱獄をしたというがどうなっている?」

「市谷刑務所では収容中の無政府主義者の被告人十名が、一般の被告人に襲われ殺されたらしい。さらに朝鮮人と中国人の被告人およそ百人が呼応し看守を人質に取って立てこもり、釈放を要求しているというが、いかなる展開になっても断じて釈放はするな……」

「小菅刑務所では暴動が起こり、軍隊に出兵要請をしたというが今はどうなっている?」

などと、問い質されていたのだ。

いずれも、根も葉もないものと確認できたので「流言飛語につき、心配無用!」と回答していた。

しかし、横浜刑務所解放の報に接してからは真っ向から否定することができず、言葉を濁し、「調査の上、追って知らせる」と言って使者を返していた。

永峰ら刑務所での勤務経験がない職員は、在野に出現したとされる囚人は全員が横浜

刑務所の解放囚で、掠奪、強奪、強姦《ごうかん》など悪事の限りを尽くしているものと思い込み、肩身の狭い思いをしていたのであろう。

坂上はドアのノブを静かに回し数センチ開けた。

会話がはっきりと聞こえる。しゃがんで聞き耳を立てた。

「局長、解放囚は半分も戻ればいいと思います。それにしてもこれだけ帝都を不安に陥れたのですから、椎名にはしっかり責任を取ってもらわなければなりませんよ」

永峰の声だ。

「誰か差し向けて状況を把握しなければなるまい」

低い落ち着いた声色は局長のものか。

「それならば私が明日にでも」

「そうか、滞在することになるのだろう？」

「おそらく。いえ、そのつもりです」

「ならば、事務官を同行して報告書を届けさせてくれ。国会にも参らねばならぬ」

「分かりました」

「ところで君は椎名所長と何かあったのか」

局長は遺恨があるのではないかと訊いているのだろう。

その時、バタバタと駆け込んできた刑務官が力尽きたのか、坂上の背に倒れこんだ。

ドアがけたたましい音を立てて開かれた。何事かと、永峰らがとんできた。

坂上は背に乗った使者の右手首を右手で摑み背負う形で立ち上がると、左手を使者の左脇の下に入れて抱きかかえた。

使者は、何とか聞き取れるかすれ声で、「小田原少年刑務所、外塀、建物ことごとく倒壊。刑務官の応援派遣と建築資材等の物資の供給を依頼に参りました」と言った。

坂上は、永峰に「水を飲ませてやっていただけませんか」と頼んだ。

重厚な会議テーブルの上を見れば、湯呑《ゆのみ》と急須が置かれている。

永峰は若い事務官に向かって顎をしゃくった。

事務官が湯呑を二つ用意した。

「小田原少年刑務所も外塀は倒壊、建物は全壊か。囚人たちはどうした。まさか解放はしていないだろうな」

「収容人員は三百九十四名、全員無事です。私が出た時は構内の一角に避難していましたが、解放はしていないと思います」

小田原の職員は湯呑を手渡されると一気に飲んでむせ返った。上体が跳ねる。坂上は背中をさすり、はたいてやった。

「解放するわけがないな。刑務所が囚人を逃がしたら、そこはもう刑務所とは言えぬのだからな」

永峰は満足そうに言うと、坂上の顔を睨みつけた。

坂上は憎悪の念を眼光に込めて睨み返した。「よくも足蹴にしたな！」と心の中で怒鳴りつけた。

坂上は小田原の職員を床に座らせると、テーブルの上に置かれた湯呑を手に取った。

「では、茶を一杯いただいてから、横浜刑務所に帰り司法省行刑局は米の一粒も支援する意思はなしと、椎名所長に報告します」

坂上は行刑局長・山岡萬之助に向かって敬礼をした。

山岡は渋面を作っただけだった。

坂上は横浜刑務所に帰り着くと、帝都に入ったところから時系列で報告を始めた。司法省が奇跡的に無傷に近かったことを報告すると、いよいよ本題に入る。

食料をはじめ物資の支援は一切できないという行刑局の回答を話すと、椎名の傍らにいた次長・野村は激怒した。

椎名は、坂上に視線を置いたまま語った。

「頼みは県から救援米を配布してもらい急場をしのぐ以外になさそうだな。ただでさえ不足する救援物資を刑務所がいただいてはすまぬと思い、今朝早くから、地元職員を食料調達に出したのだが、うまくいかん。私の考えが甘かった。申し訳ないと思っている」

坂上は使者として、所長の期待に応えられなかった責任を痛感して「申し訳ございません。私の報告がまずかったのだと思います」と頭を下げた。悔し涙が溢れてきた。

思わぬ救援　対岸にいた後輩

午後五時、一艘《いっそう》の漁船が磯子の桟橋に停泊、錨を下ろした。

そこには群衆が溢れていた。

そろそろ刑務所に還ろうかと帰路についていた囚人たちも立ち止まって、あの筵《むしろ》の下には何が積まれているのかと話しながら興味深げに見ていた。

すると、見慣れた白い制服、腰に長剣を吊った看守長と短剣を吊った看守が下船した。間違いない、どこかの刑務所から来た救援船だ！　囚人たちは群衆を押し分けて歩み寄った。

一方、刑務所職員は囚人服を見ていぶかったが、こちらに近づいてくるのだから脱獄囚ではなさそうだと問いかけた。

「君たちは横浜刑務所の者か？」

「はい！」と数人が声を合わせたようにして返事をした。

刑務所職員は顔を見合わせ頷き合った。

長剣を吊った指揮官は千葉刑務所用度主任・鈴木三郎《すずきさぶろう》である。

「千葉刑務所から見舞いに参上した。荷を運ぶのを手伝ってくださらんか」

丁寧な物腰と言葉遣いである。

囚人たちは、「ウォー！」と叫び刑務官を取り巻いた。

群衆は近在の市民と避難民だろうか、船がつけそうな桟橋がある磯子の港に救援物資を届ける救援船や軍艦がやってくるという噂が広まっていたのだろう。

群衆の輪が近づいてきた。

囚人たちの手によってリヤカーが下ろされた。

菰《こも》が掛けられた大きな荷物が積み込まれる。短剣を提げた刑務官が、玉ネギ、じゃがいもなどが入っている麻袋を囚人たちに持たせた。

食料を見た群衆がざわめいた。実に異様な雰囲気である。

鈴木はとっさの判断で、荷を船に戻させた。襲われそうな予感がしたのだ。

「済まぬが、荷を守ってくださらぬか？　私が所長殿に挨拶をして参る」

鈴木は囚人たちに向かって言うと、一人、堀割川沿いの道を上流に向かった。千葉刑務所は千葉港から二キロほど内陸部にある。

千葉刑務所も九月一日午前十一時五十八分の激震によって外塀百八十メートルが倒壊、舎房と工場など、ほとんどの建物の屋根瓦が落下する被害に遭っていた。

収容人員は五百六十九名、幸い人的な被害は皆無だったが、非番職員を非常招集し厳戒態勢で一夜を明かした。

千葉刑務所は長期と丙種という処遇困難者を収容する施設で、ただでさえ重警備が必要なところ、看守長一人、看守一人を勤務配置から外し救援物資運搬に差し向けたのだから、いかに所長が共助の精神に優れていたかがわかる。

所長・岡部常《おかべつね》は前夜、港まで出て横浜の大火を確認した。夕刻、非常招集で登庁した職員から帝都と横浜の大火災を見たとの報告を受けたからである。

岡部は椎名の二年後輩。東京帝国大学法科大学法律学科卒、文官高等試験合格の帝大学士所長で、椎名と同じように監獄局長をしていた谷田三郎《たにださぶろう》に育てられた。

大正八年（一九一九）、椎名の後任として膳所監獄に赴任、大正十二年四月に千葉刑務所に配置換えになっていた。

柔道で道を極め、やがて赤帯を締める（九段、十段）ところまで上りつめようとしている文武両道の若き所長だった。

東京と横浜が同時に火災になっているのを見て、直感的に横浜を救おうと決断した。所長・椎名通蔵が尊敬する先輩であるというだけではない。

横浜には二つの弱点があることを知っていたからだ。

一つは、東京は司法省行刑局のお膝元だから小菅刑務所も巣鴨刑務所も救援の手はすぐに差し伸べられる。それに対し、横浜は二の次になる。

しかし、それよりもっと大きな現実の問題がある。

横浜は国際港であるだけではない。寄港するすべての船の燃料貯蔵庫になっているということである。

「あの火は一週間以上燃え続けるぞ」

岡部は同行した鈴木に横浜を指差しながら言った。

市内各所に船舶の燃料である大量の石炭が野積みされ、南の山沿いにはガソリン貯蔵庫があり、神奈川方面と桜木町にはライジングサン、ニューヨーク・スタンダードといった石油会社の大型タンクが林立していたからだ。

「明日、船を借り上げて横浜刑務所に救援の品を送り届けてくれ」

「船ですか？」

「そうだ。適当な大きさの漁船がいいかもしれん。まずは食料、衣服、天幕だな。とりあえず倉庫にある物を積めるだけ積んで持って行ってくれ」

このあたりの岡部の配慮は当を得たものだった。

「わかりました」

鈴木は直ちに救援物資の準備に入った。

こうして、千葉刑務所の救援船が磯子にやってきたのである。

鈴木の報告を受けて、椎名は文書主任・影山を指揮官として、看守部長と看守総勢十人をつけて百人の受刑者を救援物資引き取りに向かわせた。

荷揚げと運搬に当たる人員としては十分すぎる数である。だが、港の様子を聞いて、生半可な数では群衆とトラブルが起こり大事になると考え、大編成にしたのだ。

隊列を組んで堂々と行進する受刑者の集団を見た群衆は恐れをなしたのか、黙って道を空けた。

救援物資は無事に刑務所内に運び込まれた。鍋、釜、包丁、しゃもじといった調理器具まで梱包されていた。岡部所長の指示に加え、鈴木ら用度の職員が自己の判断で品物を取り揃えたのだ。念の為《ため》にと、習志野の陸軍騎兵隊に可能な限りの天幕を拝借したいという一報を入れてあった。

軍隊の天幕を借用したいという願いが殺到すると踏んだからである。

「荷を作ったのは鈴木殿か？」

引き揚げの挨拶に来た鈴木に椎名が訊いた。

「はい、行き届かず申し訳ありません」

「いやいや、よく細かなところまで気配りいただいたと感心しておるところです」

「横浜刑務所の状況をつぶさに伝え、再度救援の品をお届けするよう岡部所長に報告する所存です」

「千葉も被災しているにもかかわらず、救援の手を差し伸べていただいたご厚情に感謝申し上げ、心のこもった品々ありがたく頂戴したと、岡部さんに伝えてください」

「お伝えします。リヤカーは置いていきますのでお使いください」

鈴木は敬礼をして立ち去った。

第三章　世界初の完全開放処遇

知事の荷役要請

九月二日夕刻、県職員が二人、横浜刑務所にやってきた。知事の指示で所長に会いに来たとのことなので、影山文書主任が二人を保安本部天幕に案内した。

港湾部次長・尾上三郎《おのうえさぶろう》は知事から所長に宛てた文書を差し出した。

椎名は被災の見舞いの言葉を述べてから文書に目を落とした。

椎名の表情に注目しているのは尾上と付き添いの事務官だけではなかった。同席している次長・野村、戒護主任・茅場、会計主任・坂上らもじっと見ている。

「尾上殿、文書の内容はご存知ですか」

椎名は一度読み、さらにもう一度読み返してから尾上に訊いた。

「はい。おおよそは心得ております」

「そうですか。では今一度確認します」

椎名はゆっくりと要旨を語った。

「明日午後より横浜港に救援船が次々に入港する予定である。

しかしながら桟橋と岸壁はことごとく崩壊していて船舶の繋留は困難であり、救援物資は艀船に積み換えての荷揚げになる。本日早朝より市当局と共に荷役人夫の募集を行ったが応募はわずかであった。ついては、明日午後入港予定の大阪府からの救援第一便の荷揚げに限り、貴所受刑者を横浜港に派遣されたくお願い申し上げる」

椎名は尾上を見る。尾上は口元を引き締め頭を下げた。

野村以下の部下たちは、小声で言葉を交わし合っている。この未曾有の危機に協力しないとは言わないだろうが、表情を見る限り消極的である。

それは尾上も感じたのだろう。付き添いの事務官に発言を促した。

「一言申し上げます。私は今朝方、警察部長の命令により大桟橋に参りました。湾内に停泊中の船から届けられた被災者支援のための握り飯を陸揚げするためです。数箇所で陸揚げが始まりました。私が監督したところは握り飯を海中に落とすなどうまくいかず手間取ったため、業を煮やした避難民が殺到。ただでさえ危険な岸壁で奪い合いになってしまいました。ところが、一箇所だけ避難民も協力して平穏な荷揚げが行われているところがあったのです。私は急ぎ見に行きました。艀船に乗り込んでいたのは囚人の方四人、受け取る岸壁にも囚人の方二人が居て、実に見事な連携で荷揚げをしていたのです。その様子は私だけでなく全体の指揮に当たっていた警察部長も船上から見ていました。午後の会議で荷役人夫が集まらないとの報告があったときに、受刑者の方たちにお願いしてはどうかと、提案したのは警察部長です」

「所長殿！」

尾上が事務官の話を引き継いだ。

「そこには明日限りとありますが、明後日《あさって》以降は数隻が同時に入港すると思われます。おそらく当分の間は、お願いせざるを得ないと思います」

「………」

椎名は頷きもせず黙っていた。

法に基づいた解放でも、司法省行刑局は無視されたと気分を害し、非難轟々《ひなんごうごう》のところに、鉄鎖などの戒具《かいぐ》なしの構外作業を、これもまた当局に伺いも立てずに請けるとなると自分の首が飛ぶかもしれない。組織の人間としての保身が椎名の頭をかすめた。

すると、不思議なことに、「君子は民を利せんと欲す」という声が聞こえ、祖父の顔が浮かんできた。祖父には、椎名家の家訓だと、幼い頃から事あるごとに庄内《しょうない》藩版の『南洲翁《なんしゅうおう》遺訓集』を音読させられたのだ。

東北の山形でなぜ鹿児島の西郷隆盛《さいごうたかもり》かというと、その縁は戊辰戦争にさかのぼる。

江戸時代、寒河江は幕府の直轄領で椎名家は代々、年貢の取りまとめなどを司《つかさど》る豪農だった。幕末、混乱する時勢に小さいながらも譜代の名藩だった庄内藩酒井《さかい》家は江戸市中取締の大役を引き受けた。その手当として寒河江を拝領したのである。

慶応《けいおう》三年（一八六七）、庄内藩は江戸の三田《みた》にあった薩摩《さつま》屋敷を焼き討ちし、翌年四月には会津《あいづ》と同盟を組んだ。

戊辰戦争では薩摩軍の主力に大打撃を与える戦果をあげたが九月二十六日に降伏、庄内鶴岡《つるおか》城を敵将・黒田清隆《くろだきよたか》に明け渡した。藩主も家臣も報復を覚悟していたが、黒田は「降将を辱しめず」という武士道を守った。

後に黒田の寛大な計らいは西郷の指図と知らされ、旧藩主・酒井忠篤《ただずみ》に率いられた旧藩士七十余名は西郷が鹿児島に下野し開いた私塾に留学した。

庄内藩の中老で明治新政府から酒田県権参事を任じられた菅実秀《すげさねひで》も西郷を訪ねている。彼らの筆録をもとに『南洲翁遺訓集』がつくられたのである。

祖父は菅と親交があり、西郷の人柄を直接聞いたと、その逸話を自慢げに話すのだった。

「よいか通蔵、爺《じい》はお前に君子になる努力をして欲しいと願っている。『小人は己を利せんと欲し、君子は民を利せんと欲す』と南洲翁は言われたという。大事の際は沈着冷静にまずは、この言葉を思い出すのだ」

まさに今、この時の言葉が下りてきたのだ。

祖父は椎名に一旦家を出て存分に働け、他人様《ひとさま》のため、天下国家のために立派に働いてから家督を継ぎに戻ればよい、と勉学を勧めてくれた。祖父は寡黙で謙虚・潔癖な人だった。村人には誰に対しても、いつも深々と頭を下げていた。

「役に立つ人間になれ。そのためには欲を持たないことだ。西郷さんのように『命もいらず、名もいらず、官位もいらず、金もいらぬ』という始末に困る人になれ。始末に困る人でなくては、大きな事業はできない。しかし、なかなかこうはなれないぞ。なぜならば、何もいらないという人は、ただ単に無欲というだけでなく、日々道を行っているからだ。正しい道を歩き続けることによって何事にも動じない自信を持つことができる。知は徳につながる。とにかく一所懸命学ぶことだ。学問は己のためだけでないと自覚すれば天は味方する」

この災禍の真っ只中《ただなか》に、二十年以上前の祖父とのやり取りが、つい昨日のことのように思い出された。

〈この横浜で世界に通用する、いや魁《さきがけ》となる行刑を行おう！　囚人に鎖も分銅もつけずに構外作業を行うのだ。それこそ、真の開放処遇である〉

椎名は腹を決めた。部下のうちの一人ぐらいは、「派遣しましょう」と言い出すだろうと思ったが、ついに声は上がらなかった。椎名はおもむろに県の使者に対して口を開いた。

「分かりました。ご期待に沿えるよう努力しますが、受刑者たちが安全に荷揚げ作業をできるようにしていただくことが条件です」

「ありがとうございます。しかと伝えます。ところで何人派遣していただけますか」

「なるほど……」

椎名は笑った。人数を書かなかった知事もなかなかの曲者《くせもの》だと思ったのだ。

「五、六十人は出せるでしょう」

「願ってもないことです。賃金は荷役人夫並に支払います」

「それは辞退します。賃金をもらっても国庫に入るだけで受刑者には渡せません。懲役刑という刑罰の宿命です。奉仕だから意義があります。囚われの身で他人様のお役に立てることが何よりの喜びなのです。昼食の汁物、湯茶、それから、一日の作業が終わった後の飲食の世話だけはお願いします」

椎名は笑顔を作り、頭を下げた。

午後七時三十分、椎名は病臥《びようが》にある者を除き全員を集めさせた。千葉刑務所から届けられた多数のランタンと四隅で焚《た》かれた照明用の焚き火に囲まれた空き地に整然と並ぶ七百名余りを前に、訓示を始めた。順次帰還する者もそこに加わる。

「諸君たちがよく私の指示を守り定刻までに還ってきてくれたことを、まずは感謝する。ありがとう。さて、先ほど県知事直筆の文書を携えた使者の訪問を受けた。解放後、避難民を助け、官吏の手伝いをした諸氏に感謝の言葉を伝えて欲しい、とあった。今朝は危険極まりない崩壊した大桟橋で、船から届けられた救援の握り飯の陸揚げを手伝ったそうではないか。これには、役人だけでなく一般市民からの賛辞も届いているそうだ。

諸君は横浜刑務所長としての私の誇りである」

静寂が保たれていたが、多くの囚人たちは、椎名の感謝の言葉に肩を揺らし涙を流した。指先であるいは手の甲で涙を拭く姿に椎名も胸が熱くなり、言葉につまった。

〈大丈夫だ！〉

椎名は全体を見回してから「諸君にお願いがある」と、ひときわ大きな声を出した。

囚人たちの顔が一斉に椎名に向けられた。

「大桟橋で握り飯の陸揚げを手伝った者は、その場に立って欲しい」

工場ごとに整然としゃがんでいる囚人の列のちょうど真ん中あたりで三人、前列の左端で三人が立ち上がった。

「営繕工場の山田君、鈴木君それに和田君。炊事工場の河野ボイラーマンと稲村さん、そして加藤君だったのか。今朝はご苦労だったね」

名前を呼ばれた六人は一様にかしこまって礼をした。

椎名が六人の名をあげたことには看守たちが各々驚きの声を上げた。

「まずは君たちが経験したことを聞きたい。県知事から依頼があったのは、これから続々と届くであろう日本各地からの救援物資の荷揚げ人夫として働いてもらえないか、ということだったが、大いに危険が伴うと思われる。全く荷揚げの経験がない者たちでも安全に仕事ができると思うか？　河野さん」

「われらも半ば素人でした。一般市民の邪魔がなければ安全に仕事を進めることは可能です」

河野はよく通る声で答えた。

「そうか、しかし私としてはみすみす危険な仕事とわかっているのに就かせたくはない。まして、無報酬の奉仕作業ということだ」

椎名は視線を河野に置いて言った。

「所長殿、今朝は港に停泊中の客船、貨物船、大小様々な船からの小さな物の荷揚げでしたから、危ないと思ったことはありませんでした。しかし、救援物資となると米俵や大きな漬物樽《つけものだる》などもあるでしょう。桟橋が破壊されているので危険この上ないというのが実情です」

河野は椎名だけでなく四人全員を意識して向きを変えながら話をした。

ここで、ざわめきが起こった。

「しかし、しかしですね。あの惨状は忘れられません。黒焦げになった死体の山もありました。潮の関係で河口から港まで死体で埋め尽くされていたのを見たときには、この世のものとは思われませんでした。犠牲になった人たちのことを思うと、危険な仕事だからと怖がっていては男が廃ります。私はその仕事やらせていただきます」

河野は声を張り上げた。

「所長さん！　私は荷揚げなどやったことはありませんでしたが、ものの半時もすれば、艀船の揺れにも慣れました。大丈夫ですよ」

営繕工場の若者・山田が言った。

誰かが手を叩いた。それが数人、数十人と広がった。

「そうだ、やろう！」

「行こうじゃないか！」

「俺は行くぞ」

あちらこちらから声が上がる。

椎名は両手を広げ、静粛にという合図を送った。囚人たちは椎名の指示には素直に従う。またたく間に静かになった。

「では、明日から横浜港の大桟橋に荷揚げの奉仕作業に出ることにする。順番に行ってもらうことになると思うが、横浜の人たちの期待に応えようではないか……」

拍手と歓声が上がった。

囚人、横浜港へ

九月三日午前九時、救援物資荷揚げ奉仕班七十名が横浜刑務所を発った。構内では居残った受刑者たちが拍手で送り出し、正門があったあたりには官舎の夫人たちが並んで見送った。

大桟橋までの経路は遠回りになるが、前日県職員が通ったという磯子、本牧《ほんもく》、新山下町経由の道を選んだ。前後左右に刑務官を配置し三列縦隊で行進する囚人部隊。市民はなにごとか!? と興味深げに見ていた。

「どこに行くの?」と声を掛ける市民に、笑顔で「壊れた港に行くんだ」と答える囚人もいた。

出立時の注意事項の告知で囚人たちは、口が裂けても『救援物資』とは言うなと念を押されていた。前日、千葉刑務所からの救援品受領で磯子の港で大変な思いをした経験があったからだ。

椎名は解放の決断と同じように、この奉仕出役でも部下に意見は求めなかった。何かあったときの責任を一人で被るつもりだったからだ。人選も人員もすべて椎名が茅場戒護主任に命令する形で事を運んだ。

出役は一日、二日では終わらないだろうと、工場単位で日替わりの順番制にすることを指示したのだ。

初日の今日は営繕工場、外掃班、農耕班、便捨班の受刑者総勢六十九人と、元船乗りで炊事工場のボイラーマン・河野を選定した。

彼らは塀の外に出る作業にも従事している、逃走のおそれのない受刑者たちである。

午前十時半、囚人部隊は横浜港大桟橋に到着した。折しも大阪府が差し向けた救援第一船の南米航路定期船シカゴ丸が入港し錨を下ろすところだった。

海岸沿いは多数の市民で溢れていた。

救援船来港、米などの救援品を市民に配るという噂が既に流れていたのだ。

囚人たちが隊列を組んだまま進むと、市民は道を空け「頑張れよ！」「頼むぞ！」と声を掛けた。

桟橋入口は、巡査と前日の夕刻に横須賀鎮守府から派遣された陸戦隊の兵士が立って市民の立ち入りを阻止している。

栈橋には二十二人の男たちがたむろして囚人の到着を待っていた。

荷揚げは六艘の艀船を使って船と栈橋を行き来する。その陸揚げを、七十人の囚人と県と市が採用した二十二人の荷役人夫によって行おうというものだった。

坂上は二十二人の顔ぶれを見て嫌な予感がした。人相・風体いずれもよくない。体型体格は小粒でやや肥満という者が大半だ。毎晩酒をくらっている無為徒食の者に多い体型である。力仕事に向いているとはとても思えない。

坂上は居合わせた県職員に、連中はどういった者たちかと聞いてみた。職員は険しい表情をして、張り紙の他、街頭での声掛けを行ったが、人が集まらなかった。どうしたものかと頭を抱えていると、ある博徒の親分から『義によってお手伝いいたしましょう』と申し出があって、あの者たちがやってきたのだと答えた。

東洋汽船社員が手際よく荷揚げの人員配置について説明をする。

「艀船六艘でピストン輸送をします。艀船には身のこなしが確かな人、五人に乗ってもらいます。残りの人たちは岸壁で艀船からの荷揚げと、保管場所までの運搬に当たってもらうことにします……」

直ちに人選が行われ、艀船に乗せる者はすべて囚人の中から選ばれた。

彼らには防護用の帽子と手袋が配布された。

「船から艀船への積み換えは船のクレーンが使われます。常に上方に注意し、船員が吹く呼子笛にも気を配ってください。くれぐれも安全を第一に心がけてください。では、乗船をお願いします」

午前十一時三十分、艀船は次々に岸壁を離れ、およそ五百メートル離れた海上に錨を下ろしたシカゴ丸に向かった。

看守と囚人たちは列を崩さずに岸壁から艀船を見送った。

シカゴ丸からタラップが下ろされ小蒸気船に曳航《えいこう》された艀船が横付けされた。しばらくすると甲板に多数の乗客が現れ、タラップを降り始めた。

彼らは大阪府当局が手配、あるいは参集した大阪市と官公庁の職員、それに救護要員の医師、看護婦などであった。

総勢百余人が艀船第一便に乗り移った。この中には大阪控訴院長・谷田三郎の命令で横浜刑務所の調査にやってきた裁判所職員も含まれていた。

大桟橋岸壁では、ものの一時間もしないうちに荷役人夫班が乱れ、騒ぎが起こった。荷揚げが進まないばかりか連携が取れない烏合《うごう》の衆で暴言から暴行に至り、ついに七、八人が仲間同士で乱闘を始めたのだ。

荷の揚げ方が悪いと、艀船に乗り移り、囚人に暴行を加えていた男を会計主任・坂上は容赦なく海中に投げ飛ばした。

それを見た仲間が、今度は大勢で坂上に襲いかかった。

揺れる艀船の上だったから、博徒の人夫たちは坂上に摑みかかるや、あっけなく投げられ海中に転落した。

遠目でも善悪の様子はわかるもの。群衆から喝采が上がった。

海中に転落した人夫たちの中には溺れる者、命乞いをする者もあった。坂上は囚人を手伝わせ全員を救いあげてから叱り飛ばした。

「貴様らは市民を助けるために来たのではないのか。やりたくなければとっとと帰れ。俺に文句があるのだったら親分に泣きつけ。もっとも、無事に帰れるかは分からんがな……」

坂上は岸壁の群衆を指差した。

群衆からはひときわ大きな歓声が上がった。

一人の人夫が坂上に唾を吐いてから立ち去った。

「覚えとけ、クソッ」

男が群衆の中に消えると、そこが大きく揺れた。

男は這々《ほうほう》の体《てい》で逃げ戻ってきた。鼻血と口腔《こうこう》内の切創で顔面血だらけだった。空腹と不安でいらつく市民の袋叩きに遭ったのだ。

その後は荷役人夫たちも顎を上げながら荷揚げに専念した。

陸揚げされた救援物資は県職員の指示で種類ごとに整理され、桟橋の上に積まれた。これらは仮倉庫として使う焼け残った建物に運び込むのだが、群衆をかき分け無事に倉庫にたどり着けるかが問題だった。

午後六時、囚人と刑務官を乗せた艀船はシカゴ丸に横付けされ、船から握り飯と味噌汁が提供された。しばしの休息の後、桟橋に積まれた物資の倉庫への搬入が始まった。知事の要請で応援派遣された第一師団第一中隊の半数と、午後四時に到着した千葉県習志野の騎兵隊一個中隊が警備に加わった。

騎兵隊の進軍ラッパが鳴り響くと、群衆はどよめき、拍手が起こった。囚人たちも気合が入る。リヤカーに載せた、あるいは肩に担いだ物資が次々に倉庫に吸い込まれていった。

しかし、日が暮れると、警備の手薄なところを狙われ、荷を担ぐ囚人が何度か襲われた。幸い奪い取られた荷はなかったが、殴る蹴るの暴行を受けながらも必死に荷を護った囚人と、助けに入った刑務官が負傷した。

受刑者たちが刑務所に戻ったのは午後十時過ぎだった。

荷は三分の一近くが船倉に残っていて、明朝からの荷揚げに持ち越された。外国航路の船に満載した物資の量は想像を絶するものだったのだ。

クレーンによる荷下ろし、それを艀船で受ける作業は、本船も艀船も揺れていて危険極まりなかったが、幸い大きな怪我や事故は起こらなかった。

艀船からの陸揚げは、これがまた大変だった。大きな重い荷物は艀船の上で梱包を解き、小分けにして人力で持ち上げられるようにして桟橋上に揚げたのだ。

疲労困憊した囚人たちは刑務所に到着し、整列位置まで来ると、ほとんど一斉に地面に座り込み、半数以上が仰向けに寝転がった。

体力の限界を越しているのは明らかだった。

坂上は余りにも気の毒だったので、自ら囚人たちの間を歩いて人員を確認し、整列する点呼を省いた。

「報告します」

坂上は椎名に敬礼する。椎名は姿勢を正し敬礼を返す。

「救援物資荷揚げ奉仕班、総勢七十名、事故なし。現在七十名、軽傷はあるものの全員無事に帰所しました」

「ご苦労さん。解散してゆっくり休ませなさい」

「所長、一件報告があります」

坂上は上着のポケットから封書を取り出しながら続けた。

「知事の所長あての文書です。救援船シカゴ丸の船倉には救援物資がまだだいぶ残っているとのことで、明日は午前八時半に作業を開始したい。派遣人員は本日の倍の人員をお送りいただけるとありがたいという内容だと使者から聞きました」

椎名は「そうか」と一言返しただけだった。

左右と後方に控える幹部職員は「それは難儀なことだ！」などと口々に唱え、ざわめいた。

坂上は違和感を覚え、ランプの灯りに照らされる幹部たちを見回した。

そこには次長・野村の姿はなかった。茅場戒護主任は渋面を作り腕組みをしたまま目を閉じている。怪我をした次長の不在は理解できるが、囚人たちを受け持つ戒護主任がねぎらいの言葉一つ掛けないのは納得できない。

〈何があったのだ……〉

坂上は疲れていることもあって、無性に腹が立った。しかし、階級がある組織の定め、怒りはぐっと堪えて我慢するしかない。

「みんなご苦労だったね。解散する。ゆっくり休みなさい」

坂上が一同に声を掛ける。

「隊長！　お疲れでした」

七十人の囚人と九人の刑務官が最後の力を振り絞って立ち上がり、坂上に言葉を返した。

命がけの重労働が看守と囚人の間の溝を埋めたのだろう。坂上を隊長と呼び、囚人を隊員と呼んで結束を固めて挑んだ長い一日だったのだ。

椎名は天幕に戻り知事からの文書に目を通すと、罫紙を広げ、妻・節子《せつこ》あてに万年筆を走らせていた。

全員無事に帰所した。

明日は百五十人出役する。よって握り飯を百六十人分お願いしたい。

午前六時に取りに行かせる。

官舎のご夫人たちの協力に感謝している旨伝えられたし。

前夜も妻あてに八十人分の弁当作りを頼んだのだ。

少女の兄、荷役志願を決意する

福田達也はこみ上げてくる涙を拭いながら荷揚げ奉仕班の帰所の光景を見ていた。限界まで力を使い果たした仲間の姿に強く胸を打たれたのだ。繫留されていない船舶からの荷役がどれほど危険が伴う重労働であるか、海軍での辛い体験が身体全体に蘇《よみがえ》った。隣には青山がいた。

達也は青山に言った。

「俺は海軍出身だから特別に行かせて欲しいと、明日の朝、申し出てみるよ」

「兄貴、俺も行きたい。いろんなことをやってみたくなった」

「そうか、でもキツイなんてもんじゃないぞ。さっき見ただろ。くたくたになっていた皆の姿を……。帰りの道のりの五、六キロがどれほど長かったか俺にはわかる。手を挙げて行かせて欲しいと言ったら、一日だけというわけにはいかない。おそらく毎日行くことになる。大丈夫か？」

「大丈夫だよ。海軍に行きたいし、やってみる」

「下手すれば海中にドボンだ。お前泳げるのか」

「なんとか……」

「そうか、それなら船乗りの経験があると言ってみればいい。いつ、どこで、どんな船に乗っていたのかと聞かれるかもしれないから考えておくんだな」

「……………」

二人はどちらからともなく手を出し、握手を交わして床についた。

前日、達也は妹・サキを見送った後、三枝家の住宅の修繕と片付けに取り掛かった。台所を飯炊きと料理ができるように片付けてから屋根に登った。大きくずれた瓦を一旦外して葺き直すのだ。

初めての仕事なので要領がわかるまで思いのほか時間が掛かった。ようやく慣れたのは夕刻だった。作業がすべて終了したのは翌日三日昼前だった。

夕刻、達也は横浜刑務所を前にして、囚人服に着替える場所を探していた。

達也もサキに教えた経路を通った。起伏も、長い登り坂もあって思った以上に辛い行程だった。

一日遅れの時間に間に合わせなくてはと、随分走った。

達也は足腰に痛みを感じながら、母を思った。

出立のため囚人服を探していた達也の元に母がやってきた。

「この服に着替えなさい」

と、母は鏝《こて》を当てた綿のシャツとズボンを出してくれた。

達也は、囚人服で帰らなければならないことを伝えたのだが、母は笑顔で言った。

「刑務所の近くまで行ってから着替えたらいいでしょう。今日のあなたは逃亡の身なのですから」

なるほど、その通りだ。

解放直後、住民に取り囲まれ拘束されたことを思い出した。

「わかりました。そうさせていただきます」

達也は母の心遣いに感謝した。

〈いくつになっても子は母親に甘えるものだ〉

と思い、笑いながら着替え、家を出た。

母が渡してくれた風呂敷包みの中には、洗濯した囚人服と握り飯が入っていた。

何度も足に痙攣《けいれん》が来た。その都度サキを思った。

サキが息を切らして走る姿を想像したのだ。歯を食いしばって額に汗する顔を思い浮かべると胸が締め付けられた。会ったら何と言って感謝を伝えようかと考えながら、ようやくここまでたどり着いたのである。

人目にふれないよう、民家の陰で、達也はそれまで着ていた服を脱ぎ、囚人服に着替えた。石鹼《せっけん》の匂いがした。それは母の匂いだった。達也はシャツとズボンをきちんと畳んだ。革靴を脱ぎ、ゴム草履に履き替える。

達也は、靴と服を風呂敷に包み、刑務所に向かった。

刑務所の瓦礫が見えてきた。

サキは無事で元気にしているだろうか、そう思った瞬間、達也は走り出していた。

刑務所まであと七、八十メートルという民家の前で達也は呼び止められた。

「兄貴、俺です。待っていたんです」

振り返ると、紺の絣《かすり》にハットを被り、下駄《げた》を履いた青山敏郎が立っていた。

「どうしたんだ、その格好は……」

「人助けをしたもので、その礼にもらったのです」

「これは？」

達也は自分の囚衣の襟を持って言った。

「すっかりボロボロになっていたので捨てました。酷い目に遭ったんですよ」

青山は片肌脱いで背中を見せた。

棒で叩かれたような傷跡がいくつもあった。

「そうかい。悪さしたんじゃないだろうな」

「兄貴あんまりですぜ。さすがにあの服着ていたら悪いことはできません。それはそうと昨日妹さんに会って、兄貴が今日帰るって聞いたものだから俺も一日善行していたってわけです」

「サキに会ったのか。それでサキは無事に刑務所に行ったんだろうな」

「はい。可愛《かわい》くて優しい妹さんですね。サキさんっていうんですか。俺はサキさんと会ったから後悔せずに済みました」

「後悔!?」

達也は意味がわからなかった。

青山は、事情を説明した。

貴重な水まで飲ませてくれた女学生。

汗と油と煤に汚れ、疲れきったという顔つきだったが、一旦口元を緩めると、まさに天使の微笑みになったこと。

その笑顔に包まれた瞬間、善なる我に返り、見て見ぬふりをして見捨ててきた老人を助けなければと決心し、市内に戻り、倒壊した建物の下敷きになって動けなくなっていた老人を若者の手を借りて助け出したこと。

大怪我をしていたので、背負って自宅に送り届けたところ、息子夫婦から大層なもてなしを受け一晩泊まってきたことを、さも嬉しそうに語った。

「刑務所に戻るときは兄貴と一緒にと思って昼から待っていたんですよ」

青山は満面に笑みをたたえて、達也に饅頭《まんじゆう》を渡した。

「おお、ありがたい。これも、いただいたのか」

達也は二つに分けて半分を青山に返した。疲れた身体に甘い饅頭は格別だった。

「じゃあ一緒に還るか」

達也と青山は解放のときと同じように二人肩を並べて、刑務所の敷地に戻った。

崩れた門の瓦礫はきれいに取り除かれていた。門のあったあたりに、門衛の役割をしている看守の姿があった。その前まで歩み寄ると、達也は直立した。

「福田達也、只今戻りました」

海軍式の無帽の礼をする。

「囚衣は人助けに使ってしまいました。この身なりですが縫製工場の第四百六十五番・青山敏郎です。只今戻りました」

青山はハットを脱ぎ、姿勢を正し、称呼番号と氏名を唱え、礼をした。

「よし。両名とも天幕に行って帰還の手続きを行え」

看守は厳しい表情で指示をすると、二人の肩をポンポンと叩いた。

「よく還ってきたな。山下さんが待っているぞ」

看守は声を落として言うと、早く行けと言わんばかりに達也の背を押した。

二人は、保安本部の天幕で茅場戒護主任に帰還の申告をした。

遅れたことに対する咎《とが》めはなかった。

二人は被服などが置かれた別の天幕に移動した。

青山は、看守から単《ひとえ》の囚衣と帯、ゴム草履を受け取る。いずれも新品だった。これらは千葉刑務所から届けられた救援の品である。

看守は、青山が脱いだ絣の着物と帯、ハットと下駄を麻紐で一つにくくり、『四百六十五番　青山敏郎』と書いた荷札を取り付けた。

「僕の私物はこれしかないですよね。他は全部燃えてしまったんでしょう」

「大事なものがあったのかもしれないが、領置倉庫は全壊・全焼だ。何一つ取り出せなかった。辛抱してくれ……」

看守は頭を下げた。

「いえ、こんな時ですから、助かっただけでありがたいと思っています」

「そうか、ありがとう」

達也も風呂敷包みを解き、ズボンとシャツの領置手続きを行い、再び横浜刑務所在監の懲役受刑者となった。

サキは所長官舎で世話になっていると、山下から聞かされた。

解放に激怒した司法省行刑局の視察調査官

九月四日午前六時、起床の号令が連呼された。

受刑者たちは約二万坪の構内あちこちに散らばっている。大きな地震が来ても安全な場所を寝場所にするようにと指示していたからだ。

余震の回数は減ったものの、まだ一時間に一度や二度は比較的大きな揺れを感じる。昨夜遅く帰還した荷揚げ奉仕を行った受刑者たちは、なかなか起きられないのだろう。営繕、農耕といった外業受刑者は十数人が点呼の場所にやってきただけだった。

しかし、そんなことより今朝は一大事が起こっていた。

茅場戒護主任がいないのだ。震災後は椎名はじめ他の主任と共に寝ずの番で警備に当たっていた。目と鼻の先の官舎に帰って寝ることを許しているのは、足を骨折して松葉杖をついている次長・野村だけである。

椎名は茅場を影山文書主任に探させたが、構内にはいないとの報告を受けた。

事故でもあったのかと考えたが、すぐにその考えを打ち消した。

瓦礫の山の上からこちらをじっと見下ろしている本省の永峰書記官と事務官を見つけたからである。

前日三日午前十時頃、永峰は二人の事務官を連れてやってきた。挨拶抜きで、いきなり局長の命令で調査に来た。二、三日滞在することになると思うが、まずは構内を一回りしたいと言った。

同伴した事務官二人は、天幕内に掲示してある『現在人員表』を手帳に書き写した。そこには、収容総人員、事故者数（死亡者数）、在所人員、未帰還人員を記してある。

「ご覧の通り、職員待機所もなくなり、お泊まりいただく場所はありません。私どもと、この天幕内で夜を明かしていただくことになりますが、よろしいですね」

椎名は寝食を共にするのが最上の調査方法だろうと思って言ったのだが、永峰は顰《しか》め面《つら》で首を傾げた。

「所長、泊まる場所はこちらで探します。お気遣い無く。では、一回りしたいので、次長か戒護主任がいたら案内を頼みます」

永峰は、しまいまで言い終わらないうちに、椎名に背を向けた。

永峰が巡回視察を終えて戻ってきたのは一時間余りしてからだった。

「食事はどうされていますか」

事務官の質問に野村が答える。

「この有様ですので、朝夕二食しか給与していません。食事の給与状況も正確に報告してくださいね。二食でも給与できているのは千葉刑務所が支援物資を海路送ってくれているからです」

「なんだって？　千葉刑務所!?　岡部か」

永峰は顔色を変え、岡部所長の名を口にした。さらに小声で、

「まったく刑務所はどうなっているんだ」

と吐き捨てた。

「非常時に助け合うのが刑務所の慣例です」

野村が言い返す。さすがに叩き上げの長老はうまいことを言うと椎名は感心した。

「刑務所長は本省を無視してもよい、ということか」

椎名は半ば呆《あき》れて、

「書記官、そのあたりのことから調査を始めたらどうですか？　協力しますよ」

と言葉を返した。

永峰は顔面を蒼白にし、身体を小刻みに震わせた。

所長の権限は監獄法を読めば一目瞭然である。行政判断のすべては所長に委ねられている。司法大臣とか行刑局長の認可や許可が必要なものは何一つないのである。

興奮する永峰を見ていた椎名は、同じ顔を見た記憶が蘇った。昨年十一月、司法省で開かれた全国刑務所長会同でのことである。行刑局長の提案で『監獄』を『刑務所』に改めることなど、暗い印象を与える監獄用語の変更について、会議の席上で意見を述べて欲しいと永峰書記官に頼まれた。

もう、変えることで決定している追認の議事だから、「最も若輩の自分は遠慮したい」と断った。すると、永峰は今と同じ顔をして怒りを表したのだ。

「私学出の自分を馬鹿にしているのか！」とまで言ったことを、ありありと思い出した。

ひょっとすると、この時の遺恨で震災当日に差し向けた使者・坂上義一会計主任を粗末に扱い、横浜には何も支援品は送らないとまで言わせたのかと推理した。

この調査名目の出張も実際の目的は、この椎名通蔵の職責を問うことかもしれない。

しかし、今はそんなことはどうでもいい。椎名は永峰との関わりを極力減らそうと、野村に巡回に出る旨告げて席を立った。

一夜が明け、朝の点呼の時間になったが、茅場の姿が見当たらない。

前夜、午後十時過ぎに帰って来た荷揚げ奉仕班の点検終了までは確かに椎名のそばにいた。

その場で椎名は茅場に「明日の荷役出役者百五十人の指定と監督職員十人の人選をせよ」と命令してあった。

肝心の茅場がいないのだから、さあ大変だ。

右往左往する主任たち。点検が終わっても解散の指示がなかなか出ないので、受刑者たちは様子がおかしいことに気づいたのだろう。雑談で騒がしくなった。

椎名は影山に、急ぎ受刑者と職員の選定をするよう、指示をした。

影山が壇上に立って「静粛に！」と大声を発した。

しかし、雑談は止まない。

「静粛にしろと言っているのがわからんのか！」

今度は大声で怒鳴りつけた。

しかし、これはまずかった。ますます騒がしくなり指笛が鳴った。

塀のない刑務所で騒擾が起こり暴動に発展したら、それこそ世間を不安と恐怖に陥れてしまう。これはやはり、影山の失態だ。怒鳴れば言うことを聞くと思っているようだが、そうではない。階級は看守長に上がって、『主任』に補されているが所詮は囚人を処遇する戒護部門での勤務経験が不足しているということである。

囚人を怒鳴りつけて服従させるには、高い塀と鉄格子、それに手錠や捕縄、拳銃といった拘束具と武器がなければならない。

逆らったら酷い目に遭うと囚人に思わせるだけの強い警備力が今の横浜刑務所には何もないのだから、目に見えない『信頼』という鎖でつなぎとめるしかないのだ。

椎名は、しばらく様子を見ることにした。

瓦礫の上に視線を移すと、姿を消す寸前の永峰と事務官の後ろ姿があった。

身の危険を感じて逃げるのだろうか。

〝囚人は恐ろしい。一旦牙を剝いたら凶暴凶悪になる信用ならない存在だ〟とでも思っているのかもしれない。

前日の夕刻、永峰は、幹部職員を見回してから小銃と拳銃、それに弾丸は無事か？と問い質した。武器の管理責任者である茅場が、すべて取り出して武器と弾丸は所長の指示で別々に保管してあると答えた。

すると永峰は、「そうか、ならば使用可能な拳銃はこれだけだな。弾丸はここに装塡してあるだけだが……」と言って、左肩に装着している帯革《たいかく》から南部式自動拳銃を取り出した。

「あっ！」

茅場が声を出した。

用心金の外にあった永峰の人差し指が枠の中に滑り込むと、引鉄《ひきがね》の上に乗ったのだ。銃口は茅場に向いていた。

「おお、そうか」

永峰は笑って拳銃を帯革に戻した。たとえ弾丸が入っていないものでも、銃口を人に向けることは拳銃操法の基本中の基本で厳禁されていることだ。ましてや実弾が入っていると言っていたのだから言語道断である。

椎名は永峰に、実弾を装塡した拳銃の携帯は遠慮願いたい。こちらでお預かりする、と手を出した。

「これは保身用だから、渡せない。貴職は本省の書記官に命令するのか！」

永峰が怒声を発する。

「ここは、私が管理する刑務所の敷地内。命令に従ってもらいます」

「いや、駄目だ！」

「書記官、あなたの身を守るためです。拳銃を奪った者が最初に標的にするのは、あなたなのですよ。お分かりになりませんか。どうしても携帯されるのなら、弾丸をすべて抜き取ってください。弾丸は預かります」

永峰は椎名の言うことを、もっともと思ったのだろう。しぶしぶ実弾を抜き、椎名に手渡した。

椎名は囚人たちの騒ぎがこれ以上大きくならないのを確認してから壇に近づき、壇上の影山に注意を与えた。

「口のきき方が悪い。謝りなさい」

四人たちは、声は聞こえなくても、椎名の表情を見れば何が起こっているのか理解する。

潮が引くように、静かになっていった。

「申し訳なかった」

影山は帽子を取って囚人たちに頭を下げた。

「主任、俺たちも悪かった」

受刑者から声が上がった。

影山は照れくさそうに帽子を被り直した。

「本日は第一工場、第二工場それから第三工場の諸君に救援物資荷揚げ奉仕に当たってもらう……」

「申告します！」

福田達也が手を頭上にまっすぐ挙げ、大声を出して影山の話を遮った。

「んっ……」

影山が注目する。

「昨日還って来ました。遅れて申し訳ありません。自分は海軍出身です。船が繋留できない場所での荷揚げ経験は多数回あります。ぜひ自分を荷揚げ奉仕に参加させてください」

「………」

影山が椎名を見る。

椎名は影山が何と答えるのか注目していたので視線が合った。椎名は間髪を入れず頷いた。

「よし！」

影山は達也を指差した。

「私も昨日帰って来た者です。私は元船員です。今日から参加させてください」

今度は、青山が手を挙げ、堂々とした態度で言った。

他にも二人の受刑者が元船員だと名乗り参加を申し出たので、ボイラーマンの河野和夫以下五人が海軍・船員特別班として毎日奉仕作業に出役することになった。

第一、第二、第三工場の受刑者総数二百四十人余りの中から百四十五人を選んだ。

合計百五十人の受刑者は握り飯二個と沢庵漬《たくあんづけ》二枚、玉ねぎと大根の味噌汁を掻き込んで、午前六時五十分に刑務所を出た。連行職員は影山以下十人であった。

この日の荷揚げもまた厳しいものになりそうだった。

前日入港したシカゴ丸の他、大阪府が仕立てた扇海丸《せんかいまる》が入港していた。その後、同じく大阪府の救援船・ハルピン丸と兵庫県の救援船・山城丸《やましろまる》、春洋丸《しゅんようまる》が相次いで入港する。

荷揚げは受刑者の他、県と市が公募した人夫が約百人集まった。

係官は影山に、前日の受刑者たちの作業風景を見て「自分たちも」と多数の市民が参加してくれたのだと言って、「今日もよろしくお願いします」と握手を求めた。

大阪控訴院の密偵

シカゴ丸電信室では、大阪府当局に長い無線電信が打たれていた。電文を起案し無線技士に渡したのは大阪控訴院事務局長・櫻井《さくらい》俊実《としみ》だった。

櫻井は控訴院長・谷田から、調査は秘密裏に行うこと、決して所長はじめ幹部職員には接触しないこと、看守又は受刑者から話を聴く場合でも身分は明かさないことを厳命されていた。

司法省行刑局を差し置いて、大阪の控訴院が現地調査を行った上に救援などに関わったとあっては、組織の秩序を乱したと、のちのち問題になる。

そうなれば、当然のこととして、所長・椎名の立場が悪くなるのは目に見えている。

櫻井も事情は十分飲み込めていた。

谷田は司法省監獄局長（大正十一年に行刑局長と改名）として十年余り全国の刑務所を統括指導してきた。その間の最高の思い出が、史上初の帝大出の椎名通蔵を採用し、所長として育てたことである。

まるで我が子のような特別な思い入れがある椎名を陰から支援しようとしているのだ。その支援を谷田の後任・山岡行刑局長には知られないようにしなければならない。

櫻井は敷地の外から、囚人に声を掛け、巡回警備中の看守に近隣の市民だが、と言って事情を聴いた。

敷地の中に入らなくても中は丸見え。十分な観察ができたと思っている。

谷田三郎大阪控訴院長あて
九月三日午前十一時半横浜港から上陸
桟橋は陥没、破壊され船は繫留できず。艀船により危険なる岸壁に取り付いて登ることになる。横浜刑務所の囚人多数荷役の作業に就くとのことで桟橋に参集せり。当職は囚人に手を引いてもらい岸壁に登った。
市内壊滅。ああ悲惨なり。ことごとく倒壊かつ焼失。いくつか鉄筋コンクリートのビルのみ残存。しかし、焼け尽くされていて人の気配なし。
当職はまず、横浜地裁に行く。惨状に目を覆う。従前の面影なし。ドーム屋根、側壁などことごとく落下により、法廷、事務所などすべてが押し潰されている。
親しきものがこの中にありという婦人から話を聴く。
折から大法廷開廷中で裁判所長、検事正はじめ判事、検事、弁護士、訴訟関係者、記者、傍聴人、裁判所職員合わせて百余人が下敷きになり救出かなわず未《いま》だに瓦礫の下にありという。既に三昼夜経過せり生存者なしと思わる。

根岸村の横浜刑務所に行く。午後三時なり。

ただただ瓦礫の山が散在する焦土なり。

刑務所の面影は崩れ落ち山となる四周の煉瓦にのみ認められるところである。

囚人多数、瓦礫の撤去などの作業に従事するを現認する。

囚人たち皆、衣服は破れ、焦げ、汚れのみ目立つ。手袋、脚絆《きゃはん》、手ぬぐいなどなし。

食事は千葉刑務所からの救援、神奈川県から外米の贈与を受けて、日に二回少量の握り飯と味噌汁、香のもの又は梅干のみの食事を給するという。

海軍より借用の大天幕三張りあり。一つは仮の警備本部として使用。他の二張りは寝具、衣類、消耗品等の物置に使用せり。千葉刑務所名の天幕も確認。他にバラック建て一棟あり。ここには病人怪我人を収容とのこと。

他の囚人はすべて、瓦礫を片付け取り除いた焦土の上に臥具《がぐ》敷きて寝かせているとのこと。

雨しのげず。最も危惧すべきは荒天なり。

なお解放囚、ほとんどが帰所したとのこと。

看守と囚人は心を一つにして秩序守るなり。ここにおいて、人の本質は性善なりと思わざるを得ず。

煉瓦塀、鉄条網なき監獄、ここにありと驚嘆すれど、所長はじめ看守ら一日より、不眠不休とのこと。ゆえに体力の消耗甚だし。

囚人の待遇も給食など改善する兆しなし。

囚人はなるべく早く他の刑務所に移送すべきものと思料する。

九月三日の見聞したる状況は以上の通りなり。

櫻井俊実

この電信の訳文は四日午後一時には控訴院に送られ谷田の目にするところとなった。

谷田は読み終わるとしばらく腕組みをして瞑想《めいそう》した。

所管の大阪、京都、兵庫の刑務所で受刑者を引き取ることを、まず考えたが、数百の囚人を一度に軍艦で護送すると、港に着いてからの陸送に問題があると断念した。

谷田は監獄局長を長く務めたが現場のことはよく知らない。

刑務所のことは本職に聞くべきだと、大阪刑務所長・坪井直彦《つぼいなおひこ》に電話をした。

坪井は長州藩士族の出でノンキャリアの最右翼の所長である。明治二十四年（一八九一）に選抜招集された上級監獄官を養成する練習所では、後に椎名通蔵が師と仰いだ木《き》名瀬禮助《なせれいすけ》所長と同期だった。二人は共に成績優秀であったために数少ないノンキャリア所長への道を歩いたのだった。

横浜刑務所の惨状を伝えると、坪井は言下に、

「閣下、名古屋が最適と思われます。熱田《あつた》の港からならわずかな距離でありますし、電車も利用できます。電車は貸切の交渉もできます。なにより停留所から刑務所までは一キロもないくらいです。私も名古屋で所長をしておりましたが看守たちもなかなか優秀で温情もありますので、名古屋をお薦めします」

と言った。

「そうか、名古屋刑務所か。奇遇だな……」

「名古屋が何か？」

「いや、何でもない。参考になった。そのように取り計らってみよう」

谷田の腹は決まった。

名古屋刑務所長は谷田が推薦した大阪地裁判事で、この年の四月に異動になっていた。

谷田は受話器を置くと、もう一度電信文を読み直した。

大阪刑務所の救援

首都圏の惨状を大阪朝日新聞で知った坪井は警備応援の要請があるかもしれないと、派遣職員の人選を命じていた。そこに控訴院長・谷田からの電話である。

坪井は、救援船第一号に事務局長を乗船させた谷田に頭が下がる思いだった。

坪井は次長、文書主任、用度主任、戒護主任を所長室に呼んだ。

「去る九月一日正午頃、当所においても大きな揺れがあり、時計が止まったことは諸君も知っている通りである。先ほど、大阪控訴院長から外塀、建物すべて倒壊焼失した横浜刑務所の現状を聴いた。未だに本省とは電話はつながらない。余は、当局の要請を待つまでもなく横浜刑務所の窮状を知った上は直ちに応援職員を派遣すべきと考える。異存はないな」

全員が「はい」と声を合わせた。

「準備ができ次第出発させる。文書主任はいかに早く到着させられるか検討して経路を確定せよ。用度主任は貨車一両分の救援物資を調達し目録を作れ。戒護主任は屈強で温情のある応援職員を選定せよ。各々一時間後に報告に参れ。以上」

坪井の指示はいつもの通り言葉が少ない。

何を言っているのか分からないこともあるが、質問でもしようものなら「バカモン！自分で考えろ」と一喝される。

これが坪井流の教育方法なのだ。

坪井は受刑者にも厳しいが、それ以上に職員に厳しかった。ここ大阪刑務所は、この年四月に坪井が着任以来、緊張の糸が緩んだことはない。

一時間後の報告会議で次長の報告を受けた坪井は一言、「よし、直ちにかかれ」と言うと満足そうに小さく頷いた。

部下たちが自分たちの判断で短時間に行った措置に満足したのだ。

すなわち、文書主任は静岡刑務所に鉄道から船に乗り換える適地を照会し、そこでの荷の積み換え応援も併せて依頼した。その結果、焼津《やいづ》での乗り換えが決定。船の借り上げも静岡刑務所が行うとの回答を得て、貨車一両の借り上げを行ったのだ。

戒護主任は看守部長二名、看守八名の応援職員を選定、人手不足になる分は構外への出役の休止によって職員の配置箇所削減を行った。

用度主任は医薬品、衣類、米麦、梅干、缶詰、食器、消毒薬などの衛生資材、手ぬぐいを調達した。

早々に準備を整え、午後六時には大阪吹田《すいた》貨物駅に刑務所のトラックと乗用車が到着した。指定された貨車に救援物資を積み込んだ応援職員はそのまま貨車に乗り込んだ。

列車は午後九時過ぎに出発、焼津には五日午前十一時頃到着の予定である。

悪質なデマ

九月四日は朝から予想外のことばかりが起こっている。

野村と茅場の無断欠勤、午後には受刑者の喧嘩口論が相次いで起こっていた。看守部長が走り回っている。

どうもおかしい。受刑者ばかりではない。看守もいつもと違う。椎名は〈そんなことがあるはずはない〉と胸中で否定しながらも、永峰書記官らが裏工作をしているのではないかと思った。秘書役の文書主任・影山が救援物資荷役の指揮官として港に出ていていないので、思う通りに情報を集めることができない。

おまけに、この日は、どういうわけか永峰が朝から天幕内に腰を下ろしていた。朝の挨拶以外は何も話しかけてこなかったので、疑念を抱いた。

もしも、次長と戒護主任が永峰の指示で欠勤しているとしたら、二人を出勤させないための天幕での居座りであろう。

永峰がここにいれば二人は出勤したくても出て来られないからだ。

午後五時、囚人の点呼の時間になったが、なかなか集まらない。それどころか構内のあちらこちらで看守と囚人、あるいは囚人同士で諍《いさか》いが起こっていた。

椎名は腹をくくった。

〈無法地帯でもいい。囚人たちをここに留めておくことが何より大事なことだから、点呼の省略と夕食準備を指示する。もしも、これで収まらなければ、看守と囚人の前で職を辞することを宣言して、後任が来るまでは静粛にしていてもらいたいと頭を下げる〉

椎名は坂上会計主任に「戒護部門の看守部長を至急集めなさい」と指示をした。

諍いは殴り合いの喧嘩に発展するところもあった。

「所長、このままでいいのですか？　なんとかしないと」

永峰が椎名の傍らに来て耳元でささやいた。

「何が原因で秩序が乱れたのかご存知ですか？　恐らく原因はあなたたちの言動です」

椎名は意識して鎌をかけた。

「暴動に発展した時の標的は本省の皆さんだと思います。あれだけいるんです。弾を込めても拳銃では身を守れませんよ！」

「………」

身の危険を感じたのだろう。永峰はおもむろに天幕を出て立ち去ると敷地外に出てから走り去った。

壇上に立った椎名の元に看守部長が次々に小走りでやってきた。椎名は数人が集まるたびに指示を繰り返した。

「所長の指示で点呼は省略、食事にすると伝えなさい。喧嘩は制止する必要なし。気が済んだら止めるから放っておきなさい」

看守部長らは我が意を得たりと、笑って立ち去る者もあった。

囚人たちだけではない、寝ずの警備が続く看守もストレスが溜まっているのだ。

看守部長を介した指示が届くと歓声が起こり、殴り合いなどの喧嘩口論もいつの間にか収まった。

鼻血を流し口腔を切り、血を流している数十人は、ほとんどが若者たちで、息が上がるまで戦ったので勝ち負けもなく遺恨などの後腐れはなさそうである。騒ぎは収まったが、この原因を明らかにしなければ、また騒ぎは起こる。おそらく、起こるたびに大きくなるだろう。

「会計主任、血の気が多い連中は明日の荷揚げ奉仕に出したらどうだ」

椎名は医務主任の治療を受けている連中を指差して笑った。

「はい、そのように取り計らいます」

「いや、冗談だよ。それより騒ぎが起こった原因を調べてくれ。本省の連中が関わって

いるように思える。若い方の事務官は行刑局の人間ではないと思う。刑務所用語が解《わか》ら

ないようだ。まさに謎の事務官だが、あの男が受刑者たちだけでなく、職員にも何か吹

き込んでいるように思えてならない」

「わかりました。所長、それから……、次長と戒護主任には何があったのでしょう。書

記官が何か言ったのでしょうか？」

椎名は、上司と上席のことを穿鑿《せんさく》するな！　と叱るつもりで坂上の目を見た。

しかし、坂上の眼光に、聞きにくいが、敢《あ》えて聞かせてもらいますという覚悟が見え

たので、横浜刑務所のこと、受刑者のことを思い、今後のことが心配になって質問した

のだろうと、真摯な気持ちに応えるべく椎名自身の彼らに対する正直な気持ちを語った。

「彼らは大丈夫だ。本物の刑務官だから心配するな」

「はい」

坂上は笑顔を見せて立ち去った。

午後九時、荷揚げ奉仕に出ていた受刑者百五十人が帰って来た。

今夜は帰所と同時に地面に倒れこむ受刑者はいなかった。人員が多く、早めに帰還できたからだろう。

昨日の第一回目がいかにきつかったかということだ。

点呼と訓示が終わると、影山が明日も百五十名を午前八時半に大桟橋まで出して欲しいという知事の文書を届けにやってきた。

「所長殿、刑務所が噂になっています。それも根も葉もないものだと思うのですが、そうではなかったらどうしようと、看守らも心配しています」

「どういうことだ」

椎名はひょっとしたらと、永峰と謎の事務官の顔を思い浮かべた。

「昼の握り飯をいただいているところに、巡査がやってきて、横浜刑務所はこのまま廃止になって、未決監だけ裁判所の敷地内に新しく建てられるらしいですねと言うんです。何のことかさっぱり分からなかったので、誰がそんなことを言っているのかと訊くと、内務省警保局保安課の人がさっきやってきて、あの人たちに教えてやってくれと頼まれたと答えました。まさかとは思いますが、本当ですか？」

影山は半信半疑といった様子で言った。

「そうか……」

椎名は、「内務省警保局か……」とつぶやいてから、声を出して笑った。

「文書主任！　刑務所は内務省とは無関係だ。悪意のこもったデマだよ。監獄が府県のものだった二十年前の話なら別だが……。まさか……。君まで惑わされるとは」

「すみません」

　影山は照れくさそうに笑った。

　刑務所はかつて、江戸時代各藩の牢獄をルーツとする府県警察監獄署と、国設の大監獄・集治監があり、いずれも内務省が所管していた。各自治体の財政規模により処遇に大きな格差があり、その解消が懸案だった。

　そこで、刑務所をすべて国の施設とし、府県から切り離すために司法省の所管に移し、財政・人事共に内務省との関係を絶ったのだ。それが明治三十六年（一九〇三）の監獄官制である。

「とりあえず皆に、そんなことはない。デマだと話してきなさい」

　椎名は笑みを崩さなかったが、このことで今日一日の出来事が理解できたような気がした。一般市民に限らず囚人の多くも、刑務所が警察と関係があると思っている。したがって永峰らが、内務省という言葉を入れて、ばらまいた喧伝工作が効いたのだ。

籠絡と恫喝《どうかつ》、所長を孤立させよ

刑務所は所長に絶大な権限がある反面、組織としては脆弱である。

それを椎名は経験上よく心得ている。

活《い》かすも殺すも、三つの役職を操作すればいい。次長と、四人の元締めであり筆頭主任である戒護主任、それに総務と人事を所管する文書主任である。

横浜に限らず刑務所の組織は単純な一本の線でつながっている。

所長――次長――主任――看守部長――看守。

九月四日は一日、三役がいなかったから所長は孤立し、報告は全くと言っていいほど上がってこなかったのである。

もっとも、三役が機能していたとしても看守の意見具申や報告が必ず所長まで届くかというと、そうではない。途中で止まる、あるいは止められることは往々にしてある。

報告を受け、さらに上司に報告する立場になった人間の性格、出世などの欲望、妬み、嫌悪あるいは、金品の贈与などがからんだ引き立てなどで情報は操作されるのだ。

所長には都合の良い情報しか届かないと思っていた方がいい。

したがって、所長が刑務所を本当に掌握したいと思えば、自分の足と目を使って確認する他ないのだ。

〈そうか！〉

椎名は『千葉監獄』と書かれた弓張提灯《ゆみはりぢょうちん》に火を灯《とも》した。

「所長どちらへ」

「構内を一回りしてくる」

「自分もお供します」

ランプの灯りで事務をとっていた坂上が帳簿を閉じて立ち上がった。

千葉刑務所からの二回目の救援船でもランプと提灯、灯油とロウソクが届けられた。初回のランタンだけでは足りないと、千葉刑務所用度主任・鈴木が用意してくれたのだ。ありがたいことである。

影山は荷揚げ出役の疲れだろう、大鼾《おおいびき》をかいて眠っている。椎名は提灯を坂上に渡して天幕を出た。

構内は百台のランプで灯りをとっている。午後十時を回っているが、今夜は騒いだ興奮が冷めないのかランプのそばで車座になって語り合っている受刑者たちが目立つ。

巡回者が所長だとわかると受刑者たちは「ご苦労様です」と頭を下げた。

「先ほどはご迷惑をお掛けしました」と目を覆うほど瞼《まぶた》を腫らした若者が両手をついた。

椎名は無言で若者の肩を二度手のひらで、やさしく叩いた。

何か大きな誤解が解けたのだろうか、構内全体に穏やかな雰囲気が漂っている。

広場ほぼ中央に大きな塊ができていた。十人以上が集まってヒソヒソと語り合っている。

椎名の姿を認めると、皆立ち上がって一斉に頭を下げた。

「所長殿、真に失礼千万でありますが直訴させていただきます」

「おお山口君、穴掘りでは世話になったな」

「恐縮です」

山口正一は素早く膝をつき、正座をした。他の者も山口に倣う。

ざっと見渡したところ、年配者ばかりの集まりだった。しかも就業する工場はまちまちで、独居の山口が仕切っている工場代表者集会といった感じがした。

「まずうかがいたいことがあります。これは今夕あちこちで起こった喧嘩の原因です。この刑務所が廃止になり自分たち囚人は北海道と九州に送られるのですか？」

「んっ！　北海道と九州……」

「所長、私が昨夜刑務所に戻ってくる時、刑務所まであと百メートルほどというところで声を掛けられたのです」

山口の隣に座っていた受刑者が言った。

「六工場の佐久間《さくま》君だな。昨夜還って参ったのか」

「はい、遅れて申し訳ありませんでした」

「無事に用は済ませられたか？　家族に不幸はなかったか」

椎名は優しく佐久間に語りかけた。

この刑務所が廃止になるのかと聞かれた時点で椎名にはすべてが理解できた。

デマは既に椎名の耳に届いていた。それも看守用と受刑者用は内容が異なっている。

椎名は腰を下ろし胡座をかいた。

「佐久間君、内務省の役人を名乗る若い男が、『横浜刑務所の囚人は北海道の空知《そらち》と九州の三池で石炭を掘る仕事に就かせられる』とか言っていなかったか？」

「全くその通りです。本当なんですね」

佐久間の返事にざわめいた。

「いや、全く根も葉もないデマだ。私の想像だが当たっていたか。その男の顔は覚えているか」

「いいえ、大きなマスクをしていたので分かりません」

「なるほど……。君たちは試されたのか、馬鹿にされたのかのどちらかだな。悪いいたずらだ。横浜刑務所がなくなることはない。そもそも刑務所は司法省の所管だから内務省は関係ない。それにしても炭坑で働かせるとは酷い内容だ。皆、動揺したのも頷ける」

「じゃあ、違うんですね。所長殿、おそらく昨夜還ってきた者たちは同じデマを聞かされていると思います。私は三池で働いたことがあるので本当にショックでした……。まったくとんでもない奴だ！」

佐久間は徐々に声を大きくし、しまいには怒りを顕《あらわ》にした。

「そいつは、俺たちをここから逃がして待ち伏せして逮捕し、手柄を上げようと画策している警察の回し者かもしれん」

山口が口を挟んだ。

「皆が辛抱してくれたのは、君たちのおかげのようだ……」

「所長殿！」

山口がにじり寄った。

「本当に僭越で恐れ多いことを申し上げますが、所長殿を馘首しようという動きがあるとも聞き及んでおります。実は当局から来た客人の話を小耳に挟んだ者がいるのです。悔しいです。私たちは所長殿をお護りします……」

「かたじけない。所長冥利に尽きる言葉をもらって嬉しいが、決して無理はするな。君たちが己を大事にし、無事社会に戻る姿こそが私の喜びだ」

椎名は山口の震える両肩をぎゅっと両手で挟んでから立ち上がった。

先導する坂上の背と提灯の灯りがしばらくの間、小刻みに揺れていた。

二人は崩れた塀の瓦礫を乗り越えて官舎地帯に下り立った。

椎名は意識して大きな声を出し、一日の出来事を話した。

戒護主任の官舎から灯りが消え、開けてあった障子が静かに閉められるのが見えた。

「おう、戒護主任の官舎は真っ暗だな。休んでいるのだろう。不眠不休を命じた私の責任だ。早く元気になってもらわんと今度は私が倒れそうだ……」

「私もそろそろです。ところで書記官は明日帰ると言っていましたね」

坂上は椎名の雑談の意図を理解しているようだ。聞こえよがしに大声を発する。

隣の次長官舎にさしかかると、ロウソクの炎に映し出された人影が徐々に小さくなって障子が開けられ、夫人が顔を出した。

「お勤めご苦労様でございます。主人が勝手して申し訳ありません」

「これは奥様、毎朝早くから港に行く者たちの弁当作り、本当にありがとうございます。次長の怪我の具合はどうですか。お見舞い申し上げるとお伝えください。では……」

椎名は丁寧に頭を下げ、歩を進めた。

すると後方で、障子が閉められる音に続き、男の怒声と女の甲高い叱責の声が聞こえた。

天幕に戻ると、影山はいなかった。布団は敷かれたままだったので用を足しにでも行っているのだろうと、椎名も気には留めなかった。

行刑局長と志願囚経験のある局付検事

行刑局長・山岡萬之助は永峰からの報告書を前に頭を痛めていた。

永峰が同伴した二人の事務官のうち、市谷刑務所から派遣されていた友重《ともしげ》事務官が、永峰の報告書を携えて帰ってきたのだ。

永峰は、横浜刑務所の九月三日時点での様子を、
＊解放囚の半分以上は未帰還

＊在野の解放囚による犯罪被害通報多数あり
＊横浜刑務所は無法地帯にして囚人は出入り自由、全くの放任状態なり
＊近隣の民家に物乞いに行く者多し
＊かかる状況においても所長は施設警備に軍隊の出兵要請をするつもりはないと言う。
　言語道断と言うほかなし

と認めていた。

山岡は渋面を作って、報告書を封に戻した。

これらの状況を把握していながら対策を講じず、何の支援も行わなければ、さらなる事態の悪化を招来することは火を見るよりも明らかである。

その時の責任は横浜刑務所の所長ではなく、行刑局長である自分と大臣にあるということになる。永峰はどうもそのあたりのことが分かっていないようだ。ならばこうすべきだという意見はどこにも書かれていない。

山岡は刑務所の勤務経験がない永峰が筆頭書記官として所長と対等に意見を交換し、時には大臣の命令だと言わぬばかりに高飛車な態度を取っている姿を想像した。

自分と同じ日本法律学校出身と知って目をかけ面倒を見てきたのだが、永峰は帝大卒の書記官や所長に対して異常なまでのライバル意識を持っている。

今回、永峰の発案・申し出を受け入れて、帝大出の椎名所長を向こうに回す特別調査を命じたが、どうやら失敗だった。

山岡は後悔と共に、再調査を考え、調査の随員を命じた友重事務官を呼んだ。永峰の報告書は総務課長を経由して届けられたので、友重からの口頭報告は受けていなかったからだ。

友重の口から語られた横浜刑務所の状況を聴いて、山岡は安堵《あんど》すると共に永峰の今後の処遇について考えるところとなった。

山岡は局付き検事・正木亮《まさきあきら》に再調査を命じることにした。

正木は広島出身、第二高等学校から東京帝大法科に進んだ。大正八年（一九一九）高等試験司法科合格、翌九年に検事に任官。水戸地裁検事局、横浜地裁検事局勤務を経て、大正十一年七月東京地裁検事局に異動、同時に司法省行刑局に併任するという辞令が交付された。

行刑局勤務を切望していた正木は大喜びで行刑局長・山岡に師事することになった。正木が監獄の仕事を目指すようになった原点は、帝大の恩師・牧野英一《まきのえいいち》博士の刑事法講義に感銘を受けたからである。

牧野は、

「犯罪は社会現象を原因として起こる。ゆえに犯罪者をいろいろの点から教育して、真人間に仕立てるのが刑罰の目的である。監獄は牢屋であってはならない。真人間に仕立てる文化の施設でなければならない。監獄は恰《あたか》も一家の中の便所に匹敵するもので、これが不潔であれば、その家に伝染病が起こり、清潔であれば家治まるのと同じ理屈なのだ……」

などと、熱く語ったのだった。

これに正木はひどく共感し、帝大在学中に市谷刑務所に、そして、この年の一月に小菅刑務所にそれぞれ志願囚として体験入所し、数週間、本物の囚人と寝起きを共にしたのである。

正木は八月二十三日から巡閲官《じゅんえつかん》の補佐官として北関東と東北に出ていた。『巡閲』とは監獄法で規定された司法大臣が上級幹部職員に命じて行う二年に一度の刑務所監査である。刑務所の運営が適切であるか、予算は正しく使われているか、被収容者の取り扱いに違法・不当はないかといった管理上の監査と、被収容者が直接、司法大臣に陳情し救済を求める『情願《じょうがん》』を大臣に代わって聞き取ることも重大な任務になっている。

一行七名は水戸刑務所、青森刑務所、山形刑務所を経て九月一日は最終の日程である栃木刑務所にいた。

栃木刑務所は両毛《りょうもう》線栃木駅から八百メートルのところにあり女囚を収容していた。

正木は会議室で帳簿を検査中に地震に遭った。

突如起こった鳴動。その後ひと呼吸経ってから聞こえてきた女囚の悲鳴に正木は大きな被害を想像した。

建物は全壊し、多数の女囚が下敷きになったのではないかと思った。

会議室の床はちぎれんばかりに波打っている。正木は立ち上がることも机の下に潜ることもできず、ただ机をしっかり摑んでいた。

長い揺れが鎮まり、女囚の悲鳴が聞こえなくなった。

正木は立ち上がり、被害の状況を調べるために構内を回った。

ほとんどの建物の屋根瓦は部分的に落ち、外塀には亀裂がいくつもできていた。幸い、女囚は全員、運動場に避難させることができたようだ。

巡閲は切り上げて終了。女囚たちの作業は中止。運動場に天幕を張ってしばらく様子を見ることになった。

列車の不通が伝えられ、その夜は刑務所の職員待機所に泊まることにした。

東京は全壊の上に大火災が発生し激しく延焼中であるという情報が届いた。

翌日、巡閲官一行は栃木駅から小山《おやま》駅を経由して川口《かわぐち》駅まで列車を利用した。ここまでが列車で行ける限界だった。

一行は避難民の流れと逆行した。帝都を下る長大な列は途切れることなく続いていた。

「局長、遅くなりました」

正木は勇躍といった感じで局長室に入ってきた。

「ちょうどよかった。そこに座れ」

山岡も笑顔で迎えた。

「これをどう思う」

永峰から届けられた横浜刑務所の報告書を手渡された。

「………」

正木は眉間に皺を寄せた。

昨夜の豊多摩刑務所での出来事を報告するには格好の内容である。

「私は、刑務所の中に兵隊を入れることは反対です」

「どういうことだ」

山岡は顔色を変えた。明らかに不機嫌になっている。

正木は山岡の胸の内はよく分かっている。在京刑務所に軍隊が出ているのは局長の名で派兵を要請したからだ。

「お言葉ですが、局長はこの報告書をどのようなお気持ちで私に読ませたのですか」

「………」

山岡は席を立ち、手を後ろに組んで歩き始めた。狭い部屋の中だから行ったり来たりで表情の変化もよくわかる。

すぐに怒りは治まったようだ。

「局長、昨夜豊多摩刑務所で受刑者が兵士に射殺されました。報告を受けていますか」

「いや……。何があったのだ」

「兵士を塀の中に入れたから事故は起こったのだと思います」

正木は二日帰京すると、小菅刑務所を視察、さらに巣鴨刑務所を見てから三日夜、中《なか》野《の》の上高田《かみたかだ》にある自宅に戻った。家の中を片付けていると半鐘が乱打された。

「脱獄だ！　囚人が脱獄した！」

という声が聞こえた。

豊多摩刑務所までは五百メートルほどである。正木は駆けつけた。

脱獄はしていなかった。しかし刑務所は酷いことになっていた。中野電信隊の兵士が多数出入りしていて看守の姿は見えなかったのだ。

収容区域に入って啞然《あぜん》とした。

塀が倒壊した箇所に看守が立ち、地面に寝かされた囚人たちを監視していたのは、着剣した歩兵銃を構えた兵士だったのだ。

「貴様！」という怒声がした方を見た。半身起こした囚人が兵士に歩兵銃の柄で殴られ昏倒《こんとう》した。

しばらくすると舎房から銃声が聞こえた。立て続けに三発発射された。

「局長、小菅の有馬所長は来援した兵士一個小隊には塀の外の外周警備だけを頼んでいました。豊多摩の寺崎所長は囚人脱獄のデマが飛び交うたびに増派される兵士に手が付けられなくなったと嘆かれていました。囚人蔑視、かつ囚人は良心を持たぬ極悪人と思い込んでいるのが社会の目です。生意気なようですが言わせていただきます。私は軍隊に出兵要請をしないという横浜の所長の判断は正しいと思います」

「そうか……」

山岡は正木の顔を正面から注視して聞き入っている。

「デマは非常に恐ろしいものです。永峰書記官の報告にケチをつけるつもりはありませんし、その真偽も実際に現地で見てみないとわかりません。今申した豊多摩の例もあります。四人の非行、犯罪の声は事実無根か針小棒大ということもあります。事実を確認してからご判断されるべきと申し上げさせていただきます」

「分かった」

山岡は頷き、退室する正木の背に向かって「永峰書記官が帰ってきてからになるが、君にも横浜を見てきてもらうことにする」と言った。

腹を切れ

永峰正造は同伴した事務官の手前、顔にも口にも出していないが、正直なところ横浜刑務所には驚かされてばかりだった。

惨状は想像をはるかに超えていた。死者が数百人出たと言われても納得できるような瓦礫の山だった。これでよく皆無事でいたものだと驚いたのだ。

解放をしていない横浜刑務所だったら絶賛の言葉を連ねて、我が日本行刑界の誇りであると、大いに喧伝しただろう。

しかし、横浜刑務所長・椎名通蔵はこの永峰を嘘つき官僚にした。絶対に許せないのだ。

九月一日、永峰は、重罪犯を収容する小菅刑務所の使者から外塀が全壊したにもかかわらず一人の逃走者も出していないという報告を受けたので、組閣中の第二次山本権兵衛《やまもとごんべえ》内閣で司法大臣に内定した田健治郎《でんけんじろう》に被災報告をした。

「行刑局長に代わって報告いたします。市谷、小菅、巣鴨、豊多摩各刑務所並びに近県で被災した刑務所は外塀倒壊、獄舎全半壊などの被害を受けましたが、脱獄者は一人も出しておりません。局長以下我らは日頃から刑務所に天変地異等非常時の対策を講じておくように厳命し各種の訓練をさせて参りました。死傷者もわずか、その成果ありと安堵しております」

いわば大見得を切ったのである。

その夜、やってきたのが坂上看守長だった。横浜刑務所解放の報告には、ただでさえ奈落の底に突き落とされたような衝撃を受けたのだが、なんと、震災による内閣改造で大審院長・平沼騏一郎が司法大臣に就任するという情報が入った。

永峰は震え上がった。平沼には省議でひどく叱られ、退席を命じられていたからである。

囚人脱獄に神経を尖らせている平沼に横浜刑務所千人の囚人解放を報告したらどうなるか。ただでは済まない。

解放を断行した横浜刑務所長・椎名通蔵に懈怠《けたい》による報告遅延などの理由をつけて職責を問えば助かるかもしれないと考えた。

永峰は局長の指示通り報告伝令要員として行刑局の友重事務官を同伴した。表向きの出張は市谷刑務所から派遣されていた友重と二人である。もう一人同伴した事務官は、内務省警保局保安課に籍を置き特高の調査官として暗躍している梅崎源治《うめざきげんじ》であった。

梅崎は潜入調査中に失態を演じたため、今は属官という身分で司法省が預かり、席は刑事局にある。有能な男だから職員の思想調査に当たっているというのがもっぱらの噂である。

永峰は本省を発つ前に次長と主任六人の人事記録を取り出して経歴などを罫紙に抜書した後、野村次長、影山文書主任、茅場戒護主任の三人については、ほぼ丸写しして持ってきていた。所長の責任を追及するには、この三人の供述書又は本人作成の報告書が不可欠だと判断したからである。

三日の午後は三人それぞれ別行動をとった。

永峰は野村と茅場の面接、友重は看守と受刑者の面接、梅崎は市中に出掛けた。

人払いをした天幕の中で永峰は野村と向き合うと、ズック製のリュックから人事記録を写した罫紙を取り出した。

「野村さん、あなたは局長の厚い信頼を受けていた。局長はあなたがいらっしゃるから若い椎名所長を配置換えしたのです。野村さんならば何があろうと立派に、若輩の所長を補佐し引っ張ってくれるだろうと思っていたのですよ」

「………」

野村は首を傾げた。

「横浜刑務所の囚人解放がどれほど社会に不安と恐怖を与えたか、いえ、現に与え続けているか分かっておられぬようですな。隣接する住宅から出火したものの、火災は刑務所で食い止めた。これは立派です。おそらく囚人たちにも協力させて延焼を防いだのだと思います。しかし、その後です。近隣を見てください。田畑もあるし学校もある。囚人を避難させる場所はあったんじゃないですか？　そのことを野村さんは所長に言ったんでしょう？　解放は地域住民に迷惑を掛けるから、まずは避難しましょうと……。あなたの三十年近い刑務官としての経験も非常時の判断も、所長より優《まさ》っているはずです。それなのに椎名さんはあなたを無視して、解放してしまった……。私はそう思っています」

「それは……。そうですが……」

野村は口元を緩めた。

「そうでしょう。私はあなたを一目見て感心した。重傷を負いながらも未熟な若い所長のそばにいる。実に立派だと、局長にはしっかり報告するつもりです。ただし、野村さん……」

永峰は薄ら笑いをして野村を見た。

「あなたが当局の期待に応えられなかったという方が実は大きな問題なのです。千人の囚人を阿鼻叫喚の巷に放すことがどういうことか、あなたは十分承知していた。だが所長の解放決断を阻止できなかった。三十七歳の所長をしっかり監視し、間違った判断をしたときは直ちに諫言《かんげん》する。それをも聞き入れようとしないときは身を挺《てい》して止めさせる。それが老練な次長・野村さんに課せられた使命であり、局長の期待だったのです。ですからこの責任はあなたにあると言ってもいいかもしれない」

「………」

野村は青くなった。

「腹を切るべきは、所長か野村さんあなたか……。あるいはお二方になるか」

永峰は腕組みをして野村をじっと見つめた。

「ところで野村さん、定年も近くなったので郷里の熊本に帰りたいと転勤願いを出しておられますね」

「はい」

「私に考えがあります。確かな約束はできませんが……」

永峰は一層真剣な顔をして野村を見た。

「………」

「野村さんが助かる道はただ一つ。事実を正直に報告してもらうことです。今私が申したように、解放はこれこれしかじかで、行うべきではありませんと、諫言したけれども、所長は聞き入れてくれなかったという報告書を書いてください」

「所長に腹を切らせるということですか！　それは」

野村は永峰から目を逸らした。

「大きな怪我をされているし無理せずに、今日はこれから官舎に帰って考えてみてください。私は明後日の朝帰ります。それまでに報告書を書いてください。ただし、くれぐれも他言は無用ですよ」

「考えてみます」

「ご苦労様でした。茅場さんにここに来るようお伝え願えませんか」

野村は席を立った。

刑務官魂の葛藤

茅場は友重事務官を重傷者が横になっているバラックに案内した。

茅場にとって本省からやってきた永峰書記官一行は実に不可解で空恐ろしい存在だった。

構内巡回で三人を連れて一回りした時には全くの無言だった。被災当時の状況を説明しても一言も発せられなかったのだ。茅場は、解放をしたことが当局で問題になっていること、その調査で三人がやってきたのだろうと思っていた。

横浜刑務所の囚人が拳銃や刀を看守から強奪し、避難民を襲いに来るといった噂が飛ばされていたのを承知していたからだ。

茅場は拳銃や刀といった内容での噂を事実無根と一笑に付したのだが、その噂は帝都まで駆け巡っていたらしい。

「横浜刑務所の囚人が大挙して六郷川《ろくごうがわ》を渡ってくるという話も聞きました」

と友重がポツリと言った。

間違いなく解放の責任を問うべく調査に来たのだ。

茅場は天幕の中の野村が永峰に解放のことで、様々な追及を受けているのだろうと想像をたくましくした。

救護所と書いた紙が貼られたバラックは、倒壊した建物から取り出した柱や梁、あるいは窓枠などを用いて組み立てられていた。

七名の営繕工場就業の大工や左官といった技能を持った受刑者が、度々襲う余震にも耐えられるようにと補強材を入れ、屋根にトタンを張る作業をしている。

医務主任、保険助手、それに女囚六人が負傷者の看病に当たっていたが、他に和服姿の二人の中年女性と女学生がいた。

「あの女性たちは？」

友重が茅場に訊いた。

「受刑者の関係者ですが、手伝わせて欲しいと願い出たので、所長が、『ありがたい申し出だ』とその善意を受けて、救護所の手伝いをお願いしました。洋服を着ているのは高等女学校の学生です」

「そうですか。囚人たちの心を和ませてくれているようですね」

友重は笑みを浮かべて洋服姿のサキを見た。

友重は患者一人ずつから被災の状況、救護と治療の経過などを聞き取っている。大腿部《だいたいぶ》を骨折したという受刑者は、担当刑務官に助けられた様子を話した。

「私が居た場所が一メートルずれていたら、梁の直撃を受けておそらく即死でした。気を失った私は担当さんに担がれて外に出たのです。轟音と痛みで気がつくと、工場は再び襲ってきた大きな揺れで完全に潰れました」

「解放が言い渡され。動ける者たちは皆自由の身になったね。その時あなたは、どう思いましたか」

「羨ましいと思いましたが、それより、動けない自分の運命、つまり因果応報の罪深さを痛感し、初めて悔い改めなければという気持ちになりました。そうだ、食事は出ないと聞いていましたが、朝は握り飯をいただきました。この米は誰からもらったものか、どこで炊いたのかと考え、ありがたい思いでいっぱいでした」

さらに茅場を見て、

「戒護主任さん本当にありがとうございます。所長様に私たちの気持ちをお伝えください」

　と言った。

「そうか……」

　友重は茅場を見た。

「残留囚人と早々に帰還した者たちは二百五十名ほど、官舎の夫人の炊き出しにより朝食を配りました」

「米は皆さんが持ち寄ったのですね」

　友重は頷いた。実に穏やかな優しそうな表情だ。

　茅場は松葉杖をついてやってくる野村を認めた。目が合うと、手招きをされた。

「足が痛むので官舎に帰ったと所長に伝えてくれ……。書記官が主任と話をしたいそうだ」

「どんな話だったのですか？」

「いやあ、無茶苦茶だ。なんでわしが責任を取らねばならんのだ」

　野村は吐き捨てるように言うと、向きを変え瓦礫がきれいに取り除かれた表門につながる中央通路に向かった。

　友重に同行し二時間ほどの聞き取り調査を終えて天幕に戻った茅場は、永峰書記官から声を掛けられた。

「次長から事情を聴きましたが、いろいろ気になることがありました。次は戒護主任のあなたから事情をお聴きします」

表情は穏やかで言葉遣いも丁寧だ。茅場は友重事務官が紳士的で誠意を持った調べを行ったので、永峰書記官も見た目より、いい人かもしれないと思った。

「わかりました。どうぞ始めてください」

茅場が返答すると、永峰は表情を変えた。厳しい顔つきになって席を立った。

「茅場さんの場合はちょっと込み入ったことがあるので場所を変えましょう」

「…………」

茅場は何事かと、不安な気持ちを抱えて、永峰の後に続いた。

刑務所から五十メートルほど北にある大きな農家の大広間に通された。そこには梅崎が、これもまた厳しい表情で待っていた。

茶が一杯出されると、すぐに事情聴取が始まった。

「茅場さん、あなたは前任地の市谷刑務所で非常にまずいことをしていますね」

「…………」

何のことかさっぱり見当がつかない。

「わかりませんか。あなたは会計主任をしていましたね」

「はい……」

茅場は大正十年（一九二一）四月に市谷刑務所会計主任から横浜刑務所戒護主任に配置換えになった。市谷での二年間を振り返る。所長と次長、そして部下の顔が次々に浮かんできたが何の心当たりもない。

無言で見つめる二人の鋭い視線を痛いほど感じる。

〈んっ……。ひょっとして、出た後に何か不正が発覚したのかもしれない〉

「私が調査中で一部確証を得ているのです」

梅崎の声を初めて聴いた。

低音で残響が効いていて薄気味悪い。強烈な威圧感に言葉を引き出された。

「会計処理で何かあったのですか？」

心の中に起こった何の根拠もない想像の疑念が声になった。

茅場の頭に浮かんだのは金銭処理だった。

千三百人の未決囚を収容する施設の会計責任者として、国の歳出予算と被告人の所持金や差し入れ金といった大きな金を扱っていたからだ。

永峰と梅崎は顔を見合わせ口元を緩めた。

茅場は、しまった！　罠《わな》に引っかかった、と思った。故意に陥れようと思えば不正経理を持ち出すのが一番だ。それは大量の事務だから嘘でも「不正があった」と言われれば、本当にあったのだろうと思ってしまう。そこをまんまと利用されたと思い、慌てて言葉を足した。

「私の在職中は断じて不正はなかったと確信しています。疑われているのなら、それが何なのかはっきり示してください」

「茅場さん、調査中と言ったでしょう。まだ明らかにできません」

梅崎はそれだけ言うと、永峰を見て後をどうぞという手振りをした。

「さて、ここからは本題に入りましょう」

永峰は無表情で書類に目を落とした。

「解放をして社会に大きな混乱を与えた戒護主任の責任は大きいですよ。所長以上と言ってもいいかもしれないですな。会計だけでなく受刑者処遇の責任者としても問題があったとなると……」

茅場は永峰に睨まれた。

「…………」

茅場はうつむいた。そして野村の言葉を思い出した。

野村に責任を取らせると言った永峰が自分にも同じことを言っている。

茅場は、気を取り直し、懐柔と脅しは囚人を屈服させるために刑務官が使い慣れている手法だ、そんなものに屈するか！　と奮い立った。

「お言葉ですが書記官殿、会計主任の時の監督責任であれば、仕方ないので受けましょう。しかし、解放は私の権限ではありません。すべて所長の責任であると思います。その責任を、この身では受けられません」

茅場は毅然《きぜん》とした態度を示すつもりで背筋を伸ばした。

「戒護主任！　あなたは所長を売るつもりですか。筆頭主任が所長を売るとあっては、刑務所の組織は崩壊です。あなたには幹部としての資質がないと認めざるを得ませんね」

永峰は眉間に皺を寄せ語気を強める。

「…………」

ああ言えばこう言うという問答に茅場は言葉を失った。

闘争心は一気になくなり、頭の中では辞めさせられた後のことを考えていた。

この年齢では、まともな職には就けないだろう。返す返す若輩所長・椎名通蔵に仕えた不運を嘆きたくなった。

「戒護主任、あなたは所長に対し解放は思いとどまるように盛んに意見したのでしょう。私はそう思います。なにしろ、あなたは市谷を除けばすべて戒護部門での職歴。そのキャリアでおめおめと千人余りの囚人解放に賛成したとは思えません。次長はあなたが所長の解放決断を後押ししたと言いましたが、私はそうではないと思っています」

「えっ、次長が!?」

「はい、確かにおっしゃいましたよ。茅場さん、私に任せてください。悪いようにはしません。一つだけ条件があります。今私が申したようなこと、つまり、あなたの経歴、戒護主任としての職務上の信条・信念から、所長の解放決断に対して猛烈に反対したことを報告書にしてください」

「…………」

茅場は永峰の顔を凝視した。

頭の中は市谷刑務所の話もあって混乱している。報告書がどのように使われるのか、その意味が分からないのだ。

「どうしました。あなたを悪いようにはしないと、言っているではありませんか」

「……わかりました。よろしくお願いします」

茅場は頭を下げた。

永峰は、別れ際、明日は無断欠勤して官舎に籠り、外には一歩も出るな。重圧と心労で勤務に就けないほどの体調不良に襲われたという設定が必要だから、絶対に守るようにと念を押した。

第四章　所長の条件　徳孤ならず必ず隣あり

噂になった女学生

　九月三日、サキは山下に連れられて構内のほぼ中央に急造されたバラックにやってきた。広さ十畳ほどの小屋である。白衣を着た医師が、列を作っている囚人たちの治療に当たっていた。山下は医師が手を休めたのを見計らって声を掛けた。

「医務主任殿、小職の工場の者の妹さんです。なにか手伝いたいとの申し出がありましたので、所長の許可を得て連れて参りました」

「それはありがたい。助かります」

　白髪の医務主任はサキに笑顔を向けた。

「福田サキと申します。いつも兄がお世話になっております。よろしくお願いいたします」

「添田《そえだ》です。こちらこそよろしく。女学校の生徒さんですね。あなたのことか……。お兄さんの身代わりに百キロの道を歩いてやってきた美しい娘さんがいたと噂になっておったが」

　医務主任が言った。

「百キロなら私ではありません。相模原の溝村から来たのですから……。それに、美しくないです」

サキは真面目な顔で頭《かぶり》を振った。

添田と山下は、顔を見合わせ微笑した。

「話は大きくなるものだが、それだけ囚人たちの心を打ったということだな」

添田は独り言のように言った。

「夕点検終了まで、サキさんをお願いします。では、私は失礼します」

山下は医務主任に敬礼をして立ち去ろうとした。

「山下君、ちょっと待て……」

添田は立ち上がり、山下の腕を持って、何事か語り合った。

サキには何を話しているのか内容は全く聞き取れなかったが、ただ事でない話であることは、二人の表情で感じられた。

バラック内は診察台の他、手術用の器具、薬品、衛生資材がきれいに整頓されて置かれていた。目を見張っているサキに、白い帽子を被り半身の白い上衣を着た中年の男が話しかけてきた。

「今日一日、手伝いをしてくれるのですね」

「はい」

ズボンは柿色なのでサキはこの男の身分が分からなかった。

「私はあなたのお兄さんと同じ受刑者です。看病夫という仕事を任されています。驚いたでしょう。地震に遭って、その後の火事で燃え尽きたのに、これだけ残っているのには……。添田医務主任殿がいたので、この通り必要な物を取り出すことができたのです。火から護るのも大変でした。大勢の仲間たちが協力してくれました」

と、言った。

サキは、ただ大きく頷いた。

焼け尽くされた情景を見ながら、火を避ける移動がどれだけ大変だったか容易に想像できる。看病夫の謙虚な態度での説明に、サキは、みんなの役に立てるよう頑張ろうと思った。まだ子どもの自分に、兄よりも十歳以上年長であろう受刑者が対等の者として接してくれるのがことのほか嬉しかった。

「ここには私と同じ看病夫と昨日から手伝いをお願いしている女性の受刑者、それに今朝早くからお嬢さんと同じ身代わりの女性お二人も手伝いに来てもらっています」

「身代わりの女性ですか?」

「はい。受刑者のお母様と、奥様です。お二人とも本人に頼まれて、帰還遅延の願いを所長様にお願いに参ったのですが、ここの惨状を見て何か手伝いをしたいと、申し出てくれたのです」

「そうですか。私の他にもいらっしゃったのですね、身代わりの方が」

サキはほっとした。

気持ちが随分楽になった。兄の代わりに出頭すること自体が、お国を侮辱するような、とんでもない行為だと思っていたからである。

サキは身代わりで出頭した二人の婦人と共に包帯や三角巾、敷布、白布などの洗濯と食事介助の役割を与えられた。

重傷病者五十人ほどが診療室の裏にいた。そこは、大きな天幕と言ってもいい造りだった。多くの支柱がいくつも立てられていて、それらをつないだロープに敷布らしき白布が載せられている。揺れが続く中、雨露と日差しを防げば十分という簡易な造りにしているのだろう。簡易大テントの下は一面に布団が敷かれ、怪我人と元々病人として病棟にいた一般患者が横になっていた。

骨折や火傷《やけど》で、重篤になっている四人と重傷患者八人のそばには、柿色の着物の上に白い割烹着《かっぽうぎ》を着た女囚が付き添っていた。

患者は全員男の受刑者だった。

看病夫のリーダーが患者たちにサキを紹介すると、歓声が上がった。高等女学校の制服が刺激的だったのだろう。野外病床は一気に明るくなった。

太陽が頭上に昇る頃、構内が慌ただしくなった。

司法省から視察調査の一行が来たことに関係があるらしい。

戒護主任がやってきて医務主任と言い合いを始めた。

三人は桶《おけ》を囲んで包帯の汚れを水で洗い落としていたが、こちらを見るので気になって、遠目に成り行きを注目していた。

サキには、なんのことだか、見当はつかなかったが、婦人たちは「やっぱり。私たちのことだよ」と言って頷いた。

医務主任と戒護主任は話の途中、何度かこちらに視線を向けた。

サキは時計を見た。

十一時四十五分を指していた。激震から二日が経とうとしている。

「サキちゃん、時計を持っているのかい。こんな高価なものを……」

小田原から来たという、北村《きたむら》カナが時計をのぞきこんだ。

「兄が、絶対に遅れるなと言ったので、母が仏壇から取り出して持たせてくれたのです」

「仏壇から!?」

「はい、父の形見だそうです。私が生まれる前に戦争で……」

「そうだったのかい、悲しいことを思い出させてしまって申し訳なかったね」

「いいえ、大丈夫です。七つ違いの兄が私にとっては父のようなもので……、だから兄の代わりに、ここに来たのです」

サキは笑顔で言った。

地鳴りがして大きく大地が揺れた。余震には、すっかり馴《な》れっこになっていた。屋外なのでかなり大きな揺れでも、「また来たか」と思う程度である。

揺れが収まると医務主任がやってきた。

「皆さん、お騒がせしたね。司法省から、お偉いさんが視察に来ているので、囚人でない皆さんをここから追い出せと言われたが……」

と神妙な顔つきで言ってから、にっこり笑った。

「安心してください。皆さんは所長から頼まれて、ここで手伝いをされている方たち。今、このような状況では皆さんの笑顔が何よりの慰めと、所長は考えられたのでしょう。改めて、わたくしからも今日一日、お手伝いよろしくお願いいたします」

添田が頭を下げた。

「先生、もったいないお言葉……。足手まといにならないように気をつけます」

カナが言い、三人揃ってお辞儀をした。

身代わり婦人、それぞれの事情

北村カナは小田原でカマボコを製造販売している店の女主人である。放蕩《ほうとう》息子の次男坊が二日早朝、倒壊した自宅に駆けつけ殊勝な態度を示したので、立ち直りの絶好の機会と、身代わりになって刑務所にやってきたのだ。

震源に最も近い湘南《しょうなん》方面の被害は甚大だった。

走行中の東海道線上下二本の列車は大磯、小田原間で転覆脱線した。

大磯海岸は鎌倉から十五キロほど。ここには、伊藤博文《いとうひろぶみ》、梨本宮《なしもとのみや》など著名人の別荘が二百余りあったが、それらはすべて倒壊し、多数の死傷者を出していた。

小田原市は総戸数五千百一戸。そのほとんどが倒壊し、火災によって消失した家屋は三千四百戸に上った。市街地の三分の一が焦土と化していた。

カナの店がある商店街は、ことごとく倒壊し焼き尽くされた。カマボコ工場まで失って途方に暮れているところに、服役中の次男が現れ励ましてくれたのでカナは精神的に救われたのである。

カナは間もなく還暦を迎える。

健康だといっても刑務所までの六十キロを歩いてはとても行けない。どうしようと考えていたところ、家族や他人のことなど一切お構いなしだった次男が、「刑務所は食する米麦一粒もないから、食料を届けて欲しい」と言った。

そこで漁船を探した。幸い取引のあった漁師の船が無事だったので、午後三時過ぎに番頭を供に小田原を出港した。息子の願いを叶えようと、途中鎌倉に寄って見舞いの品、食料を調達しようとしたが、ここの被害は津波の追い打ちもあって惨憺《さんたん》たるもので、何も手に入れることができなかった。その先、三浦《みうら》半島を周回する航路でどこかに寄って調達を、と思ったが、どこにも寄港できずに磯子にやってきたのだ。

カナが刑務所に着いたのは深夜だった。看守に身元を告げて所長と面接し、見違えるほどまともになった息子の様子を語り、礼を述べ、遅延の願いを届け出た。

所長から、小田原にも刑務所があるが、町の様子をお聞かせ願いたいという要望を受けて、全滅した小田原の被災状況と寄港した鎌倉の有様などを伝えた。

古都・鎌倉の浜は地震発生から数分後に海水がまたたく間に沖合に引いた。伝え聞かされた津波の襲来！　と、古老らが必死に避難を呼びかけるなか、激震からほどなく大きく隆起した波に襲われた。

八メートル弱の大津波が二度も押し寄せ、江《え》ノ島《しま》を眺める海岸沿いの別荘八十四戸が呑み込まれ流出。度重なる激震で、円覚寺《えんがくじ》、東慶寺《とうけいじ》、建長寺《けんちようじ》など神社仏閣は軒並み倒壊した。

鎌倉八幡宮《かまくらはちまんぐう》は本殿が半壊、大鳥居、朱の楼門、拝殿、神楽殿などが倒壊。長谷《はせ》の大仏は台座ごと五十センチ沈下し、前方に四十センチほどせり出していた。

鎌倉市内総戸数四千三百十戸、そのほとんどが倒壊し焼失、多数の死者を出していたのだ。

「お若いが立派な所長ですね。息子に存分に復旧のために励むよう伝えてください、と申されました。ありがたいことです。被災の状況にお心を傷められたのでしょう」

カナがしみじみとした口調で言った。

「私にも同じようなお言葉を掛けていただきました」

夫の代わりに横須賀から来たという中田彩《なかたあや》が言った。

「横須賀の被害も大変なものです。海軍の燃料タンクから流れ出した油で一面火の海になっています。駅前では山崩れがありました。夫は山崩れの現場の発掘に行っています」

九月一日午前十一時五十分ちょうどに横須賀駅に到着した列車から、乗客約五百人が降りた。多くは軍港見学に向かった。途中、修学旅行の女学生が昼食の弁当を広げ、歓談している姿があった。その直後、激震が襲ったのだ。

道は大蛇の背のように波打ち、裂けた。激しい揺れに皆、投げ飛ばされるように転倒した。転がされるので大地を摑もうと必死になった。そこに轟音と共に大小の岩石が降り注いだのだ。

鎮守府給品部横の山崩れによって、女学生と通行人は全員生き埋めとなった。一瞬のうちに六百名が下敷きになったのだ。

横須賀市街総戸数一万四千三百戸のほとんどが倒壊。そのうち四千七百戸を焼失した。

鎮守府では海兵団、海軍大学校、海軍病院にも火の手が上がった。

また、八万トンの重油が港外にも流れ出し、まさに一面火の海となっていたのだ。

「私がここに来たのは昨日の夕方です」

中田彩が言った。

「夫は何でも刑務所の大きな工場の責任者をしているとかで、看守様と所長様には特別な信頼をいただいている。だから何としても定刻までに帰らなければならない、と申していましたが、山崩れの現場を見に行って引き返してくるなり、お前が代わりに刑務所に行って、所長様に事情を話してくれ。自分はこれから埋まった人たちの救出をするからと、身代わりを頼まれたのです。

私は、その旨所長様に申しました。所長様には、『そうですか、中田さんには必要なことだ。奥さん、帰ったら中田さんに九月半ばまでなら存分に救命救急なり復旧に尽くしなさい、と椎名が言っていたと伝えてください』と、おっしゃっていただきました。

私は所長様の、中田には必要なこと、という一言に深く感動しました。私たちは娘をある事故で亡くしているのです。そのことが原因で事件を起こした中田の事情をご存知だからこそのお言葉だと思いました。

夫から、自分が還るまで留まるように厳命されていたので、せめて二、三日は留まってお手伝いをさせてくださいとお願いしました。お邪魔でなければ、しばらく居ようと思います」

彩は、「サキさんも女学生ね……」と言ってから、夫が横須賀に留まろうと決意をした出来事ですが、と話を続けた。

「夫は、放心状態の女学生と出会ったそうです。近くにいた人の話によると、修学旅行生の中のたった一人の生き残りで、生き埋めにならずに助かったのは、忘れ物を取りに駅に行っていたからだという話を聞き、娘のことを思い出したのかもしれません。中田は、女学生に正気を取り戻してもらうためにも現場に戻る、と慌ただしく服装を整え飛び出していったんですよ」

サキは、「そんな悲しいことが……」と言って絶句した。

女学生と看守

サキは中田彩が言った「生き埋め」という言葉で、なぜか山下看守の顔を思い浮かべた。

それも、医務主任と話をしていた時の暗い表情をした山下だった。

〈いつどこで誰が山下さんの話をしたのだろう。そして私は何を聴いたのだろう〉

サキは必死になって思い出そうとした。

そのサキに、はっきりと思い出させたのは看病に当たっていた女子受刑者だった。

サキは午後から、医務主任の指示でバラックの中の整理整頓と清掃を行っていた。

「サキさん、あなたのお兄さんは山下さんの工場よね」

重篤患者の介助を担当している女囚が話しかけてきた。

「刑務所の中がどうなっているのかよく知りませんが、兄の担当刑務官は山下さんです」

「奥様が崩れた裁判所に埋まったままらしいですよ。工場の担当という責任から、顔には出さず勤務されているけれど、お辛いのでしょうね」

「えっ……」

サキは、はっきり思い出した。

ここに着いた時、刑務所敷地入口にいた二人の看守に山下への取次ぎを頼んだ時、二人が交わした話の中に、「裁判所で」とか「生き埋め」という言葉があったのだ。

昨夜も今朝も山下は親切に対応してくれた。

〈そんな、悲しいことがあるのに、あんなによくしてくれた……〉

サキは胸が熱くなり涙がこみ上げてきた。

「奥様は医務主任様の遠縁に当たるお方で、山下さんとは幼馴染《おさななじみ》だそうです」

「………」

サキはたまらず泣きじゃくった。

「お慰めする言葉も見つからないから、心の中でお祈りするしかないのです」

女囚は母親のような仕草で抱きしめてくれた。サキは肩を上下させて女囚の胸で声を出して泣いた。

午後五時、夕方の点呼が終わり、囚人たちに握り飯と味噌汁が配られた。

サキは医務主任に所長官舎に戻る旨挨拶をしてから山下を探した。天幕にも、受刑者たちが車座になって夕食を摂《と》っている広場周辺にも、山下はいなかった。

敷地の四隅に看守が一人ずつ立っている。もしや山下では、と識別できる距離まで近づいてみたがいずれも山下ではなかった。

〈今日は帰宅されたのだろうか〉

サキは切ない気持ちになった。

刑務所敷地を出て堀割川沿いに南に歩き所長官舎に向かう。

「あっ！」

サキは思わず声を出した。

通りから二メートルばかり下がった川沿いの遊歩道に山下の姿を見つけたのだ。

サキは隠れるようにして、しばらく見ていた。山下は立ったまま、じっと川面を見つめている。

〈奥様のことを考えているのだろう〉

サキはこのままそっと所長官舎に戻ろうと頭の中では考えるのだが、足が動かなかった。

どれほどの時間が経過したのだろうか、サキも遊歩道に下りていた。

サキは勇気を出して山下の傍らに立った。

「サキちゃん……」

山下は名前を呼んだだけで、何も訊かなかった。

「ここにいていいですか？」

サキは自分でも不思議なほど落ち着いていた。

「お疲れ様……」

「山下さん、もう無理して私に気を遣わないでください。奥様のこと知りました」

「……」

山下は頷いた。

二人は無言で長い時間寄り添うように立っていた。

立ち上がる囚人

その夜、山口らが集まる場所に所長がやってきて、それは悪質なデマだとはっきり言ってもらったことで、囚人たちの不信と不安は一気に晴れた。

椎名が立ち去ると第七工場の若い囚人がやってきた。

「皆さん、どうしても聞いてもらいたいことがあって来ました。いいですか」

「ああ、若いの、何でも言ってみろ」

と山口が先を促した。

「夕方、夕点検の混乱の時です。僕は瓦礫の隙間に隠れて菓子を食べていました。昼間民家の片付けを手伝ったお礼にともらった菓子です。

頭上で話し声がしました。はっきり聞きました。『あと、もう一人だ。重鎮三人の報告書が揃えば所長を処分できる。うまくいけばクビだ』と。びっくりしました。

息を殺してじっとしていました。見つかったらただでは済まないでしょう。幸い二人には気づかれずに済みました。

この話、僕の胸に収めておくのは辛くて、早く頼れる先輩に話したくてウズウズしていました。よかったです。こうして皆さんに聞いていただいて……」

「そうかい。ありがとうよ。もっと早く来てもよかったんだぜ」

「皆さんが怖くて……」

「まあ、そうだな。皆人相悪いもんな。その話は他の者からも聞いていたので、所長殿には、ご注意いただくように言ったところだが、お前さんの話もしっかりお伝えする。よく話してくれた、ありがとう」

「僕も解放してもらって家族の無事を確認できて本当に感謝しています。また、ここから近所の民家の片付けなどに行くことも昼間は許されている。今日もその手伝いに行って菓子をもらって帰ってきたのです。こんなにいい所長がクビだなんてそんな酷い話はないと、わかってくれる人に知らせたいと思っていました。先ほど所長がいらしていて皆さんと親しく話すのを遠目で見ていました。笑顔と歓声を聞いたので皆さんはいい人たちだと信じることにして勇気を出してやってきたのです」

若者らしくはにかみ、頭をかいた。

山口らは奮い立った。

「今こそ所長に恩返しをしよう！」

と話をまとめたのが、

一、常に静粛にして規律正しい態度をとること

一、挨拶をしっかりすること

一、移送など、今後取られる措置は所長殿を信じて何事も文句を言わず従うこと

という三つのことだった。

「でもな、ちょっとばっかし残念なこともある」

佐久間がひときわ大きな声を出した。

「炭坑で働いた人はいるかい？」

誰も手を挙げなかった。

「わしは三池監獄で一年余り働いた。囚人はここよりも多い千四百人ぐらいいたな。三《み》井《い》鉱山の炭鉱だから食い物も賃金もよかった。地底一キロ横穴は有明海《ありあけかい》まで延びていると言われていた。地底労働だから辛いが一般の鉱夫と一緒に作業をする。掘った石炭分けてやれば酒やタバコと交換だ。旦那を事故で亡くした寡婦も大勢いたしな……」

佐久間の語りに囚人たちが集まってきた。

酒とタバコと女の話を聞きたいと繰り返し質問が飛び出した。

想像をたくましくして盛り上がった後で佐久間が言った。

「わしは無事に娑婆に戻れたが、刑務所の墓地には何千という犠牲者が合葬されていた。

地底の労働は辛い。昼夜なしの交代制の長時間重労働だ。炭鉱に送られると聞いたときには逃げ出そうと思ったよ。幸いデマだと所長殿に言ってもらったから安心した。落盤の事故死もあるが肺をやられての病死も多い。とにかくよかった……」

「そうか！」

山口が手をパシッと叩いた。

「佐久間さん、いい話をしてくれた。そいつはそれを狙っていたんだよ。炭鉱を知っている囚人。つまり、刑務所経験が他にもありそうな年配を選んだ。奴の勘は大したもんだ。三池にいた佐久間さんを当てたんだからな。こうして囚人同士で炭鉱の話をすれば、わざわざ命を捨てに行くようなところに誰が行くか！　と逃げ出す者が出る。一人二人じゃない。集団脱走もありと睨んだというわけだ。大量の脱獄者を出したら、その責任は所長殿が被らなければならない。クビにするには格好の材料だ。とにかく挑発と喧伝工作には乗らないということも徹底して伝達しよう」

佐久間の話でさらに結束を強めた囚人たちだった。

これが囚人か!?

九月五日午前六時起床。一斉に布団が片付けられ、点検用意の号令が掛けられた。

囚人たちは全員小走りで移動する。まるで兵学校の朝礼のようにキビキビした動作が美しかった。

椎名はじめ刑務官たちは何があったのかと、驚きを持って眺めていた。何しろ、前日は夕点検さえとれなかったのだから、気味が悪いほどの変化だ。

この日は、次長も戒護主任もいた。前日無断欠勤しただけに、この二人はどこか不貞《ふて》腐《くさ》れているような、いつもとは違うという感じを与えていた。しかし、囚人たちは幹部が揃っているということに満足しているようだ。

壇上には椎名が上がった。

看守部長が点検人員を報告し、椎名が答礼する。

その直後、驚くべきことが起こった。

山口が「おはようございます」と大声を上げると、ひと呼吸置いて全員が、

「おはようございます」

と唱和したのだ。

驚きはこれだけではなかった。

この日も、救援物資荷揚げ奉仕は第四工場、第五工場、第六工場の中から百四十五名を選定し、それに海軍船員班五名を加えた百五十人を出役させる。

受刑者の選定と戒護に当たる看守の指定は当然、戒護主任が行うものと思っていたが、茅場は体調不良を決め込んで天幕内に着席し素知らぬ顔をしている。

椎名が今朝は誰に命じるかと思案した時に、点検官を務めた看守部長が「所長殿、本朝は奉仕作業の人選は受刑者間で済ませておるとのこと、自主の精神を尊重し願意取り計らいたいと思いますがいかがでしょうか」と言った。

椎名は「願ってもないこと、それこそが最善の人選なり」と言下に許可した。

囚人たちは朝の慌ただしい短時間に担当看守と相談の上、自分たちで出役者を選定したのだった。

看守と看守部長も自ら手を挙げ、わざわざ主任の手を煩わすことはなかった。

女学生、港に行く

官舎の夫人たちのところにも、本省の書記官らの調査は解放を決断した所長の責任を問うためのものらしいという噂が流れていた。

野村夫人らは所長夫人の心中を気遣って敢えて話題にすることは避けていたが、明るく振舞う夫人の胸中は痛いほど伝わっていた。

サキは、囚人たちの港における荷役が、さらなる試練を夫に強いるのではないか、という所長夫人の不安を身近で感じていた。

〈今日は港に行ってこよう〉

弁当を作り終わった時に決意した。

身軽な自分が状況を見に行こう。それが、お世話になっている自分のやるべきことではないか、と思いついたのだ。

午前九時、刑務所官舎の夫人たちとの朝の手伝いが終わると、サキは野村夫人に「わたしこれから、兄やおじさんたちが働いている桟橋に行って、お仕事の様子を見てこようと思います」と言った。

「うん、それはいいこと。おばさんたちも気になっていたから、よく見てきておくれ」

野村夫人は笑顔で送り出してくれた。

大桟橋へ向かう途中で、サキは、初老の婦人に呼び止められた。

「若い娘さんが、一人でどこへ行くの」

婦人は言った。

サキは、「大桟橋です」と答えたが、婦人は、「危ないから、やめなさい」と親が子を諭すように言った。

「あなたは知らないと思うけれど……」とその婦人は、サキの手を取って、まだ、瓦礫の整理も終わらぬ道の端へ移動した。

「横浜刑務所の塀や何もかもが地震で壊れてね。囚人がみんな逃げているの。横浜の刑務所には、朝鮮人の囚人がいっぱいいたんだって。いま、食べ物があるのは、港なの。だから、そこに囚人も集まっているの。港には行っちゃだめだよ」

「わたし、その刑務所から来たんです。皆さん、知事さんとか、お役所に頼まれて、船の救援物資を運びに行っているんです。みんな、一生懸命なんです。囚人だからこそ、みんなの役に立とう、お助けしようって」

サキは悔しかった。婦人の親切は十分わかるが、ついムキになってしまった。

「そうだったのかい」

婦人は首を傾げ、半信半疑といった様子を示したが、微笑んでくれた。

「おばさん、ありがとう。わたし皆さんを応援してきます」

サキは礼を述べると、お辞儀をして立ち去った。

〈朝鮮人の囚人がいっぱいいるって、本当だろうか……。刑務所に帰ってこない囚人たちが、悪いことをしているのだろうか〉

サキの頭の中を様々な思いが駆け巡った。

桟橋に着いたサキが見たものは、救援物資を倉庫に運ぶ囚人を取り巻く一般市民の群れだった。

群衆と働く囚人たちの間には、巡査と兵隊が散開し規制はしているが、実際に物資を目の前に見ると群衆が塊のまま近づくのだ。その群衆から囚人たちを護っているのは看守だった。

サキは目ざとく山下看守の姿を遠くに認めた。今日は山下が受け持つ工場の受刑者が出ているのだ。

サキは群衆の隙間をぐぐって前に出た。看守は、囚人たちの働きを監督するために、そこにいるのではなかった。むしろ、救援物資とそれを運ぶ囚人たちを護るために、市民に対峙《たいじ》していた。

一人の男が、看守に大声で詰め寄っていた。

「俺は警察署長の命令で、ここへ米を取りに来たのだ。なぜ、渡せんのだ」

それに対し、看守が大声で答える。

「本官らは知事閣下と警察部長殿の要請を受けた横浜刑務所長から、救援物資の陸揚げを命じられております。いかなることがあろうとも、途中で物資を渡すことはできません」

群衆は、口々に叫んだ。

「ここで渡せ」

「米をよこせ」

艀船から陸上げされた米俵や味噌樽が、次々とリヤカーに積み込まれ、囚人たちが、それを保管所に運搬するのだが、群衆の一部が暴徒化して、その車列に襲いかかった。サキは、それを見ていた。

リヤカーを押す囚人たちは、群衆の暴力に、ほとんど反撃しなかった。ただ、荷物を守り、進んでいく。看守たちは、暴徒と囚人の間に入って荷と囚人を護った。看守が、ピッピピッピー、と吹いた呼び子笛で、巡査三人が笛を鳴らして駆けつけ暴徒を押し戻した。大変な仕事をしている。サキの目から自然に涙が溢れてきた。

サキは、囚人《おじさん》たちが襲われないようにと祈りながら、荷物の搬入を見ていたが、視線の端で山下の姿を追っている自分にも気づいていた。

今朝は裁判所の前の道を通ってここに来たのだろう。奥様が未だに下敷きになっているその場所をどういう思いで通ったのか、と想像すると切なくなった。

サキは突然、後ろから抱きかかえられた。回された男の腕に力が入り、身体が浮いた。

途中で行き会った婦人の忠告が胸を過《よぎ》る。サキは悲鳴を上げて足をばたつかせた。

いつの間にかサキはもみ合いの中にいて、男の腕から解き放されると、すぐに柿色の作務衣風の着物を着た男に背負われていた。

「福田君の妹さんだろ？」

「えっ!?　はい」

サキは囚人に救い出されたのだ。

数人の男たちの顔面殴打、足蹴などの暴行を受けながらも、囚人はサキをしっかり背負ったまま後ずさる。そこに看守と巡査が駆けつけると男たちは群衆の中に紛れ込んで逃走した。

「サキちゃんだろ？　大丈夫か」

囚人はサキを静かに下ろすと、声を掛けた。優しさに溢れる響きだった。囚衣は破れ、胸と顔にはいくつもの打撲の跡があった。

「…………」

サキは声が出なかった。

唇だけは「ありがとう」と動かした。襟に縫い込まれ名札には『六工　今村《いまむら》』と書かれていた。

「今村！　ありがとう」

山下がやってきて今村受刑者に礼を言ってくれた。

「サキちゃん、大丈夫か？　怪我はなさそうだな。しばらくここで休んでいなさい」

サキは倉庫の陰に連れて行かれた。

昼の休憩時間には艀船をつないだ岸壁でみんなと昼の弁当を食べた。

官舎の夫人たちと作った握り飯に、船から差し入れられた豚汁がこの日の昼食だった。

サキは山下と達也から一個ずつ握り飯をもらった。

今村はじめ囚人たちも次々に握り飯を差し出してくれたが、サキはいちいち「ありがとうございます。もうお腹がいっぱいです」と言って断った。お腹よりも胸の方がいっぱいだった。

サキは山下と二人の囚人に護られて帰途についた。

暴漢どもにまた狙われるかもしれないからと廃墟になった街の中を抜けるまで護ってくれたのだ。

「わたしが来たばっかりに、かえってご迷惑を掛けてしまいました。申し訳ありません」

サキは謝った。

「いや、サキちゃんに見てもらって、皆喜んでいる。所長夫人と官舎のご夫人方に見たこと聞いたこと、昼食の様子を詳しく伝えてください。それじゃあ、気をつけて」

山下は一瞬微笑んで手を上げ、四人たちは遠慮がちに手を振る。

「先に帰ります」

サキも勇気を出して、手を振った。

無事に所長官舎に戻ったサキは、所長夫人・節子と節子の呼びかけで集まった夫人たちの前で、自分が見聞し、経験したことを伝えた。

「おじさんたちは本当に一生懸命お仕事しています。皆さんから、奥様たちにお弁当のお礼をくれぐれもよろしく伝えてくださいと頼まれました……」

サキは横浜市内の惨憺たる様子、暴漢に襲われたこと、それを助けてくれた四人が殴る蹴るの暴行を受けたこと、昼食の様子、裁判所の見るも無惨な有様など、思いつくまま語った。そして、港に行くなと婦人に呼び止められた時の話をした。

「まあ酷い！」

夫人たちは一様に悲しみのこもった怒りを言葉にした。

節子がサキの肩に手を置いた。

「サキちゃん、それを流言飛語というのよ。ありもしない無責任な噂は、広がるに従って酷い、危険な内容になっていくのね。私たちは振り回されないようにしましょうね」

サキは救われた気がした。

囚人脱獄の噂は囚人たちの真の姿を見ているサキを悲しませた。節子の、この言葉がなければ、後々まで心の傷として引きずることになったかもしれない。

所長夫人の覚悟

節子も山形県寒河江の人である。

大地主・武田健《たけだたけし》の次女で椎名家とは古くからの付き合いがあり、二人は幼い頃から顔見知りであった。

武田家と椎名家との距離はわずか三キロ余り。親同士の決めた結婚だった。

明治四十五年（一九一二）三月二十四日、椎名家で挙式をして椎名の任地・東京市ケ谷《いちがや》に向かった。椎名通蔵・二十五歳、節子・二十歳だった。

当時は椎名が所長になるための見習い期間で、東京監獄（東京拘置所の前身）の所長・木名瀬禮助の薫陶を受けていた。

木名瀬は同じ東北秋田の出身で前年の明治四十四年一月二十四日と二十五日に大逆事件の死刑四十二人の死刑執行に立ち会い指揮を執った所長である。

木名瀬は新婚の椎名夫妻を官舎に呼び馳走《ちそう》をして数奇な運命を熱く語った。

「余は西南の役の翌年、明治十一年秋田監獄の吏員に勧められ監獄官吏になった。ところが、勤務先は秋田市内の監獄ではない。院内外役場《いんないがいえきじょう》だった。鉱山地下労働だ。江戸時代、久保田《くぼた》藩の財政を豊かにした院内銀山を知っているだろう。明治になって工部省の所管になっておった。数年後には古河市兵衛《ふるかわいちべえ》の手に渡った。古河財閥を作った男だ。古河が買い取った足尾《あしお》銅山では鉱毒の害でえらい騒ぎになっていただろう。当時、院内には受刑者百人を泊まり込ませていて、職員は七、八人だった。佐賀の乱や西南の役の国賊と呼ばれた受刑者もおった。地底に入るのが嫌で辞めよう辞めようと思っていた矢先に暴動が起こった。脱走も出た。暴動を鎮め脱走者も逮捕したことで、褒美をもらい辞められなくなった」

節子は木名瀬の重厚な迫力に圧倒されながらも、夫・通蔵が選んだ職を理解しようと、一言一句逃すまいと聞き入った。

「明治二十七年には、内務省監獄局に入った。想像もしていなかった中央省庁への抜擢《ばってき》人事だよ。その後、兵庫県の監獄課長、富山県監獄署長、新潟県監獄署長を経て京都監獄の所長に異動した。赴任したのは明治三十三年だ。この年の四月から監獄はすべて司法省の所管になり、国の施設になった。まあ、余は兵庫でも富山でも新潟でも知事とやり合った。四人の処遇を良くしたいから監獄に予算をつけろ！　とな。どうも黙っていられない。言いたいことをはっきり言うので、後でしまったと思うことがある。明治四十年だった。刑法を改正するというので、死刑を止めよ！　と物申した。刑罰は報復ではなかろう。人を改心させ訓育を施し、手に職をつけさせることだと考えていたので、殺す刑罰は時代遅れだと死刑廃止についての論文まで書いた。そのおかげで、このざまだ。我が国で最も死刑執行が多いこの東京監獄の所長に配置換えされた。司法省監獄局長の嫌味人事だと思っている。これは新妻の前で死刑などと、とんだ話をしてしまったな。申し訳ない」

木名瀬は苦笑すると、妻の文《ふみ》を同席させた。

そして、今後しばらくの間、節子に所長夫人としての心構えなどを教えて差し上げるようにと申し渡したのである。

節子が東京監獄官舎で過ごした一年足らずの思い出は、夫については官舎に帰宅後も勉学に励む背中であり、彼女自身のものは所長官舎に日参して木名瀬夫人・文にいろいろ教えを請うたことである。

実のところは娘のように節子を可愛がってくれる夫人に甘えていたのだが、二十一歳で所長夫人になった節子が官舎生活の様々なしきたりを無難にこなすことができたのは、この時の文の教えによるところが大きい。

大正二年（一九一三）二月、椎名通蔵は滋賀県大津市の膳所監獄所長として赴任する。離任の挨拶に訪れた際、文から手渡された木名瀬所長直筆の墨書がある。

監獄は一大家族なり
所長は囚人の父なり
所長は看守夫婦の父なり
所長の妻は囚人の母なり
所長の妻は看守夫婦の母なり
所長の妻は次長なりと心得よ
東京監獄所長　木名瀬禮助

これを見て節子は、所長になるには、妻女の同伴が条件なのだと、慌ただしく執り行われた婚礼を納得したのだった。

そして、ニコリと微笑んで肩をすくめた。

「なにを思い出されたのですか」

文に訊かれた。

「それが奥様、私たちの婚姻を思い出したのでございます。私は『もうしばらく、半年でもいいですからお待ちください』と両親に願ったにもかかわらず、『お急ぎじゃ』と無理矢理の婚礼だったのですよ。それが今、この心得を読んで、ああ膳所行きのためだったのだと、わかりました。所長様がお勧めになったのですね」

と答えた。

文は笑った。

看守の反乱未遂

夜間は倒壊した外塀の四隅に看守を一人ずつ配置して立哨警備に当たらせている。

九月四日の深夜、北西の角で腰を下ろし居眠りをしていた看守・立花一郎は瓦礫を踏み近づいてくる足音で目を覚ました。

立ち上がると四方を見回した。

二日から今夜で三日目、今まで誰も深夜の巡回でここには来ていない。

誰か怪しい者かと、帯剣の柄を握った。

「立哨勤務お疲れ様」

声が掛けられた。

瓦礫を上って来たのは、本省の梅崎だった。

「毎晩ここですか？」

「はい、今夜で三日目です」

「昼は自宅に戻れるのですか？」

「まだ帰っていません」

「なんということだ。看守は不眠不休。一方、囚人たちは解放されたし、夜は十時間以上ぐっすり眠れる。しかも、昼は適当に出入りが自由と結構なことなのに、看守は辛いですね」

「いえ、仕事ですから」

「そうですか、この仕事は座って居眠りしてもいいのですか？」

「………」

立花は居眠りしていたのを見られたのかと思うと返答に困った。

「不眠不休で疲れているんですね。若い看守さんを塀の上に立たせ、所長はじめ幹部職員は高鼾というわけか……」

梅崎はポケットから焼酎の入った小瓶を取り出した。

「お若いから酒はやらないですか？」

「そんなことありませんが、勤務中ですので……」

「まあいいじゃないですか、刑務所の敷地に入る者はいないだろうし、囚人が逃げてもどうしようもないのですから。大体おかしいでしょう。塀もない鉄条網も張っていない。こんなところで警備に立つこと自体が無駄というものです。さあ、やりましょう」

梅崎は瓶のキャップに焼酎を注ぎ自分で一杯飲んでから、次の一杯を立花に差し出した。立花は、じゃあ景気付けにと言って舐《な》めるように口をつけた。

梅崎は、それじゃ景気付けにはならんだろうと笑った。

「今日、囚人たちがもめたのを知っているか？」

「ええ」

「あれは私が仕掛けたものだ」

「えっ！」

立花は驚いた。

立花たち看守の中でも囚人たちの処遇に深く関わることのない若手には、そもそも本省の調査がなんのために来たのか全くもって不可解だった。

昨日、来た時は塀もない刑務所にどのような支援応援をすべきか調査に来たと好意的に考える者が多かった。

日が変われば、どこかから応援職員が大挙やってくる！　不眠不休の自分たちは家に帰れるかもしれないと期待したのだが、裏切られたのだ。

〈何も変わらず、何も起こらず、本省の職員は留まっている〉

そう思うと、梅崎との会話が煩わしくなった。

「飲めませんでした」

立花はキャップに入った焼酎を撒いてから梅崎に返した。

「あんた名前は」

「看守の立花」

気分を害した立花はぶっきらぼうに答えた。

「立花君、私が仕掛けたのは、所長が応援職員を呼ぼうとしないからだよ」

「……………」

「立花君、このままだったらいつ家に帰れる？　私たちはね、所長の一言があれば、全国の刑務所にお布令《ふれ》を回して横浜刑務所に応援職員を出せと言える。そうしたら、連日連夜刑務所での泊まり込み勤務なんてなくなるんだよ。刑務官の人たちだって中には被災者がいるでしょう？　家族や親族を亡くしたり、怪我人を出したり。あるいは、新婚さんもいれば、生まれたばかりの子を持つ親もいるだろう。私は泊まり込み勤務をなくそうと、囚人を煽ったんだ。囚人を抑えきれなくなれば、他所から看守の応援を求めざるを得なくなる。私は所長に『看守の応援を請う』と言わせたいんだ」

「そうですか……」

立花はすっかり話に引き込まれた。

理路整然とした、もっともな話だと思った。

「明日でも、若い諸君が一つになって『休みをください』と所長に要求しなさい。若い諸君が起《た》てば、私たち本省の人間は味方に付きますよ」

「考えてみます」

「まずは同志を集めること。一人が一人ずつ同志を募れば、あっという間に十人、二十人集まるでしょう」

全くその通りだ、一人が一人連れてくればいいのだ。

立花は簡単にできそうだと思った。

そう思うと、こうして意味のない立哨勤務に就いていること自体が馬鹿馬鹿しくなる。官舎に帰って新妻に会いたいと思うと、いてもたってもいられなくなった。

五日早暁、白々と夜が明けると立花たち夜間立哨組はしばしの仮眠に入る。

瓦礫の陰で四人の若い看守が横になるのだ。

立花が仮眠場所に到着すると既に他の三人が居て何やらヒソヒソと話し込んでいる。

「おお立花、昨夜梅崎さんが行かなかったか？」

この中では最も先輩の木村《きむら》が声を掛けてきた。

「はい来ました」

「それでどんな話だった？」

「みんなで所長に休みをくれと談判しろと……」

「俺たちもだ。そこで聞くがどう思った。やるか、見送るかだ」

「梅崎さんと話をしているときは、やれそうな気持ちになりましたが、一夜明けると夢物語みたいで……」

「やっぱりそうか。こいつらも同じことを言うんだ」

木村の言葉に他の二人は首をすくめた。

「お前は新婚だし、こいつらとは違うと思ったがつまらんやつだ」

「先輩、俺たちより休みが欲しい人はたくさんいるんじゃないですか？　家を焼かれてご家族の安否がまだわからない人とかいるでしょう。そういう人を仲間に入れて所長に話してもらえばいいんじゃないですか。別に悪い事をするわけじゃないから」

立花は、いろいろ考えたことを話した。

「おお、いいこと言うじゃないか。天利看守部長は確か家を焼かれ、どなたかを亡くしておられると聞いた。それから六工場の山下さんは奥さんが行方不明らしい。この人たちに話してみるか……」

木村は名案と思ったのだろう。満面の笑みを示してから、「さあ寝るか」と言って、横になった。

五日の朝は四人たちの態度が前日と一変していた。その変わり具合を仮眠中で見ることができなかった四人は、目を覚ますと天利看守部長と山下看守を探した。

山下は荷揚げ奉仕に行っていて不在だと知ると、バラック建築の指揮に当たっていた天利を訪ねた。

「揃って何しに来た?」

木村が声を掛けると天利は一瞥して言った。

階級が違うとまるで大人と子どもの雰囲気になる。

「天利部長にお願いがあって来ました。実は昨日、四人たちが暴れましたね。あれは本省から来た梅崎さんが仕掛けたらしいんです」

「うん、それで……」

と天利は先を促した。

四人は口々に自分たちが梅崎から言われたことを話した。

話は、ほぼ同じだった。

「俺に所長殿に休みをくださいと言って欲しいということか。その際、よその施設から職員の応援を要請してくださいと意見具申せよと言うんだな」

天利は四人の顔を見回し、笑顔を作って言った。

「そうです。部長お願いします」

木村に合わせて皆揃って頭を下げた。

「お前ら、所長殿こそが不眠不休でおられることを知っているのか。その所長に休みをくださいとは反逆に等しい。おまけに意見が通らなかったら出勤拒否をしろと梅崎という役人は言っただろ。どうなんだ」

「は、はい……」

木村が答えた。

立花は天利が持っている梅崎に関する情報は半端ではないと思った。

「出勤拒否をしたら服務違反で懲戒だ。お前らクビになってもいいという覚悟はできているんだろうな」

立花は血の気が引くのを感じ身体を震わせた。

「まあ、いい。お前らに休みをもらってやる。その代わり今から言うことをやれ」

「…………」

皆声が出なかった。

「それとも何か、反逆・反乱を謀議していると公表してもいいのか。どうなんだ」

「やります」

木村が言った。

「他の者は……」

「やります」

立花ら三人が声を揃えた。

若い看守四人は紐でつないだ二枚の看板を首に掛け街に出た。

看守の背中には、

君たちの帰りを待っている

何も心配しなくていい

横浜刑務所長

胸には、

解放囚に伝えてください

まだ間に合うから
帰ってきなさいと！
横浜刑務所長

と書かれていた。

この日、四人は保土ヶ谷、山手、神奈川を二手に分かれ、二人ひと組になって歩いた。思わぬ反響だった。市民からは励ましの声を掛けられるし、名乗り出る解放囚もいた。手持ちのビラを商店にも貼らせてもらった。

四人が刑務所に戻って来たのは、とっぷりと日が暮れた午後八時。一緒に戻って来た解放囚も三人いた。

運良く、この日は大阪刑務所からの応援職員が到着したので、四人は久々に配置を外され自宅に帰ることができたのである。

この看板作戦を椎名は知らなかった。

天利ら看守部長たちは、囚人が心を一つにして所長を護ろうと立ち上がったのに我々が知らん顔はできないと話し合った。

その結果、未帰還解放囚を全員戻す努力をすることこそ、所長への忠誠の証と決議し、考えついたのが、看板とビラまき作戦だった。

看守四人の他にも看守部長五人がそれぞれ単独で街を歩いた一日だった。

名古屋刑務所長の手紙

九月五日午後三時過ぎ、名古屋刑務所・佐藤乙二《さとうおとじ》所長の親書を携えた看守部長がやってきた。鉄道で焼津まで行き、焼津港からは漁船を借り上げて磯子の港にやってきたと言った。

名古屋市郊外の千種《ちくさ》の丘陵に名古屋刑務所はあった。現在の千種区である。収容定員は千六百人。ほぼ定員に近い千五百人余りを収容していた。

椎名は親書を開いて驚いた。

貴所在監の受刑者三百人をお引き取り申す

と書かれていたからだ。

佐藤所長はこの春、四月一日付で大阪地裁の判事から名古屋刑務所長に異動になった。刑務所勤務の見習い期間も、研修期間もない、いきなりの所長勤務である。

その素人所長が一度も会ったことがない椎名に救いの手を差し伸べている。

謎はしまいの数行で解けた。

さるお方から、横浜の椎名所長を助けよ　との命を賜った故の申し入れ。どうぞ無条件でお聞き入れ願いたい。お預かりする貴下の大切な囚徒は責任を持って早期に社会にお返しできるよう遇する故、ご安心願いたい。

さるお方とは元監獄局長で現在の大阪控訴院長・谷田三郎だろう。おそらく佐藤所長も裁判官時代に谷田を師と仰いだに違いない。「一度監獄を見て参れ」と肩を叩かれ、刑務所長への異動を甘受したのだろう。

元判事だけあって文章はうまい。語呂がいいし、流れるような文面である。

全体から察すると、受刑者引き取りの申し出は谷田控訴院長の命か頼みというより、佐藤所長の人となりからのような気がする。

『義を見てせざるは勇無きなり』と立ち上がってくれたのだろう。

椎名は使者の看守部長を正視した。なかなかの面構えである。

「遠路ご苦労でした。お名前をお聞かせください」

「これは大変失礼いたしました。私は前田《まえだ》と申す看守部長です」

「前田部長殿、佐藤所長は当所の受刑者三百名を受け入れると申されているが、ご存知ですか」

「はい、もちろんですが、何か」

前田は怪訝《けげん》な表情を見せた。

「前田部長殿が来られたのは、所長の特命を受けた秘密裏の行動ではありませんか」

椎名の質問に前田は、「えっ……、いいえ」と表情を曇らせて答えた。

「名古屋は今でもほぼ満杯の収容状況でしょう。そこに三百人は無理だと、幹部の皆さんはおっしゃる。挙句の果てには刑務所勤務経験が一切ない新米で新参者の所長が何を申すか！　と大変な状況になっているのではないかと想像しますが……」

椎名は努めて穏やかに静かに言った。

前田は赤面した。

「参りました。その通りです」

前田はうなだれた。

「前田部長殿、ご心配は無用。横浜刑務所は塀がなくとも、雨露をしのぐバラックを建てている最中で、千人の囚人たちと至極平穏にしておると復命されるがよい。私以外の幹部職員を見ていただきたい。そういった決意の表情をしているでしょう。彼らは生命《いのち》に代えてこの窮状を乗り越える覚悟です。それに、関東の横浜刑務所が中部の名古屋刑務所にお世話になったら、横浜の囚人たちは肩身の狭い思いをする。今日も百五十人の受刑者が壊れた桟橋で命懸けの救援物資荷揚げの奉仕作業に出ております。無報酬の重労働なので毎日交代で出役させており、負傷者以外は全員がその作業に従事することになります。県民のために働いている彼らに、みすみす辛い服役生活をさせるわけには参りません」

椎名は穏やかな表情で語った。

それは椎名の本心だった。手の届かぬところに自分を信頼してくれている受刑者を送ることが辛いのだ。

できれば、この手で全員の仮出獄上申書を書いて早期の釈放につなげたいと思っている。

「所長殿、子どもの使いにはなりたくありません。正直に申し上げます。実は反対の急先鋒はこの私、中間管理職の一看守部長・前田でした。当所の佐藤所長は余計な世話をやいているわけではないし、決して無理難題を申しているわけではないということをここに来て理解しました。

佐藤所長が話された横浜刑務所の実情は、まさに今見せていただいている通りでした。食事も露天の炊飯では握り飯とせいぜい一汁。それなのに囚徒たちは不平不満を申さずと聞き及びました。さらに只今荷役の奉仕作業にまで出ていると聞いては、この道二十五年の前田、役立たずにはなれません。我ら名古屋の者が責任をもって、お預かりする囚徒を大事にいたします。

どうぞ、移送手段の軍艦を手配ください。真に恥ずかしい限りですが、名古屋では佐藤所長がお一人で県当局などを相手に段取りをなされております。私が承ったところでは、熱田の港に入港いただくこと、そこからは貸し切りの電車で千種の停留所まで護送する計画であります。停留所から刑務所までは徒歩で七、八分ほどの距離です。熱田までは私以下名古屋の職員多数で出迎えることを約束いたします。どうぞ佐藤所長の申し入れをお受けください」

前田は椎名に頭を下げ、さらに向きを変えて野村次長と茅場戒護主任にも頭を下げた。

椎名は返書を書き上げると、封印して前田に手渡した。

「万事よろしくお願いいたしますと、椎名が申していたと佐藤所長にお伝えください。おそらく数日のうちには三百人を送ることになりますが、くれぐれも大事にお取り扱い願います。前田部長のおかげで私も目が覚めました。一人では何もできぬということがよく分かりました。どうぞ行刑の専門家として佐藤所長の手足になってください」

椎名の言葉に前田は落涙した。

天幕を出て前田を見送る椎名の傍らに野村が松葉杖をついてやってきた。

「私も刑務官生活三十二年、所長は別格だというのがよく分かりました」

しみじみとした雰囲気で言う。

「…………」

椎名は何を言いだすのかと野村を見た。

「所詮は、私ら刑務所の幹部も本省の書記官も中のことばかり気にしている。実に狭い。できる、できない、前例がない、均衡が取れないなどなど……。しかし、今の話には目から鱗《うろこ》が落ちましたよ。佐藤所長も椎名さんも視野が広い。塀の中なんかにありはしない。その点あの永峰も名所長にはなれませんな。まかり間違って私が所長になってもしかりです。ワハハ……」

野村は椎名に寄り添うように立っている。

前田は刑務所敷地を離れる時に振り返って敬礼をした。椎名が答礼した後も二呼吸ほど敬礼を保持し、口を動かしてから手を下ろした。

「いい職員だ……」

野村は、ぼそりと言うと囚人たちが働くバラック建築の現場に向かった。

瓦礫が散乱する中、松葉杖がぎこちなく揺れていた。

復命

名古屋刑務所の前田は会計主任の坂上義一に送られて港まで来た。

二人はほとんど無言でここまでやってきた。前田は、所長という存在は飾り物で刑務所を動かしているのは現場を預かっている自分たち看守部長だと思い上がっていたのだが、飾り物でない所長がいることを知ったのだ。

しかも自分が口角泡を飛ばして楯突《たてつ》いた佐藤所長もその一人だと気づいたのである。

ただの一度も怒ったことも大声を出したこともない佐藤所長のことを思い出した。

その所長から横浜への使者を頼まれた時は、願ってもないことだと思った。

所長が言うように、千人の囚人が塀のない建物もない刑務所でおめおめと看守の指示に従っているはずがない。無法地帯になった横浜刑務所をこの目で見てきてやる！　そして囚人の受け入れを反故《ほご》にしてやると、意気込んできたのだ。

それが、磯子の港から川沿いに歩くこと二十分余り、煉瓦塀は見るも無惨に崩れて帯のように横たわる刑務所に来てみると、囚人たち全員が動いていた。しばらく佇んで見ていると、皆何かしらの仕事をしているのが分かった。座り込んだ囚人も、ものの二、三十秒で立ち上がると再び作業に取り掛かっている。

一目見て途方に暮れる瓦礫の廃墟の片付けを、思い思いの判断で自発的に行っているのだ。

性善の思想で囚人たちを助けようと熱く語った佐藤所長を、自分たち古参の刑務官は『半年前まで裁判官だった素人所長』という烙印《らくいん》を押して馬鹿にしていた。

囚人と看守との関係は騙《だま》し合《あ》いと言っていい。看守は、許否をうまく使い分けることができるようになれば一人前の刑務官になると、先輩から教えられた。

自分も経験を積むと、なるほどと思っていたのだが、横浜を見て、それだけではないことがはっきりわかった。

単なる甘やかしでも優しさでもない。信頼し信じ切ることだ。

前田は名古屋に帰ったら、横浜刑務所の囚人たちを受け入れるために何をすべきかを考え始めていた。

「前田部長、私が護送主任になって御地に参るつもりです。よろしく」

乗船に当たって坂上に声を掛けられた。

「準備を整えてお待ちしています」

二人は固い握手をした。

九月六日昼前、前田は名古屋刑務所にたどり着いた。焼津の駅舎で夜を明かし、列車を乗り継いで帰ってきたのだ。

所長室に上がるため取次ぎを頼もうと、文書主任に帰庁の報告をすると、所長がお待ちだ、早く行けと言われた。

所長・佐藤乙二は前田の帰庁の申告を受け、手渡された椎名所長からの封書を開いた。

便箋五枚にペン字のきれいな楷書が並んでいた。

そこには、まず、謹んで恩情に甘えさせていただくと認められ、次に使者・前田の徳が褒めたたえられていた。

佐藤はそこを声に出して読み上げた。

褒められた前田は恐縮して、椎名の人となりを思うまま伝えた。

「前田部長、文書主任に大至急、会議の準備を整えよと伝えてくれ。戒護部門の看守部長も同席させよと申せ。その席で君の忌憚《きたん》のない意見を述べよ。その上で余は名古屋刑務所が横浜刑務所の受刑者を引き受けるか否かの決を取る。よいな。もっとも、決が反対多数であっても引き取りは行うが……」

「分かりました」

前田は椎名に自分の内なるすべてを読み取られていたことを知って驚いた。

佐藤の提案に猛反対したのは、部下の看守と囚人たちを思ってのことだった。看守の負担が増え、囚人の生活環境が悪化するのは目に見えているからだ。

そこを椎名に見破られた上に、あなたは所長思いのいい部下だと持ち上げられたのだ。

いずれにしても、横浜を発つときに前田の腹は決まっていた。

皆を説得する語り口まで考えてきたのだから自信はある。

前田は会議が始まる前に戒護部門の看守部長十人を集め横浜の窮状を伝え、名古屋の刑務官の本領を発揮しようと心を一つにしていた。

会議は三十分ほどで終わった。反対を唱える者、引受の条件をあげる者はいなかった。

前田の説明が終わると、賛否の決を取るまでもなく、引受準備が語られたのだ。そして、万全の受け入れ体制を一両日中に整えることが決議されたのである。

たちまちしなければならないことが山ほどある。三百人分の居室を空け、寝具に衣類に備品や消耗品を取り揃える。収容事務をどうするか。熱田の港から当所までの警備をどうするか。市民に対する告知はどうするか。

ざっと数えても一両日で仕上げるには仕事を分担して、直ちに取り掛かる必要がある。受け入れ反対の狼煙《のろし》を上げた責任上、塀の中のことについては前田自身が指揮を執りたいと申し出た。

主任たちは港湾、鉄道、警察との調整、近隣の岐阜刑務所及び三重刑務所への応援要請など対外的な任務に就くことになった。

受刑者たちもまた二つ返事で被災地・横浜刑務所の囚人受け入れに協力を誓った。今まで六人で使っていた雑居房は十人で使い、それでも足りなければ独房も二人部屋になることを覚悟した。

それだけではない。千五百名の囚人たちは全員、被災地への募金を申し出たのだ。それは月々計算される作業賞与金からの拠出であった。

佐藤は椎名の手紙を主任らに回覧し、後日、横浜から送られてきた囚人たちに読み聞かせようと思っていると言った。


善良なる心をもって、被災者を助け、県民のために命を掛けて荷役の奉仕作業を行った受刑者を名古屋刑務所にお預けすることにしました。

家を焼かれ、家族が圧死・焼死した者も多数おります。

どうぞ、名古屋の職員と受刑者の皆様、横浜の受刑者と仲良くしてやってください。

なお、釈放の際には官の都合で移送したのですから、帰住の旅費を下付されんことを切にお願いする次第です。

大正十二年九月五日

名古屋刑務所長殿
同　職員殿
同　受刑者の皆様

横浜刑務所長　椎名通蔵

大阪から届いた人と物

九月五日午後五時過ぎ、名古屋刑務所・前田看守部長が乗った船が出港するとすれ違いに入港する漁船があった。甲板には見慣れた制服姿の男たちが大勢いるではないか。

「横浜刑務所の方か？」

船のエンジン音に負けない大声が届いた。

「はい、横浜の会計主任です」

「大阪刑務所から応援に来ました。南浦《みなみうら》看守部長以下十名です。見舞いの品もあるので受刑者の出役を願います」

「了解しました。こちらで待っていてください」

「了解！」

大声が響き合った。

坂上は駆け足で戻る。

息を切らして刑務所敷地に駆け込むと天幕の前、椎名の目前で転倒した。足がぎこちなくもつれたのを見ていた椎名は、何事かと席を立った。

「報告します。ただいま、大阪刑務所の南浦看守部長以下十名が応援に参り、救援の物資を荷揚げしたいと申しております。受刑者五十人ほどを物資運搬に出役願います」

「大阪からの救援か……。ありがたいことだ」

椎名は大阪と聞いて、谷田控訴院長の話を聞いた坪井所長が差し向けてくれたものと直感した。

坪井は長老の一人だ。所長会議で挨拶を交わす程度の雲の上の人だから、椎名の感謝の気持ちは特別なものだった。

行刑界は大家族と教えてくれた東京監獄の木名瀬禮助所長を思い出した。木名瀬は大正五年（一九一六）四月に市谷刑務所長在職中に病没していた。大逆事件はじめ多数の死刑執行に当たったからだろうという同情の声が行刑界から上がった。

坪井はその木名瀬と親友であり良きライバルであったと聞いたことがあった。

見舞いの品には驚いた。塩ふき昆布《こんぶ》、粟《あわ》おこし、飴玉《あめだま》など今まで囚人には給与したことがない美味、名物、甘味品といった珍しい物がたくさん詰め込まれていた。心情安定には甘い物、美味《おい》しい物、塩分豊富な物が有効だと椎名も経験上知っていたが、刑務所では絶対に口にすることができない。これら高級品、珍品は特別な思いを囚人に伝えることになるはずだと思った。

椎名は坪井所長の気配りに、いたく感動した。いつか逆の立場になった時、被災刑務所に応援の品を送る時には真似《まね》したいものだと思った。

大阪刑務所の刑務官たちは実に規律正しく振舞う。指揮官の南浦看守部長から椎名に手渡された坪井の親書には、

柔道剣道で鍛錬を積んでいる職員を応援に差し向けます。不眠不休で戒護に当たっている貴所職員も疲労の極に達していると思われますので、どうぞ休暇交代要員として存分にお使いください。


と認められてあった。

今の横浜刑務所にとって、この十人の刑務官の応援は何よりもありがたい。

「南浦さん、お疲れだと思いますが、坪井所長からのお申し出の通り、今夜からお願いしたいと思います。差し支えございませんか」

「もちろんです。さっそくお役に立てること、感謝いたします」

南浦は見事な敬礼をした。

椎名は十人ずつ看守、看守部長を順次休ませるようにと次長に指示をした。

警察と刑務所の違い

九月五日夕刻、文書主任・影山は桜木町中央職業紹介所に移った県と市の合同仮庁舎内の災害対策本部に向かっていた。所長の県知事あての文書を携えている。名古屋刑務所への受刑者護送のために軍艦を使いたいので、海軍との仲介の労をとり持っていただきたいという内容のものである。

影山は所長と名古屋刑務所の前田看守部長とのやり取りに感動し、深い自己嫌悪に陥っていた。永峰書記官の言に惑わされて所長を裏切った自分が許せなかったのだ。

前夜、椎名と坂上会計主任が構内と官舎地帯の巡回に出た後のことである。荷役奉仕に出て疲れ果て天幕の中で爆睡していた影山は、梅崎に揺すり起こされた。

そして、農家の大広間に連れ出され永峰から事情聴取を受けたのだ。

影山は追い詰められた。

「文書主任という秘書官の役にありながら、所長の解放決断を阻止することができず社会を混乱に陥れ、横浜にまで戒厳令を発令させた責任は重い。横浜刑務所の囚人解放によって横浜だけでなく帝都の治安も乱した。この責任の一端はお前にもあることはわかるだろう。そういった経緯を含めて報告書を書いて提出すれば、お前の処分は見送るようにという意見を付してやる」

と言われ、影山は話の流れの中で「わかりました」と答えてしまった。

出立前に、梅崎から「報告書を出しなさい」と手を出されたが、一夜明けて自分を取り戻した影山は、はっきり断った。

「昨夜約束した報告書はしかるべきときに書いて所長に提出するので、貴殿に渡すものはありません」

「お前もか！　一通もなしで帰らせるのか、クソッ……」

梅崎は悪態をついて立ち去った。他に誰が書くように強要されたのかは知らないが、一通もないという言葉が心に残った。実に爽快だった。

影山は梅崎の後ろ姿を目で追いながら、たとえ看守に格下げになったとしても刑務官を続けようと、心のなかで誓ったのだった。

中村川には、未だ引き上げられていない遺体がいくつもあった。目を背けたくなる光景である。影山は刑務所でのうのうと権力を振り回し保身に走っている自分よりも、被災地、被災者のために働いている囚人たちの方がよっぽど偉いと思った。

災害対策本部に行くと、口々に感謝の言葉をもらった。荷役奉仕がいかに役立っているかという証だった。影山は嬉しかった。

親書を渡すだけなので、事務方で用が済むと思っていたが、対応に当たった職員は、横浜刑務所長からの文書だと聞くと、受け取っただけでは済まされないと、警察部長・森岡の元に通した。

本日、名古屋刑務所の使者が来て受刑者三百人を受け入れてくれることになったと、その経緯を説明すると、森岡は喜んだ。

「それは朗報です。知事も喜ばれます。市民、県民は横浜刑務所の囚人に救われたと言っても過言ではない。その囚人たちには衣食住整ったところで刑を務めてもらいたいと、我々も何かできないかと話し合っていたところです」

影山は、驚いた。部外の人たちがこれほど心配してくれているとは夢にも思わなかったからだ。

「ところで、影山さん、内務省から司法省に出向している書記官がここに来て、囚人たちの悪行について聴きまわっていたが、どういうことかご存知ですか」

森岡が言った。

影山は、永峰が本省に帰る前に警察部長のところにも来たことを知って驚いた。

「はい、司法省行刑局から当所の調査に来ていた永峰書記官のことですね。被災状況の調査でなかったことだけは確かですが、よくわかりません」

影山は、所長の職責を問うための調査だと思っているが、言えばややこしくなると思ったので、そのことは言わなかった。それよりも囚人の悪行と聞いて、自分たちが知らない囚人たちの非行や犯罪行為があるのではないかと、心配になった。

「その永峰という男は、司法省行刑局の書記官をしているが内務省出身で知事に表敬に来たということだった。知事は横浜刑務所には港湾荷役で世話になっているので、一言礼を述べようと面談することになった。ところがだ……。永峰は、『このたびは、横浜刑務所長が囚人を解放して県民に多大のご迷惑をお掛けし申し訳ありません』から始って、囚人が商店や倉庫を荒らしている。税関倉庫を襲い、酒をあおっている。婦女子を襲い強姦した。などといった噂を耳にしますが、その真偽を確かめたいと思っております、ときた」

ここまで言って話を中断した森岡は影山を凝視した。影山は未帰還受刑者がひょっとしたら犯罪に手を染めているかもしれないと思い質問した。

「そのような囚人の犯罪行為が実際にあったのですか？」

「影山さん、ご安心されよ。知事は内務省の何もかもご存知のお方。この書記官の腹の内を見通された。そして、このようにお答えになられた。『悪行の噂話は山ほどある。そのいずれも横浜刑務所の囚人たちには無関係だ。不良集団や自警団を名乗る若者たちの犯行だ。永峰君、内務省に戻りたかったら、司法省で手柄をあげようと焦らぬことだ。警察と刑務所は根本的なものが大きく異なっている。警察は人を疑うことが基本にあり、刑務所は人を信じることが基本にある。余も今回の災禍でそれに気づいた』と。私も知事のおっしゃった警察と刑務所の違いをつくづく感じているよ。軍艦手配の件、お急ぎのことと思う。直ちに知事にお伝えし善処するので、明日、できれば所長殿にご足労いただきたいとお伝えください」

「ありがとうございます」

影山は深々と頭を下げた。心に沁みる警察部長の言葉に感極まり、すぐには頭を上げられなかった。

影山はまさに勇躍といった高揚した気分で帰庁の途についた。

黄金の繭

九月六日、救援物資の荷役作業終了の日である。官舎の夫人たちは弁当作りもこれで最後だからと、張り切っていた。荷役出役班の弁当はずっと所長官舎で官舎の夫人たちの手で作られていたのだ。

「サキちゃん、あんた今日帰るんだろう。朝の点呼に行って、囚人《おじさん》たちとお別れをしてこなけりゃね」

次長・野村の夫人が言った。

「昨日までは本省のお偉いさんがいたからだろうね。私たちも中には行けなかったけれど、今朝はみんなで行ってみましょうか。ねえ野村さん」

戒護主任・茅場の夫人が握り飯にノリを巻き、竹皮の上に並べながら言った。

「それはいい考えだこと。急いでお弁当を作りましょう」

野村夫人が答える。

一人当たり握り飯五個に漬物、佃煮《つくだに》などを添え竹皮に包む。

出役初日の三日は、夫人たちが構内に持ち込んだ。解放中に居残った囚人たちは二日の朝食を彼女たちに作ってもらっていたので、口々に礼を述べ大変な歓迎を受けた。

その後の二日間は看守が受刑者二人を連れて所長官舎に取りに来ていた。

おそらく、行刑局・永峰書記官と事務官がいるから立ち入りを遠慮するようにということだったのだろう。塀がなくなったといっても刑務所の構内に変わりはないので、一般人の立ち入りはまずいということだ。そのへんのことは、夫人たちも刑務官の妻だから言われなくても理解できた。

再び囚人たちと触れ合う機会をつくろうという野村夫人の呼びかけに、夫人たちは全員手を挙げた。

「奥様はだめです。所長さんの奥方は顔をお見せにならない方がいいのです」

野村夫人は真顔で節子に言った。

「今日もだめですか」

節子は苦笑した。三日の日も同じようなやり取りがあった。

他の夫人たちも「そうです。私たちにお任せください」と言って笑った。

午前六時五十分、野村夫人の引率で十二人の刑務官の妻とサキが構内に入った。

朝の点呼が始まった。工場ごとに縦列に並び番号を掛ける。各担当看守は人員の報告を点検指揮官の看守部長に行う。

看守部長が集計して点検官である戒護主任に報告した。

「現在人員七百八十一名、未帰還者二百五十二名です。未帰還者数は他の刑務所または警察に出頭したと思われる者を含めた人員です。なお、現在人員は前日比三十五人増です」

つまり、昨日の朝の点呼から、この時間までに三十五人が帰還したという報告である。

「おはよう」

茅場が囚人たちに挨拶をした。初めてのことだ。囚人たちは「おはようございます」と一斉に唱和して返した。

茅場は前夜、天幕の中で椎名に謝罪をし、自分と永峰書記官とのやり取りを可能な限り正確に再現して報告した。

そして、椎名から思いもよらぬ言葉が返された。

「今朝は驚いたでしょう。囚人たちは戒護主任の姿を見て嬉しかったのだと思いますよ。間違いない。戒護主任！　あなたのことを最も信頼し、気遣っているのが実は囚人たちだということがよくわかったでしょう」

今朝の茅場は確かに、囚人たちの信頼に応えようとしている。

「いろいろなデマが飛び交ったらしいが、今決まっていることは何もない。いつまでも空を天井にして、握り飯と一汁だけの一日二食の生活を続けるわけにはいかないので、いずれどこかに行ってもらうことになる。しかし、炭鉱の仕事は断じてさせない……」

茅場が胸を張って言った。ドッと声が上がった。

「当職は皆に心配かけた責任を感じておる。申し訳なかった」

茅場は帽子を取って頭を下げた。

「主任、みずくさいぞ!」

山口が大声を出した。それにつられ囚人たちは歓声を上げ、指笛を鳴らし、誰からともなく起こった拍手で締められた。

茅場夫人は号泣して野村夫人の肩に顔を埋《うず》めた。

松葉杖をついて次長・野村が夫人たちの傍らに来た。

「ご夫人たちに丁重に礼を述べよと、所長のご指示があって参った」

野村が妻に向かって言った。

「まだ二百五十人も帰ってきていないのですね」

夫人たちの心配も解放囚の帰還なのだろう。未帰還者があれば所長はじめ幹部職員が何らかの責任を取らされると噂になっていたのだ。

「いや、これだけ多くが還ってくるとは実は想像していなかった。ありがたいことだ、まだ還ってくる。所長の人柄のなせる業じゃ……」

野村夫人は笑って、野村の胸を手のひらで叩いた。

「あなた、随分お変わりになったのね」

「何を言うか。わしはずっと、所長を若いがなかなかの逸材だと思い、尊敬しておる」

「あなた、所長のお言葉を皆さんに伝えてください」

夫人は笑顔で言った。

「第七工場と第八工場及び第九工場の出役者、並びに海軍船員組特別出役班はその場で待機、他は解散する別れ！」

看守部長が号令を掛けた。看守部長の合図で、弁当の入った買い物かごを両手に提げた夫人たちが前に出た。毎日出ている海軍・船員班の囚人五人が行李を持って取りに来た。サキの兄・達也と青山もいる。すっかり顔見知りになった囚人と夫人たちは弁当を行李に移す数分間、談笑を楽しむ。それを見ている野村も柔和な顔を作っていた。

サキは達也に「今日、還るから」と出立を告げた。

「サキちゃん、ちょっといいですか」

山下がやってきて声を掛けた。

「今日、君が帰ることを知って贈り物をしたいという男がいるんだが、受け取ってやってほしい」

サキは思いがけない申し出にどぎまぎして「はい」とだけ答えた。

ニコニコ笑いながらやってきたのは桟橋で暴漢からサキを助けてくれた今村だった。顔は腫れ上がり右目の周囲は黒ずんでいた。柿色の鮮やかな真っ新《まさら》の囚衣を着て、手には、白い布が握られていた。

「おはようサキちゃん」

今村は達也と同じ工場でミシンを踏んでいる。間もなく五十歳になる受刑者だ。

「おはようございます。昨日はありがとうございました」

サキは、丁寧に頭を下げた。

「こうなる前のムショの中には、縫製の作業があったんだよ。麻でいろいろな物を作っていた。いっぱしの商品にこしらえているから、収益もなかなかのものだった」

今村は、脱色した上質の麻の生地を手で挟むように持っていた。

「そうですか……」

「これは、山下の担当さんには内緒で作ったもので、大したことはないんだが、実は、出所したら、お袋にやろうと思っていたんだけど……」

今村は山下の顔を見て、ペコリと頭を下げてから、それをサキに手渡した。

作業材料を流用して作った明らかな反則品である。まともに問題にすれば、独房に十日ばかり謹慎せよ！　と放り込まれた上に、作業賞与金というわずかな報酬を取り上げられる懲罰の対象になる規律違反行為だ。

山下は素知らぬ顔をして今村を無視した。

「まあ、素敵。お母様は、お喜びになりますね」

それは、小物入れのついた巾着だった。

「いやぁ、もうすぐ八十になるおふくろには、ちょっとハイカラすぎやしないかと思い直してな」

「今村さんがお母様のためにお作りになったものですもの、喜んでお使いになると思いますよ」

サキは、微笑んで巾着を今村に返そうと差し出した。

「それがよ。年寄りのくせに、色がどうだとか、柄がどうだとかって、いつも文句ばっかりで、買ってやっても、使っているとこを見たことがないんだよ」

「宝物として大事にしまってあるのだと思います。私の母も兄の贈り物をそうしています」

「これは、サキちゃんにやるよ。おふくろにはまた作るさ」

サキは山下の顔を見た。

山下は笑って頷いた。

「あんたがここにいてくれたおかげで、なんだか、忘れていた昔は持っていたような懐かしい気持ちを思い出したんだよ」

「………」

サキはどうしたものかと首を傾げる。

今村は「じゃあ元気でな。気をつけて帰りなよ」と右手を上げた。

「ありがとうございます」

今村の背中に向かって礼を言って頭を下げたサキの周りには夫人たちが集まっていた。

「見せてごらん」

野村夫人が巾着を手に取る。

「あら、いい出来だわね。ほら見てごらんなさい。ハイ」

巾着は茅場夫人に渡された。

それは次々に手渡され、夫人たち皆の手に触れ、出来栄えの良さが褒められた。

「気をつけ！　右へ〜ならえ」

大声で号令が掛けられた。

「なおれ！」

荷役奉仕作業の出役者が整列したのだ。

野村が松葉杖をつきながら、四列の横隊に並んだ受刑者の前に出て訓示を始めた。

「去る九月三日より、県知事からの要請に基づき行って参った港湾での救援物資の陸揚げの奉仕作業もいよいよ本日が最後である。引き続き負傷等の事故がないように集中力を切らさず任務を遂行されたい……」

野村夫人はサキの肩を抱き、耳元でささやいた。

「見直したよ。うちの亭主……」

残留する四人たちが集まってきて、瓦礫が取り除かれた通路の両側約五十メートルにわたって人垣を作り始めている。

夫人たちは野村の訓示が終わると、正門があった根岸橋前に移動した。出役初日と同じように公道に出て見送るのだ。

「右向け右！　前へ〜進め！」

ひときわ気合の入った看守の号令が響いた。

ザッザッザッザッ……と百五十人の足が揃って大地を踏んで近づいてきた。囚人たちの多くはサキの顔を見て微笑む。中には手を上げて通り過ぎる者もいた。兄の顔があった。凜々《りり》しいと思った。サキは隊列の後ろ姿をしばらく見つめていた。

〈これで皆さんとお別れなんだ……〉

胸が詰まり、涙が溢れそうになった。サキは両手を上げて手先を振った。

夫人たちの後を追い所長官舎に向かうサキに声が掛けられた。

「サキちゃん待って、戻ってくれないか」

振り返ると、山下が一人の囚人と共に根岸橋の前に立っていた。

サキの目には四、五十メートル先の山下の顔が不思議なほどはっきり見えた。

互いに距離を詰める。近づくとサキは山下から目を逸らし、囚人を見た。

初めて見る中年の男が優しそうな笑顔でサキを見ている。サキも笑顔で応えようとしたが頬が強張っていてうまく作れなかった。

「サキさん、これを受け取ってくれないか」

男の手のひらには、金色に光る木の葉のような物が載っていた。

囚衣の襟に縫い付けられた白い布には城田《しろた》と書かれていた。

「これはね、受刑者の間ではゲソと呼ばれているそれは値打ちがある手作りの豆草履《まめぞうり》だ」

山下の説明にサキは目を大きく見開いて「えっ?」と声を出した。さっぱり意味がわからないのだ。

「これは幸運を呼ぶ女性のお守りと言われている。だからありがたくいただきなさい」

山下が命令口調で言った。

サキは手を開いた。城田はサキの方に先端を向けて丁寧に置いた。

「クメールの天蚕《やままゆ》だからこんなにきれいな黄金色をしているんだよ」

城田は子どもに言い聞かせるような言い方をした。優しい笑顔だ。

サキは何とも言いようのない懐かしさと切なさの混じった感動に胸を熱くした。父親を知らないサキが幼い頃から頭の中で思い描いていた父親に似ていたのかもしれない。

城田は達也と同じ工場で働く錺職《かざりしょく》で簪《かんざし》などを作っていた名工だった。

サキは繭と聞いて合点《がてん》がいった。相模原は養蚕が盛んである。養蚕農家の友人から信州安曇野《あずみの》あたりで採れる黄金色の天然の繭の話を聞いたことがあったからだ。

「おやじさん、今だからバラしてしまうが、従兄弟《いとこ》がベトナムで手に入れた生糸を差し入れ品に仕込んで送ってくれたんだ。船乗り仲間にムショを出た奴がいてゲソの話を聞いたらしい。ゲソを作れる囚人は楽なムショ生活ができるし、いい金儲けにもなると聞いたと言うんで、そいつにゲソの作り方を書かせたものまで入っていた」

「そうか……」

山下は笑っただけだった。まともに聞いたら重大な反則行為なのでゲソを取り上げなければならない。

受刑者の作る豆草履・ゲソは糸くずを拾い集めて作ったような普通の物でも、遊郭に持って行けば二晩は座敷に上がって遊べるほどの値打ちがあった。いい旦那と巡り合って足抜きをしたいと望む女たちの最高のお守りとして人気があったのだ。

山下はサキの手のひらからゲソを取り、うなった。

「見事な出来だ。まさに名工が作る芸術品だな。この黄金の繭だけで作られたゲソならば、どれほどの値がつけられるか想像もつかない」

山下はサキの左手の甲を持ち、ゲソを手のひらに置くと「お守りだ、大事にしなさい。きっとサキちゃんの望みを叶えてくれるはずだ」と言って、両手で包むようにしてサキの手を閉じた。

初めて触れる山下の手は大きくて温かかった。

「ありがとうございます。遠慮なくいただきます」

サキは小さく震えながら礼を言った。

「サキさん、出所したら女房に頭を下げて、もう極道はしませんと謝るよ。そして家に入れてもらう。あんたを見ていて可愛い娘を思い出していたんだ。ありがとう。気をつけて帰るんだよ」

城田はサキの頭をそっと撫《な》でた。

「サキちゃん、山道は避けた方がいいよ」

山下が言った。

誰に言われるよりも山下の言葉が嬉しかった。サキは頰から耳が熱くなるのを感じた。

「火も収まったし、市内を抜けて八王子街道に出なさい」

二人は目を合わせた。山下の目尻が少し下がった。

サキはうつむきながら目を閉じた。

山下が自分のために無理に作ってくれた微笑みが悲しかったのだ。サキは目にした無惨な裁判所の光景をまざまざと思い出した。山下の妻が、あの人力では取り除けそうにない煉瓦と花崗岩《かこうがん》の瓦礫に押し潰されたままなのだ。

「山下さん、奥様のことがあるのに……。私と兄のために……」

サキの目から涙が溢れた。

山下は首を横に二、三度振った。

「サキちゃん、市内に向かって大きな川を渡ったら、町田を目指して八王子街道を行くんだよ。くれぐれも間道や山道は通らないように。分かったね」

「はい。帰ったら……」

サキは言いかけて口をつぐんだ。「手紙を出します」という言葉を飲み込んだのだ。

所長官舎では、三人の子どもたちが待っていた。

「おねえちゃん、これお母様が……」

幼い姉妹がブラウスと靴下を持ってきてくれた。

前日、港に出掛け暴漢に襲われた時に破られた鉤裂《かぎざ》きは丁寧に縫い合わされてあった。何よりもサキが驚いたのは真っ白に洗濯されて、きれいに鏝が当てられていたことだった。そう言えば、椎名所長の白い麻製の夏服は、いつ見ても白くて清潔だった。ずっと刑務所敷地内に泊まり込んでいるのに、どうしてだろうと不思議だったのだ。

ようやく、その謎が解けた。節子夫人が洗濯上手だったのだ。

「サキちゃん、気をつけて帰るのよ。また遊びに来てね」

節子は水筒と握り飯の包みを差し出した。

「ありがとうございます。こんなにきれいに洗濯していただいて、とても驚いています。いつも自分で洗うのですが……」

長いようで短い四昼夜だった。

サキは所長官舎を出ると、野村次長と茅場戒護主任の官舎を訪ねた。二人の夫人には、どうしても一言礼を述べてから出立したいと思っていた。

四人の妹がなぜここにいるのかと、あからさまに除《の》け者《もの》扱いしようとした若い幹部の夫人たちを前に野村夫人は語りかけてくれた。

「なぜ官舎がこんなにも塀の近くにあるか、ご存知ですか」

首を傾げるだけで、何も答えられない夫人たちに向かって「刑務所は一家という意味だそうです」と、茅場夫人が言った。

しかし、誰も意味が分からないようだった。

再び、野村夫人が口を開いた。

「官舎にいる家族に危害が加えられるかもしれないと思えば、夫たち刑務官は家族愛に似た公明正大な取り扱いと思いやりを持って囚われた人たちと接するでしょう。よその国の刑務所には、こんなにたくさん官舎はないそうですよ。仕返しを恐れ、遠く離れた町に職を隠して住んでいるのが普通だと、聞いたことがあります」

若い夫人たちは顔を見合わせ、崩れた塀を見た。

「これだけの災禍で出入りが自由なのに、官舎の私たちは危害を加えられていないでしょう。それどころか、囚人たちは火の手が回るかもしれないと、家財を運び出してくれたではありませんか。火災の延焼を食い止めてくれたのも、あの人たち……。それもこれも、今の所長さんのお優しいお人柄のおかげです」

今度は茅場夫人が言った。

「考え違いをしていました。私には兄や父の代わりにたとえ一日でも身代わりになって刑務所に来ることなどできませんわ。サキさん、ごめんなさいね」

若い幹部の夫人の一人が、サキに謝った。

それからというもの、サキは娘のように扱われ、嫌な思い一つしなかったのだ。

出立してから一時間余り、サキは焦土と化した市内を抜けようとしていた。焼け跡には多くの人たちが出ていた。片付けをする者、何かめぼしい物はないかと、瓦礫や残骸を掘り起こしている男たち、木刀などを提げて巡回する自警団、子どもの手を引いた女たちもいた。

サキは度々振り返った。被災の様子と立ち上がった人々の姿を母に伝えるために目に焼き付けておこうと思ったのだ。

サキの後をつけてくる男がいたのだが、同じ方向に向かっているのだろうと特別意に介していなかった。

海軍カレー

九月六日午前十一時、椎名は単身刑務所を出た。

震災以来一歩も横浜刑務所の敷地から出たことがなかったので、足取りは軽かった。

中村川を渡ると焦土と化した横浜市内が横たわっていた。これでは家族や住居を失った囚人も多数いることだろう。未帰還者の多くはそうした者たちかもしれない。このことに気づかず、未帰還者の数字のみを気にしていたことを反省した。

初音町《はつねちょう》に近い広場には多数の屍が折り重なっていた。広場だから安全と思い避難した市民だろう。火に包囲され逃げ場を失い焼死したのだ。残暑の時期に五日も経てば臓器まで腐敗が進む。何とも表現のしようのない腐敗の臭気が強烈だった。

市の職員だろうか、十人ぐらいずつ一箇所に積み上げ焼け残った木材を燃やし、遺体の上にトタン板を覆って火葬を始めていた。遺体は二百四十五体だと教えてくれた。

野毛坂《のげざか》を下る脇の道にはいたるところに死体が横たわっていた。いずれも黒く焼けて膨張し性別も分からない。

椎名が大桟橋に立ち寄ると、受刑者たちは荷揚げと運搬に汗を流していた。救援物資を扱う港の警備は県も一入《ひとしお》力を入れているようだ。軍隊一個小隊と巡査十名ばかりが市民を遠ざけている。初日、二日目と多数の怪我人を出して引き上げてきた四人たちの姿を思い出し、改めてその苦労に報いてやりたいと思った。

午後二時、県から指定された時刻に対策本部を訪ねた。

県知事・安河内麻吉《やすこうちあさきち》が待っていた。五月の着任挨拶以来の対面であった。椎名は、その際、安河内は椎名が帝大の後輩であることを知り、さらに判事、検事の道を選ばず敢えて、職業として蔑まれている獄吏を選んだことを知って驚いたという趣旨の話をしたのを思い出した。

「知事自らの対応に心より感謝します」

椎名は挨拶をした。

「いやいや、こちらこそ四人諸君の活躍と、彼らを取りまとめて見事な勤務を続ける刑務官には頭が下がります。余は各地で知事を務めて参ったが、このたびの災禍ではじめて刑務所とのつながりを持ちました。四人護送の件、しかと承り新造巡洋艦・夕張《ゆうばり》の艦長に頼みました。あいにく、夕張は避難民を乗船させて出港してしまいましたが、佐世保《させぼ》に帰る途上でよければと、快諾してもらいました。出港日時は明後日の朝になります」

安河内は笑顔で言った。

「早々にご配慮いただき真にありがとうございます。明後日とは願ってもないことです。疲れている囚人たちを一日でも早く建物の中で眠らせてやりたいと思っていたところです」

椎名は頭を下げた。

安河内はペンで几帳面《きちょうめん》に書かれた罫紙を椎名に差し出した。

「そこに書いてある通り、艦長は愛知県出身の杉浦正雄《すぎうらまさお》大佐だ。明治十五年（一八八二）生まれだから、椎名殿より若干年長か？　名古屋と言ったら二つ返事で了解と言った。艦長も所長も一国一城の主《あるじ》ゆえ、何でも好きなようにできて羨ましい限りだ」

椎名は罫紙に目を落とした。

軽巡洋艦夕張・大正十二年七月竣工
佐世保鎮守府在籍の最新鋭艦

と、書かれてあった。

囚人の護送だからと旧艦が充てがわれるのではないかと思っていた椎名はいたく感激した。思わず「真にありがたいことです」と口にした。

「詳細の打ち合わせをするいとまも、方法もございませんが、磯子の沖に停泊願い、小さな港ゆえ、舟艇を差し向けていただきたいとお伝え願えますか」

「午前八時過ぎには出港したいと申している。食事はすべて任せて欲しいと言っているので安心されたい」

「ありがとうございます。護送人員は三百名。囚人といっても救援物資の荷揚げをしている者たちですから、逃走のおそれはありません。軍人や名古屋市民に不安を抱かせないように、五名ずつ縄でつなぐことにします。護送職員は七名で当たる予定です。大変恐縮ですが、当方には通信手段がなにもございません。無線電信で名古屋と連絡が取れましたら、名古屋刑務所に護送日程と護送人員のご連絡をお願いしたいのですが」

「了解した。所長殿の申されたこと、記録したか？」

安河内は傍らで記録を取る秘書官に言った。

「はい。明日艦長に伝えます」

秘書官が答えた。

帰路、椎名は大江橋《おおえばし》を渡り、元町《もとまち》を経由する道を選んだ。

川面には無数の遺体が浮かんでいる。川岸に一家族と思われる遺体を見た。白髪の老婆が小学生の女児と並び、その傍らに二、三歳の幼児を抱いた婦人が横たわり、父と思われる男性が水面に顔を付けて死んでいた。何とも哀れである。

横浜正金銀行は花崗岩の造りである。多数の避難民が建物内に逃げ込んで全員が焼死したという。

刑務所に戻った椎名は直ちに、主任と看守部長を集め、明後日八日に名古屋刑務所に移送する受刑者三百名の人選をするように指示をした。

解放も移送も椎名が独断で決めた。一所長が勝手にやったことは放っておけぬと、司法省行刑局長らが懲戒処分の断を下すかもしれない。それは十分承知の上だ。最も重い懲戒免職も考えられる。椎名は、覚悟の上で、今は受刑者のために全力を尽くそうと決断したのだった。

椎名は看守部長らに向かって、「未帰還者に帰還を促す看守たちの自発的な活動には感謝していたところだが、本日只今から所長の命令とし、勤務時間内の活動を許す。受刑者の同行も認める」と訓示をした。

囚人を連れて回ることを許したのには訳がある。

椎名は先ほど、桟橋で解放囚に会った。県知事との会談の後、なぜか遠回りになる桟橋に再度足が向いたのだ。

そこで囚人たちの荷揚げを見物する市民の中に解放囚を見つけた。服装は囚衣ではなかったが、顔も名前も覚えていた。しばらく遠目に見ていたが、彼は囚人たちが荷役の作業に汗を流す姿をじっと見ている。

その時、椎名は思った。還りたくても刑が増えると思って還れない者なのかもしれない。そういった者が他にもたくさんいるとしたら、安心して還らせる工夫が必要だ。

そして、彼らのために、一目でわかる囚衣を着た囚人を同行させ呼びかけさせたらいいのではないかと思いついたのだ。

看守が言えば違法を合法ということになるのだから職責をとらなければならない。ならば、同じ身の上の囚人に言わせればいい。彼らが言うのなら問題にならない。今の解放囚は逃走者という犯罪者だ。とにかく刑務所に戻して自分の責任で逃走ではないと決めてやればいい。理由はどうにでもなる。

椎名は腹を決めて、解放囚に近づいた。

「木工場の佐々木《ささき》君じゃないか」

椎名は笑顔で言った。逃げ出すかと思ったが「あっ、所長殿」と言って土下座をした。見物していた市民は驚いて飛び退《の》いた。

椎名はしゃがんで佐々木の肩に手を置いた。椎名と佐々木は市民が取り囲む輪の中にいる。

「申し訳ありません……」

オロオロする佐々木に椎名は、耳元でささやいた。

「あそこで荷役をやって一緒に還ってきたらいい。大きな顔をして還ってこられるだろう。今日は戒護主任がいるからうまくやってくれる」

「ありがとうございます。実は焼け出された家族を探していて今日になってしまいました」

「そうか、家族は見つかったのか」

「はい、おかげさまで」

「それはよかった。今日はいい日だな」

椎名は佐々木を立たせ、兵隊と巡査に所長であることを告げて警備の境界を通り抜け、茅場に佐々木を引き渡した。

茅場は一目で万事を理解したのだろう。

「一名増員確かに引き受けました」

と椎名に敬礼をした。

六日は夕刻から、七日は終日、看守一人と囚人二人が一組になり、帰還を促す喧伝に出た。横浜市内、鶴見、川崎《かわさき》、町田まで二十組が足を伸ばした。

七日は思い思いの看板を作り、それを持って歩いたのだ。効果は抜群だった。

看守らと一緒に帰還した者も含めると七日の深夜までに百五十二名が帰還し、翌八日の早朝にも十七名が帰還した。看板を見た市民たちの噂は東京まで広がっていたらしい。

九月七日金曜日の夕点検終了後、全受刑者をその場にしゃがませた。

「ただいまから、明日、名古屋刑務所に移送する三百名を発表する」

茅場が大声を発した。

一時騒然となったが、茅場が両手を大きく開いて静粛にという合図を送ると、たちまち静かになった。

「これから選定に当たって用いた基準を示す。その前に一つ言っておくことがある。基準に該当していても敢えて外した者がいる。それは営繕工場就業者と、他の工場就業者でも大工、左官、電工、鳶職《とびしょく》、土木などの建築関係の経験がある者、並びに炊事と洗濯の就業者である。この者たちはこの横浜刑務所に留まって働いてもらう」

茅場は一旦話を切って全体を見回し、納得する様子を確認してから書類に目を移した。

「さて、名古屋刑務所に送る者の基準は……。残刑期一年半以上の者。心身共に健康な者。これで概《おおむ》ね四百名になる。その中から年齢の高い方から三百名までしぼった。これから工場ごとに該当者を発表するので、呼ばれた者は前に出て来なさい」

名前が呼ばれると喜ぶ者、反対に落胆する者、どちらとも感情を表さない者がほぼ同数だった。少なくとも、名古屋に行けば建物の中で生活ができて食事もここよりはずっと良くなる。幹部職員の多くが受刑者たちは名古屋に行きたいのだろうと思っていたが、そうとばかりは言えなかったようだ。受刑者たちの心情はまさに様々だった。

茅場が壇を降り、椎名が壇上に立ち護送職員を発表した。

指揮官は会計主任以下、看守部長三名、看守三名を呼び出して、護送する三百名の前に立たせた。

「あの悪夢からちょうど一週間、諸君たちがいかに立派で心優しい人間であるかを教えてくれた天災だった。残念ながら受刑者四十八名、職員三名が犠牲になった。重傷者も五十名を数える。また、家族を亡くした者、家を焼かれた者も多数いると聞いている。

亡くなった方々には心から冥福を祈ると共に、負傷者については一日も早く快癒することを祈りたい。

さて、解放という一時釈放と荷役奉仕を経験された諸君。これらはこれから先、諸君が歩む人生において貴重な財産になるはずだ。今こうして私たちは生かされていることを深く自覚している。この命を大事に使い、世のため人のためになるように、これから努力をしようではないか。塀のない横浜刑務所の記録は、将来必ず活かされる。そして、塀のない刑務所ができるだろう。君たちが秩序を守ってくれたからだ。

私たちにも方々から救援の手が差し伸べられた。明日はここにいる三百名が名古屋刑務所に向かう。最新鋭の軍艦が送ってくれることになっている。名古屋では受刑者たちが部屋を空けてくれている。六人部屋にさらに五人が移るといった方法で空けてくれているのだ。おそらく歓待を受けることになるだろう。それは君たちが自ら築いた信用と信頼によって得たものである。一つお願いがある。君たちは今日まで手錠や捕縄《ほじょう》には無縁だったが、護送中は縄だけ掛けさせてもらう。それだけは我慢してもらいたい。明朝七時にここを出て、磯子の港に行く。そこに軍艦から舟艇が来る。それに乗って沖の軍艦に乗り移る。おそらく翌朝、名古屋の港に上陸して、刑務所に向かうことになる。今夜はぐっすり休んで体調を整えて欲しい。次に、ここに残ってなお不自由な生活を送ってもらう諸君。明朝は快くこの三百名を送り出して欲しい」

椎名は全体を見回してから一礼して壇を降りた。

九月八日、この日は午前六時に起床の号令を掛けた。

相変わらず青空天井、雨が降らなかったから布団で寝ることができたのだ。

三百人の点呼を取った。

「総勢三百名、異常なし。これから名古屋刑務所に護送します」

護送指揮官・坂上会計主任が気合を込めて所長に報告をした。

受刑者を五人ずつ縦に並ばせて腰を縛る。

間隔は約一・五メートル取った。一昼夜の船旅になるはずだから十分な余裕を作ったのだ。用を足す時も寝るときも五人はつながれたままで行動しなければならない。

午前七時、隊列を組んで刑務所を出発した。見送る囚人たちから拍手が起こった。

「頑張れよ！」という声も上がる。同じ釜の飯を食った囚人たちの連帯感なのだろう。

椎名は隊列の後からついていった。杉浦艦長を表敬のため訪ねるという名目で、囚人たちが置かれる環境を確かめたいと思ったからだ。

磯子の港が見えてきた。そこには早朝にもかかわらず大勢の人が出ていた。囚人たちを見世物にはしたくないと坂上が思ったのだろう。行進を止め、伺いを立てにやってきた。

「所長、どうしましょう。少し様子を見ますか？」

人だかりは、皆こちらを見ている。

よく見ると、そこに県知事・安河内の姿があるではないか。

何と、知事が県職員や市民を連れて見送りに来てくれていたのだ。

椎名は安河内に礼を述べ、整列した囚人たちに一言声を掛けていただきたいとお願いした。

安河内は快く、荷役の礼と更生を願う希望を述べてくれた。

囚人たちの感激は一入だった。

椎名は舟艇の第一便で夕張に乗船、艦長の杉浦に挨拶をした。

杉浦は、思いがけない話をしてくれた。

「私も囚人たちが一所懸命荷揚げの作業をしているのを見ました。思わず兵に、囚人に負けるな！　と喝を入れましたよ。知事から護送を引き受けてくれないかという要請を受けた時は縁があったのだと思った次第です」

「囚人の中にも海軍出身者が一人いて、最も危険な船からの積み換えと壊れた岸壁での荷揚げを担当して三日間無事にやり遂げてくれました」

「そうですか。その男は何をしでかしたのですか？」

「冤罪《えんざい》だと思います」

「それは気の毒だ。しかし裁判も人のやること。間違いはあるんですな。その男は乗船するのですか」

「いえ、刑務所整備に重宝するので残しております」

「その男をよろしく頼みます。お預かりした囚人たちを、この夕張が歓待します。夕食には本艦特製の海軍カレーを食させる予定です」

「それは皆喜びます。ありがたいことです」

「名古屋刑務所には熱田港湾事務所を通して明朝到着の予定を連絡済みです」

「種々のご高配衷心より感謝申し上げます」

椎名は杉浦のきめ細かい気の遣いようと親しみやすい人柄に敬服した。

夕張は九時半、錨を上げた。囚人たちは甲板から手を振り続けた。

二十一時に熱田に入港。船中泊して翌九日午前七時半に上陸を開始した。岸壁には名古屋刑務所職員が迎えに来ていた。手錠を使用していない囚人たちに、名古屋の刑務官は驚いた。

貸切の客車三両に乗車し午前八時半出発。千種停留所で下車し、隊列を整えて公道を一キロほど行進。午前九時十分、名古屋刑務所に無事入監した。通りには警察官が多数警戒に出ていた。

物珍しさに沿道につめかけた市民は「これが囚人か！」と驚きの声を上げた。歩調を取り、軍人のように隊列を崩さず行進する囚人部隊に警察官の多くは敬礼をした。歓迎と労《ねぎら》いの気持ちを示したものだろう。

三百人全員の入所手続きが完了したのは午後二時だった。

護送任務を無事終了した坂上義一ら七人の刑務官は、官舎地帯にある職員待機所で一晩世話になった。

夕食は佐藤所長主催の酒席の宴《うたげ》が設けられ、前田看守部長はじめ名古屋刑務所の幹部職員十名が同席して労《いたわ》ってくれた。

坂上らは九月十日、焼津駅で列車を降り、借り上げた船で横浜刑務所に帰還し、所長に護送任務完了を申告した。

居並ぶ幹部を目の前にして坂上は船内での出来事を報告した。

「出港後間もなく、甲板に敷かれたマットに受刑者を座らせ船内での注意事項などを告知していたところ、艦長がやってきて一言『ここは海上だ。その縄は必要なかろう』と言うと、すぐに立ち去られました。ありがたいことでした。受刑者らは好意を肝に銘じたのでしょう、普段以上に静粛に節度ある態度を取り続けました。上陸に際し受刑者ともども訓示まで賜りました。兵学校の生徒のようで感服したと仰せられ一同感激したところであります。食事は四食、実に美味しくいただきました」

坂上は一礼した。

「海軍カレーはどうだった？」

椎名が訊いた。

「報告するのを忘れていました。うまかったです。格別でした」

どっと笑いが起こった。

「受刑者の給食に出してみるか」

次長・野村が言った。

「はい。私もそう思って炊事兵から作り方を聞いてきました」

坂上は上衣の胸のポケットから手帳を取り出した。

椎名は杉浦艦長の顔を思い浮かべると、安河内知事の言葉が蘇ってきた。

「艦長も所長も一国一城の主ゆえ、何でも好きなようにできて羨ましい」

司法大臣の呼び出し・密約か口封じか

九月九日日曜日午前七時、所長・椎名通蔵は看守・山下信成を伴い刑務所を出て司法省に向かった。

六日に就任した司法大臣・平沼騏一郎に呼び出されたからである。八日夕刻、司法省から官房秘書課係官がやってきた。

「所長殿、新大臣・平沼閣下の口頭による指示を伝達申し上げます。文書にすると差し支えるとのことですので、ご理解ください」

と、前置きして、

「大臣が早急に横浜刑務所長と接見したいと申されております。諸事予定が詰まっていて明日・日曜日の午後のみ時間が取れます。急な話で申し訳ありませんが、どうか、万障お繰り合わせの上、大臣室にお越しください」

と伝えた。

八月二十四日に加藤友三郎《かとうともさぶろう》首相が急逝。内田康哉《うちだやすや》外務大臣が内閣総理大臣臨時代理を務めたが、二十八日、海軍大将・山本権兵衛に組閣の大命が下った。

組閣準備中の九月一日に大震災が発生。摂政宮《せっしょうのみや》（後の昭和天皇）は新内閣の組閣を急ぐように指示。

九月二日、第二次山本権兵衛内閣が誕生。親任式が執り行われた。

司法大臣は警察畑出身で農商務大臣と兼務の田健次郎が任命されたが、四日後の六日に内閣改造が行われ、平沼が就任したのだ。

椎名は検事総長、大審院長を歴任した平沼が司法大臣に就いたことについては、これ以上の適任はないと思った。

司法界のトップ・平沼の訓示を所長会同の際、受けたことがある。

秋霜烈日を説き、天下国家を考える熱い思いを語る平沼。官吏や司法官は公明正大こそが第一と心得よ！　と説く平沼には心の底から共感し敬服した。

その思いとは裏腹に、椎名は腹をくくっていた。

就任早々、行刑局長を飛び越して現場の長である自分を直接呼びつけたのだから、囚人解放が重大な政治問題になっていると思ったのだ。

横浜港から海路、芝浦《しばうら》に向かうことにした。

海運各社は避難民と救援物資搬送のために横浜、芝浦、千葉、清水《しみず》などを結ぶ臨時航路を設け、多数の中小の船舶を就航させていた。

二人は三百トンの客船に乗船した。

誘導に当たっていた船員に身分を明かすと、それが、またたく間に船内に伝わり、船乗りだけでなく、避難民たちからも歓待を受けた。囚人たちの活躍のおかげだった。

二人は客室の最後部に立った。

「山下君、また受刑者たちに助けられたな」

椎名は徐々に遠ざかる横浜市内を見ながら言った。

山下は返事をしない。椎名は山下の横顔を見てから、「山下君」と言って、肩に手を置いた。山下はビクッと上体を強張らせた。

「君を連れてきたのは裁判所の発掘を提案しようと思ったからだ」

「はい」

山下は焦土と化した市内を望み、妻の今を想像していたのだろう。

「君の工場だったな、海軍出身の福田達也と船乗りだったという青山敏郎は……」

「はい。両名とも一日遅れの帰還でしたが」

「彼らを含め、毎日荷揚げに出てくれた受刑者たちのおかげで、大きな怪我もなく無事に役目を果たせたのだと思う。皆立派な日本男児だ」

「ありがとうございます。所長殿のお気持ちは彼らに伝えたいと思います」

「そうか。そうしてくれ。それから、多くの囚人たちの心を和ませてくれたのは、身代わりで出頭してきた女学校の生徒と二人の婦人だったと、私は感じたのだが……。皆、無事に家に帰ることができただろうか」

「そうあって欲しいですね」

曖昧に答えて、空を見上げた。

山下は、自分が勤務を離れ女学生を危険な目から救い出し送り届けました、とは言えなかった。

あの日、サキのことが気になり、四、五十分してから後を追った。女性の悲鳴を聞いたのは瓦礫と焼け跡の残骸がそろそろなくなる場所だった。

山下は「どこだ？　どこにいる」と大声を出して、瓦礫の山を上り、走り回った。

間もなく、物陰に男の背中らしきものを見つけた。駆け寄ると猿轡《さるぐつわ》をかませた女性を二人の男が押さえつけている。

「貴様ら！」

山下は一喝すると抜刀した。

男たちは、悲鳴を上げ、半裸の姿で逃げ出した。

山下は女性が着物の乱れを直したのを見計らって、「一人にならないように気をつけなさい」と、言って再びサキの後を追った。

山下が若い男の前を歩いているサキを数百メートル先に見つけたのは、八王子街道に入ってしばらく行ったところだった。姿を見た安心感で、やれやれと思うと、ドッと襲ってきた疲労感に足が止まった。

サキは三叉路《さんさろ》の右の道に消えた。並木と家屋の陰で見えなくなったのだ。後を歩いていた男もサキの行った道を行き、その後に続いていた男女と、家財を積んだ大八車は曲がらずまっすぐ行った。

人の目がなくなる、そう思うと、なぜか胸騒ぎを感じた。山下は「まずい！」と口に出すと、次の瞬間、走り出していた。

全速で走っても追いつくには二、三分かかる。

三叉路を曲がった先はさらに左に折れていた。そして少しずつ細くなっているようだ。どこまで走れば見通しがきくのか。山下は走った。蛇行した道だった。これは八王子街道の旧道か間道だ。サキは道を間違ったのだ。

悲鳴が聞こえた。

今度はサキに間違いない。全力で走った。ついに見つけた。サキは田畑の中にある鎮守の杜《もり》に、抱えられるようにして引きずられていた。

「コラッ！　貴様何をするか！」

山下は叫んだ。

制服姿で刀を抜いて走ってくる山下を巡査と思ったのだろう。男はサキを放し一目散に森に向かって逃げ出した。

「山下さん……」

サキはカバンをしっかり胸に抱いたまま山下に走り寄ってきた。

「よかった。無事で……」

山下はサキを抱きとめた。

母親にお世話になったことを告げたいので、少しでも寄ってください、というサキの願いを聞かずに、サキが自宅に入るのを遠目に見届けてから、山下は帰路についた。

しばらく歩くと、「山下さん」と呼ぶサキの声に足を止め、振り返った。

着物姿の母とサキが追いかけて来たのだった。二人は道の真ん中に立ち止まって丁寧に頭を下げた。

「ありがとうございました」
四、五十メートル離れていたが、母親の落ち着いた声がしっかり届いた。
山下は敬礼をした。

サキの唇も動いたが、声は届かなかった。

椎名と山下は竹芝《たけしば》桟橋から焦土と化した帝都を歩いた。有楽町《ゆうらくちょう》から日比谷までの惨状は凄まじいものだった。日比谷の警視庁も焼き尽くされていた。日比谷公園と皇居前広場は陸軍の天幕が多数運び込まれ、避難民用のテント村になっていた。

司法省は全く被害がなかったかのように堂々と座していた。

日曜日とあってか二階部分に設けられた門は閉じられている。椎名は一階の守衛室に行って大臣室への通行を届け出た。事前に秘書課から連絡があったのか、守衛長が先導し丁重に案内された。山下は廊下中央に敷かれた赤い絨毯を避けて歩く。恐れ多いと思ったのだろう。

「山下君、絨毯の上を歩きたまえ、大臣室に通じる廊下は音と埃を立てず歩くものだ」

刑務所の所長でも司法省三階の廊下を歩き大臣室に入った者は数少ない。看守の山下が緊張するのも無理はない。

大臣室の入口には秘書官が立っていて椎名らを迎えた。

「横浜刑務所長・椎名通蔵、命により参上いたしました。同伴した者は当職の部下の山下信成看守です」

椎名は入口で名乗ると机の前まで進み出た。小声で「気をつけ礼」と唱え、山下と共に揃って礼をした。

平沼は驚きを隠さず目を見張った。

「そなたが所長か。お若いので驚いた。余が知っているのは東京監獄の木名瀬所長だけだが、知っておるか」

「はい、任官した時に教えをいただいた私の師であります」

「あれは、明治四十四年（一九一一）の一月だった。大任を果たしてもらったので労いを述べに行った。立派な男だったが残念なことをした」

椎名は黙って頷いた。在職中に急逝した木名瀬所長の顔が浮かんできた。

ある時、木名瀬は言った。

「大逆事件の死刑を執行した時だった。大審院検事局次席検事がやってこられて労いの言葉をいただいた。死刑の求刑をされた検事の心痛をよく感じることができた。心ある検事にとっては死刑を求刑し、その判決を勝ち取ることは決して勝利ではない、というようなことをおっしゃった……」

衝撃的な内容だったので、昨日のことのようにはっきりと覚えている。木名瀬が言った次席検事とは、この平沼司法大臣だったのだ。

細身で長身、いかにも厳しそうに見える大臣だが心根はあたたかそうだ。

平沼は二人だけで話したいと言って、会議テーブルに移った。

山下が退出したのを見届けてから、平沼がおもむろに口を開いた。

「横浜刑務所の現況を報告されたい。なお、あまたの解放囚が帰還したことも、囚人たちが横浜港で危険な荷揚げ作業に従事したことも、聞いておる。何を聞いても驚かぬから正直に申してくれ」

「本日朝の時点で未帰還者は八十三名です。昨日のことですが、当局にはかることなく私の独断で受刑者三百名を名古屋刑務所に軍艦で移送しました。なお、私が解放を言い渡した際、帰還に間に合わない時は他の刑務所に出頭せよ、と申しておりますので、未帰還者のうち何人かは既に出頭しているかもしれません」

「そうか、そんなに大勢還ってきたのか。奇跡と言うべきだろう。貴職はじめ職員各位の人徳によるものと言えるな。さて、所長も知っておられるだろうが、朝鮮人狩りが各地で行われている。数は定かではないが民衆の手によって殺されている。流言飛語は恐ろしいものだ。その被害は関東一円に広がり、避難列車でも朝鮮人探しが行われているらしい。この件で、摂政宮はことの他、お心を痛めておられる。実は、司法大臣に余が就任したのも、また、外務大臣に外交官で大韓帝国領事を務めた経歴がある伊集院彦《いじゅういんひこ》吉《きち》氏が選ばれたのも、この問題を憂慮してのことだ。単刀直入に申そう。今、多くを語ることはできないが、朝鮮人問題は横浜刑務所の囚人解放によって起こった惨劇とせねばならぬと考えておる。この国のために、貴殿の運命を余に預からせてもらいたい」

「…………」

「囚人解放と流言飛語の悲劇は避けられぬものなのかもしれぬ。明暦もしかりだった。しかし、明暦の『焼死』と今次の民衆が引き起こした『殺傷』の違いは深刻だ。しかも今次の被害者が朝鮮人ゆえ、国内だけの問題ではない……」

椎名は解放を決断するに当たって、明暦の大火の惨劇を少なからず気にかけたことを思い出した。

解放は夕刻、その時既に、流言飛語による悲劇は起こっていた。解放の有無にかかわらず、帝都でも囚人脱獄という噂によって流言が流言を生んだはずだ。

それは平沼もわかってくれている。

椎名は、わかりましたと頭を下げてから言葉を続けた。

「解放が先か、囚人が白刃を振りかざし、大挙六郷川を渡る！　といった噂が先かについて争うつもりはありません。しかし、解放囚による掠奪、強奪あるいは暴行といった犯罪行為については、私の知る限り一件も犯していません。これだけはわかってください。閣下、その上で、囚人解放によって起こった流言飛語による惨劇の責任を、横浜刑務所長椎名通蔵一人で取らせていただきます。どのような処分でも甘受いたします。ただ一つだけ、お願いがあります」

「何だ？」

「帰還した受刑者たちは皆、善行に励んでおります。これが真実です。どうぞ特別な恩赦なり、十分な仮出獄の許可をお願いいたします」

椎名は一段と深く頭を下げた。

「承知した。所長！　これは、貴殿と余だけの話だ。時が来た時に余が明らかにするかもしれぬが、おそらくあの世まで持って行くことになろう」

「万事心得ております」

「小菅の有馬所長は賞賛され、横浜の所長である貴殿は対照的に非難されることになるだろうが……」

平沼は立ち上がると、ゆっくりと桜田門を目の前に望む窓辺に立った。

「既に小菅のことは特派員によって欧州各国と米国に伝えられ、賞賛されていると聞く。外塀ほぼ倒壊。凶悪犯およそ千三百人は所長・有馬四郎助の愛に報いるため、一人の逃走者も出さなかった。これは奇跡と言うべき偉業なり。というのが記事の見出しの一例だ。さらに誰が情報を与えたのか知らぬが、有馬の経歴も詳細に伝えられている。

有馬は二十一歳で看守長になり、北見から網走《あばしり》までの北海道中央道路敷設工事を指揮。囚人千人を酷使し、二百人余を過労と栄養失調等の病気によって死亡させた。鬼の網走分監長と呼ばれた有馬は、その後、キリスト教を信奉。洗礼を受け、愛の所長に変身した。小菅刑務所では重罪犯の身体から鉄鎖と鉄球の錘《おもり》を取り去り、囚人自治制を試行。成績優秀者には看守をつけず独歩を許すなど最先端の独歩制度を取り入れた。今般の危機に当たり、所長の愛に報いよう！　と、独歩組の囚人たちは自警団を編成。崩れ落ちた外塀の代わりに立哨に立ち、一人の逃走者も出していない。

というのが記事の詳細だ。一方貴殿は、千人の囚人を解き放ち、帝都だけでなく関東一円を混乱に陥れた所長ということになる」

平沼は席に戻ってから話を続けた。

「外塀倒壊だけなら、横浜も小菅と同じように解放していなかったであろう。それでも、流言飛語は飛び交い悲劇は免れなかったものと余は思っている。悲劇を抑えられなかった官憲にとっては、横浜刑務所の解放が幸いにも唯一の責任転嫁の材料だった。そこでだ……。気の毒な貴殿に対して余のできることを考えた。殉職した看守と囚人の慰霊祭を行うつもりがあるならば、余は協力したいと思っている」

「ありがとうございます。その際はよろしくお願いいたします。せっかくの機会ですので、一つ提案させていただきます」

「何だ、申してみよ」

「横浜地方裁判所が全館倒壊・壊滅し、大法廷や事務室にいた判事、検事、弁護人、原告、被告、傍聴人並びに、裁判所職員が百人以上埋まったままと聞いております。同行した看守の内儀も裁判所職員で下敷きのままです。当所には五百人以上の受刑者がまだおりますので、裁判所の遺体発掘に必要な人員を出役させることができます。司法省からの命令が下りるのを待っているところですのでご検討ください」

「左様か、かたじけない。追って下命することになろう。この暑さだ、酸鼻を極める発掘収容になると思うがよろしく頼む」

今度は、平沼が頭を下げた。

椎名は深く熱い充実感に満たされていた。この大臣のためならば、という思いも感じた。大学の大先輩であり二十歳年長の平沼の人徳による感化なのだろう。

平沼は慶応三年（一八六七）津山《つやま》藩士の次男として生まれた。

津山といえば、隣接した備前東野郡和気《びぜんとうのわけ》出身の和気清麻呂《わけのきよまろ》が思い出される。平安時代・道鏡《どうきょう》事件の際、国体護持に奔走した貴族である。至誠と正義を信条に天下国家のために活躍、姉は我が国最初の孤児院を開設している。

別れ際、平沼は、退室する椎名をドアまで送った。

「薩摩出身の有馬が英雄で、徳川幕府直轄領・寒河江出身の貴殿が貧乏くじを引かされた。まるで維新だな」

冗談のように言って笑った。

「大臣……」

椎名も笑顔で応えた。

逃走者ゼロの奇跡

九月二十一日、名古屋刑務所に二回目の囚人移送が行われた。

この時も軍艦・夕張の杉浦艦長の好意によるものだった。しかも、摂政宮を乗せ被災地巡行に航行した直後だったので、宮と多数の付き人を乗せた余韻が船内に残っていた。

その事を知らされるや百三十五名の受刑者たちの感慨は一入で男泣きに泣く者もいた。

九月末までに仮設の獄舎を建て、裁判所の発掘を無事に終了。

そして、十一月一日木曜日、追弔会が挙行された。

約束通り、司法大臣・平沼騏一郎は弔辞を送るとともに、導師として大谷派蓮枝《はすえ》信正《のぶまさ》院《いん》を参向させた。

椎名は犠牲になった職員遺族、囚人の遺族を招待し最前列に席を設けた。国内だけでなく台湾、朝鮮、満州の刑務所からも届けられた見舞金と椎名が手を尽くし獲得した弔慰金を手渡した。

未帰還解放囚八十三名のその後だが、横浜刑務所に帰還した者は十九名。他の刑務所に出頭した者が六十四名だった。これらがすべて明らかになったのは、翌年の十一月である。大半が関東地方の刑務所への出頭だったが、遠方では函館《はこだて》刑務所、鹿児島刑務所、朝鮮・平壌《ピョンヤン》刑務所にまで及んでいた。

椎名は出頭先の刑務所あてに受刑者身分帳簿を送付する際、当該受刑者の取り扱い並びに仮釈放の審査について特段の配慮をいただきたいと認めた信書を同梱し発送した。

未帰還解放囚の安否が気がかりだっただけに、全員の無事を確認できたことは椎名にとって至上の喜びだった。もっとも、逃走者ゼロという奇跡は平沼司法大臣との約束で椎名の胸に収められ公表は見送られた。したがって、公式の未帰還囚、つまり記録上の未帰還逃走は二百四十名とされたままである。

椎名は百年先でも通用する全く新しい刑務所を建てようと決意した。敷地面積は今の倍は必要になる。

安河内知事も椎名の新施設建設の意思を理解して候補地探しに関わった。そして、久《く》良岐《らき》郡日下村《くさかむら》（今の横浜市港南《こうなん》区港南）に約四万坪の適地を確保したのだった。

大正十三年（一九二四）十二月、ついに新築工事に着手。工事は、すべて受刑者による直営工事であった。

あとがき

関東大震災というと、朝鮮人と社会主義者の虐殺が常に重大なテーマの一つになっている。史実として語り継がれ、教科書にも載せられている虐殺事件の内容が真実だったのかというと、私はNOと言いたい。

横浜刑務所受刑者の話だけでも、新聞記事は嘘一色だった。

少なくとも、看守の剣を奪って白刃をかざした者は一人もいないし、横浜刑務所に収容されていた囚人は全員が日本人で、朝鮮人は一人もいなかった。

新聞記事や編纂《へんさん》された手記の類、そしてそれらを基にして書かれた文献の多くは信用できない。あらゆる事象の真実を明かすことは不可能と言うべきなのだ。

ただし、流言飛語の恐ろしさ、それによって何の非もない人たちが虐殺され差別されたことは事実である。

＊朝鮮人が大挙襲撃してくる。

＊朝鮮人が社会主義者とともに、井戸に毒を入れ、放火している。

＊朝鮮人の集団が得物を持ち、あるいは拳銃や日本刀で武装し、避難民を襲い、強奪、

掠奪の限りを尽くし、婦女子を強姦している。

これらの流言は一日午後から広まり始めたと言われているが、朝鮮人を護った、大川常吉らの言動、行動がたんなる善行ではなく、まさに命懸けのものであったことは否めない。

鶴見警察署長・大川は保護した三百人余りの朝鮮人を九月九日、汽船崋山丸《かざんまる》に乗船させ神戸に避難させている。

「どこの国の人間であろうと、人の生命に変わりはない。それを守るのが私の任務だ」

大川常吉の弁である。

解放に関する法律条文

（大正十二年当時適用の法律）

監獄法　明治四十一年（一九〇八）三月法律第二十八号

第二十二条

1　天災事変ニ際シ監獄内ニ於《おい》テ避難ノ手段ナシト認ムルトキハ在監者ヲ他所《よそ》ニ護送ス可《べ》シ　若《も》シ護送スルノ遑《いとま》ナキトキハ一時之《これ》ヲ解放スルコトヲ得《う》

2　解放セラレタル者ハ監獄又ハ警察官署ニ出頭ス可シ　解放後二十四時間内ニ出頭セサルトキハ刑法第九十七条ニ依《よ》リ処断ス

刑法　明治四十年（一九〇七）四月法律第四十五号

第九十七条（単純逃走）　既決、未決ノ囚人逃走シタルトキハ一年以下ノ懲役ニ処ス

法改正に当たり、二十四時間内という期限と不出頭者に対する逃走の規定は削除された。

（現在の法律）

刑事収容施設及び被収容者等の処遇に関する法律　平成十七年五月二十五日法律第五十号

第八十三条　刑事施設の長は、地震、火災その他の災害に際し、刑事施設内において避難の方法がないときは、被収容者を適当な場所に護送しなければならない。

2　前項の場合において、被収容者を護送することができないときは、刑事施設の長は、その者を刑事施設から解放することができる。地震、火災その他の災害に際し、刑事施設の外にある被収容者を避難させるため適当な場所に護送することができない場合も、同様とする。

3　前項の規定により解放された者は、避難を必要とする状況がなくなった後速やかに、刑事施設又は刑事施設の長が指定した場所に出頭しなければならない。

取材ノートより

取材の原点は昭和四十七年（一九七二）新春に遡る。私は当時、東京都府中《ふちゅう》市にあった矯正研修所で半年間の刑務所幹部養成研修を受けていた。修了を前にして、挨拶のため横浜刑務所の所長官舎を訪ねたのだ。所長・倉見慶記《くらみけいき》は父の元同僚で、法務本省在勤中は共に、東池袋《ひがしいけぶくろ》にあった東京拘置所官舎を宿舎としていたので、長女の由恵《よしえ》さんとは小中学校の同級生だった。倉見は秋田県出身、昭和十九年、東北大学在学中に学徒出陣されている。戦争体験からか、戦時中の行刑には特別な関心を寄せられていた。倉見は、私にまず、「海軍の要請を受けて囚人たちが南洋諸島に飛行場を建設したことは知っているだろう」と話し始めた。横浜刑務所は数千人の囚人を送り出す基幹施設だったのだ。大きな石に刻んだ殉職者碑、今は復元されて堂々と立っているが、進駐軍が来る前に、この所長官舎の庭に深く埋められた。

戦争責任を取らされるのを恐れた法務省の命令だったという。

「それが十九年間もそこにあった」と言って倉見は庭に視線を移した。

どこの刑務所も終戦後しばらくは、塀の中から煙が上がった。法務省の指示により、戦時行刑の記録が焼かれたのだ。

倉見は、それよりも驚いたのが関東大震災の際の真実だと、話題を変えた。

「新聞記事にもなり史実とされている当所の解放が帝都にも混乱を与えたという一件！　あれはすべて嘘らしい。当時を知るOBたちの話、エピソードは実に感動的だ。私は昭和二十七年の夏、山形に椎名さんを表敬訪問したことがある。豊多摩刑務所時代だ。椎名さんが戦犯として六年間巣鴨プリズンに服役し、釈放された年だった。椎名さんの一番弟子だった大井《おおい》所長に同伴したのだ。あんたのお父さんも一緒だった。

椎名さんは捕虜虐待など様々な名目で戦犯となったが、冤罪だ。間違いない。大きな声では言えないが、法務省の高官が陸海軍に戦時協力した刑務所の戦争責任をすべて椎名さんに押し付けたのではないかと思っている。ゆっくりでいいから調べてくれないか」

倉見所長の頼みを二つ返事で了承した私は、後日非公式に所長官舎に呼び集められたOBから様々な話を聞きとった。

以後、刑務官として在職した二十数年は勤務地となった刑務所、拘置所の文書倉庫に暇があっては通い続け、永久保存になっている受刑者身分帳簿を読みあさった。また、出張先では地元の古参の刑務官に、諸先輩から関東大震災関連の話を聞いたことはないかと取材を進め、解放囚の出頭記録もいくつか見つけた。

平成六年（一九九四）の辞職以降は旧横浜刑務所があった根岸、磯子地区の旧家、寺社を訪ね取材を重ねた。出版実績があったことから、想像以上の協力を得られた。

足を使った飛び込み取材は不思議なほど当たった。既に他界された祖父母などから度々聞かされた大震災のエピソードを皆さんよく覚えておられたのだ。

何よりも感激したのが、刑務所のこと、囚人のことを悪く言わないことだった。

ある女性が祖父から聞いたこととして語ってくれた椎名所長のエピソードがある。

「教師をしていた祖父は助けを求められた朝鮮人三人を連れて刑務所に行き、保護を願い出たそうです。応対に当たった看守さんは、ここは刑務所だから警察に行くようにという返事。祖父もそれは承知の上、警察に行く道中が危険なので近くの刑務所に来たのだと言うと、看守さんは困ったと言いながらも祖父らを所長の元に案内してくれたそうです。所長さんという方があまりにもお若いので、びっくりしたそうですが、所長さんは祖父に労いと感謝の言葉をくださり、『私どもが責任をもって安全な場所にお連れします』と三人の朝鮮人を引き取ってくださったと、度々聞かされました」

この話に私は感激した。確かにOBから、所長の命令で朝鮮人を護り、警察署に保護引き渡しをしたという話を聞いていたからだ。

取材をほぼ終えてから、私は、山形県寒河江市本楯《もとだて》の椎名家を訪ねた。今は、お孫さんの椎名誠《まこと》さんが家を継いでおられる。誠さんからは、幼いころに見た祖父・椎名さんの話を聞き、刑務官時代に書かれた文書やいただいた手紙など、資料がないかと尋ねた。

後日、誠さんから、蔵にも入り入念に調べたが、アルバムと参観者のサイン帳以外は、ついに何一つ見つけることはできなかったという報告を受けた。刑務所長時代、そして戦犯として服役した六年間の文書等の記録は何一つ遺していなかったのだ。すべて焼却等の処分をしたのだろう。

私はこれこそが武士道だと思った。椎名さんは、震災や戦争で組織や政府が隠蔽又は犯した数多《あまた》の過ちを、一身に受け、国に殉じたのだ。

受刑者に訓示をする所長・椎名通蔵
後方は瓦礫と化した刑務所構内（9月7日）

地震発生直後（火災前）の構内　倒れた木製の内塀と倒壊した放射状の舎房
後方に写る建物は堀割川対岸の民家（9月1日）

地震発生直後（火災前）の倒壊した高さ 5.4メートルの煉瓦塀と工場棟（9月1日）

震災1周年、所長官舎で撮影した家族写真
左から、妻節子、次女光子、椎名通蔵、三女昭子、長女幸枝
(大正13年[1924]9月7日撮影)

乗船を待つ受刑者たち（9月8日）

名古屋刑務所に移送する受刑者を迎えにきた軍艦夕張のカッターボート
土手には見送る市民が多数集まった。彼らの多くは救援物資の荷揚げなど奉仕作業に従事した受刑者たちへの感謝の気持ちを表した（9月8日）

受刑者を乗せ、沖に停泊する軍艦夕張に向かうカッターボート（9月8日）

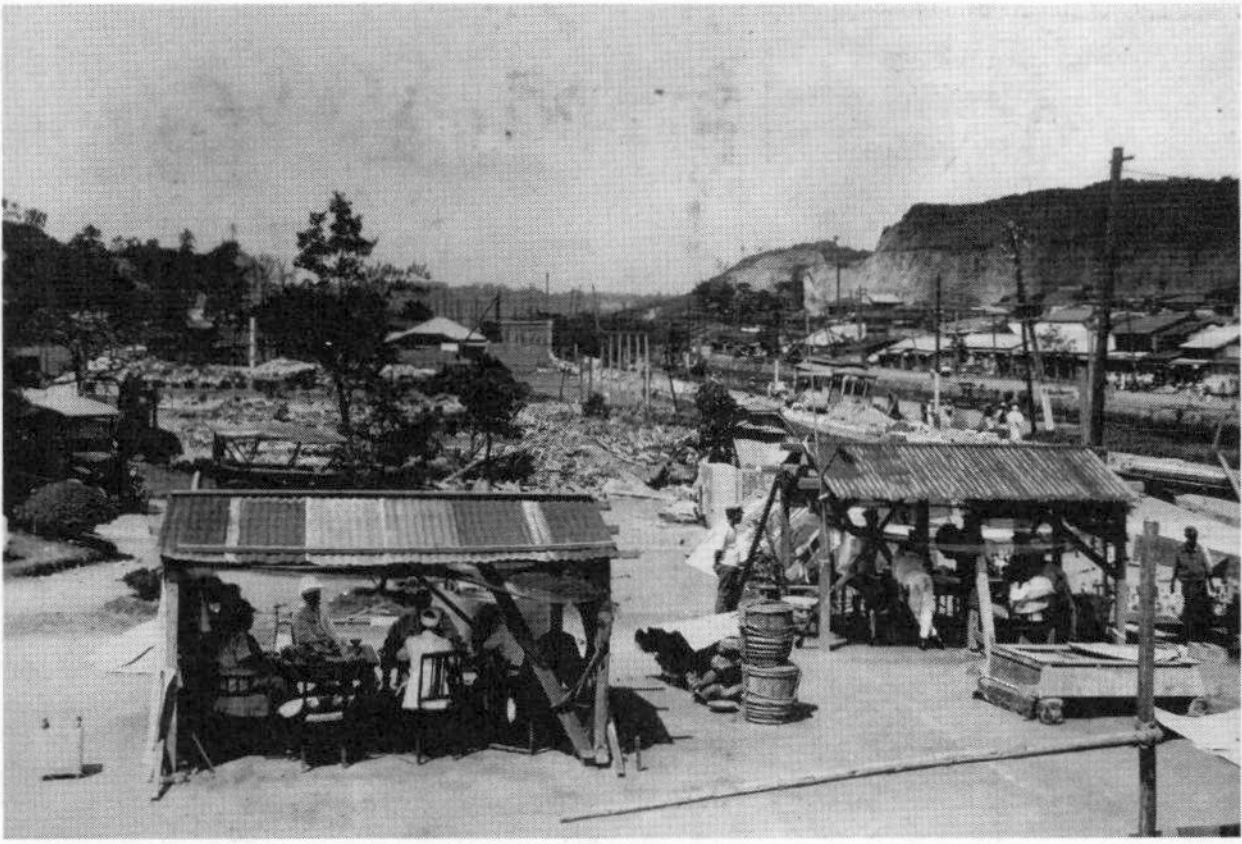

仮設の警備本部　中にいるのは所長以下幹部職員
写真上方奥は横浜市街地、右側は堀割川と対岸の民家（9月中旬）

椎名通蔵の基本構想に基づき、司法技師濱野三郎の設計により震災の翌年末に現在地（横浜市港南区港南）で起工した横浜刑務所。この空撮は椎名が横浜を去る昭和4年（1929）当時のもの。工事施工はすべて受刑者の手による直営工事で、昭和11年に竣工した。南面並列の舎房地帯と工場地帯の区分け、大運動場の設置は近代刑務所のスタンダード・モデルとなった。

主な参考文献

『名典獄評伝　明治・大正・昭和三代の治蹟』重松一義　日本行刑史研究会
『日本刑事政策史上の人々』日本刑事政策研究会編　日本加除出版
『刑政』（三十六巻九〜十二号、八十五巻七・八号）矯正協会
『全国歴代矯正施設長名簿』矯正図書館編　矯正協会
『矯正年譜』法務省矯正局
『矯正風土記』矯正協会
『図鑑日本の監獄史』重松一義　雄山閣
『日本近世行刑史稿』（下）刑務協会
『資料・監獄官練習所』矯正図書館編　矯正協会
『日本刑罰史年表』重松一義　雄山閣
『監獄法講義』小河滋次郎　巌松堂
『有馬四郎助』三吉明　吉川弘文館
『刑務官一代』英保初生　播磨保正会
『横浜刑務所の偉容』横浜刑務所
『横浜市震災誌』横浜市役所市史編纂係編　横浜市役所

『横浜復興録』小池徳久　横浜復興録編纂所
『大正十二年九月一日　関東大震火災逢難記事』鈴木達治　煙洲会
『特別展図録　80年目の記憶　関東大震災といま』神奈川県立歴史博物館編　神奈川県立歴史博物館
『写真と地図と記録で見る　関東大震災誌　神奈川編』千秋社
『朝鮮人虐殺関連児童証言資料』琴秉洞編　緑蔭書房
『相模原市史』相模原市史編さん委員会　相模原市
『写真集　関東大震災』北原糸子編　吉川弘文館
『写真記録　関東大震災の時代』日本近代史研究会編　日本ブックエース
『関東大震災「朝鮮人虐殺」の真実』工藤美代子　産経新聞出版
『震災復興　後藤新平の120日　都市は市民がつくるもの』後藤新平研究会編著　藤原書店
『日本大学100年』日本大学広報部・日本大学大学史編纂室編　日本大学

解説

木村元彦

坂本敏夫さんと初めて会ったのは、大阪は谷町《たにまち》六丁目にある隆祥館《りゅうしょうかん》書店でだった。拙著『13坪の本屋の奇跡』（ころから刊）で著した同店は知る人ぞ知る独立系の本屋で、元シンクロナイズドスイミングの日本代表選手だった店主の二村《ふたむら》知子さんは店を訪れる約千人のお客の顔と嗜好《しこう》を把握して、そのときどきの悩みや思いに合った書籍を薦めることで知られている。プルーフの段階から読み込んで、これぞと思った本は、積極的に営業をかけて、たった十三坪の床面積ながら、大手ナショナルチェーンやアマゾンをも凌駕《りょうが》する販売実績を誇る。

その目利きの二村さんが、惚《ほ》れ込んでイチ推しでこつこつと売り続けていたのが、本書の単行本となる『典獄と934人のメロス』であった。当時で確か五百冊（二〇二一年四月現在で確認したところちょうど七百冊）で日本一の売り上げを記録している。「こちらが坂本さんです」と店頭で引き合わされたときの著者の印象は、「優しそうな人」というもの。元刑務官ということで、がっしりした体格と精悍《せいかん》な面持ち、そして柔和な眼差《まなざ》しが印象的であった。確か、その後、ランチを共にしたのであるが、今の刑務所の問題を気さくに答えて下さった。このとき、NPO法人こうせい舎を立ち上げて作家活動と並行してその運営に注力されていることを知った。言うまでもなく、こうせい舎の意味は犯罪者を更生させるための寓居である。

定款には「犯罪と非行から立ち直ろうとする者の更生援助に関する事業、外国人の子弟及び混血児に対する差別や偏見を持たない真の国際化社会構築に関する事業」を行うとある。

こうせい舎が定期刊行している「人生再建のための情報誌」＝こうせい通信新聞は、受刑者用の求人情報などを載せて日本各地の刑務所に発送されているが、紙面には受刑者たちからの投稿も掲載されており、双方向のメディアとなっている。坂本さんはその中で、処遇に対する改善の提起や監獄法令の解説を行っている。当然読むであろう服役囚に向けて、社会復帰に必要な情報を提供しているのだ。「私が刑務官時代にやりたかったことを今、行っているんです」隆祥館に聞けば、坂本さんは大阪でも浪速《なにわ》少年院から出て来たばかりの少年のケアをしているという。椎名典獄が発する本書を貫く大きなテーマ「囚人に鎖と縄は必要ない。刑は応報・報復ではなく教育であるべきだ。その根底に人対人の信頼があればよい」をまさに体現している現在の活動である。

坂本さんの半生をここで少し振り返りたい。一九四七年生まれ。祖父も父親も刑務官で熊本刑務所の官舎で生まれ育った。父はその後、豊多摩刑務所に転勤。ここにいたときの鮮烈な記憶がある。「小学校一年生のときに所内でアラカン（嵐寛寿郎《かんじゅうろう》）の『鞍馬《くらま》天狗』という映画を観る機会があったのですが、それを私は受刑者の膝の上で観たのです。当時、刑務所は『獄舎に住む囚人も官舎に住む看守も皆、同じ家族』という意識が根強くあったのです。母親は、囚人服を着ていた人たちを普通におじちゃんたちと呼んでいましたし、官舎を引っ越しするときも部屋の修繕をするときもそのおじちゃんたちが、手伝ってくれました。管理と懲罰しか考えていない現在の刑務所では考えられないことです」

父や母がおじちゃんたちに慕われていたこともよく覚えている。三人兄弟の次男であった坂本さんは子どもの頃から野球少年で、父がちょうど『仁義なき闘い』で知られる呉《くれ》抗争で荒れ切った広島拘置所の立て直しを依頼されて広島に転勤になったあとも基町《もとまち》高校で野球を続けていた。この頃、広島商業に後にカープの監督となる三村敏之がいた。プロ野球選手を夢見て法政大学の野球部に入部する。一つ年上に山本浩二、田淵《たぶち》幸一がいた。

同時期、見事に広島拘置所を立て直した父は、その手腕を買われて規模の大きな大阪刑務所の管理部長に抜擢《ばってき》されて、家族は関西に引っ越していた。すべてが順調で、野球に邁進《まいしん》しようとしていたが、春季リーグ戦が終わった六月、突然人生が一変する事件が起こる。大阪に就いた父が突然心を病んでしまうのである。急に不眠を訴え出し、病院に駆け込むとうつ病と診断された。第二次大戦中に陸軍少尉として沖縄戦を体験していた父は、戦後に自らが選んだ刑務官の仕事に誇りを持っていた。「囚人のおじちゃんたちは、それまでに出遭った人が悪かったのだ、だから、これからここ（刑務所）で善い人になるのだ」と子どもたちに教え、毎年終戦記念日の八月十五日になると必ず、好信、敏夫、哲夫と三人の兄弟の名前を呼んで、正座をさせ、小遣いをくれた。百円札を出しながら、そのときに必ず「お前たちの世代は絶対に戦争はするなよ」と目を見て語る、そんな父だった。父は大阪刑務所の着任後も、新入教育の規定を作成したり、処遇改善を要求したり、献身的に仕事をしていたが、病んでからは労災病院への入院を余儀なくされた。

夏休みになると坂本も帰省をして連日見舞った。ある日、病床で気になることを父は言った。「敏夫、お前は刑務官になる気はないか？」丁寧に断ったが、それが最後にかわした言葉となった。翌日の八月十日に病院の八階自室から身を投げたのである。雨が激しく降る早朝の四時であった。一家の大黒柱を失い、このままでは家族が路頭に迷う。兄は自立していたが、母も高校生の弟もいる。学費が払えなくなると同時に、家族が官舎を出なければならなくなったため、心配した父の同僚らが、坂本が刑務官になれば官舎を貸与できると、刑務官試験受験をすすめた。十月刑務官試験受験。十二月に合格発表。翌一月一日付で刑務官になった。初任地は家族が官舎に暮らす大阪刑務所である。

坂本は着任後、父の自殺の原因を知る。当時、大阪刑務所には奥崎謙三が服役していた。言わずと知れたドキュメンタリー映画「ゆきゆきて、神軍」の主人公である奥崎は、独立工兵隊第三十六連隊の兵士として、南方へ送られ、戦闘のみならず飢えと疫病に苦しめられた地獄のニューギニア戦線を奇跡的に生き残った人物で、一九六九年に天皇の戦争責任を告発して、一般参賀の皇居バルコニーに立つ天皇に向かい「ヤマザキ、天皇を撃て！」と戦死した友の名を叫びながら、パチンコ玉四個を発射するという行動を起こしているが、このときはその前の犯罪、一九五六年に悪徳不動産業者を傷害致死に至らしめたことで懲役十年の判決を受けて大阪刑務所にいたのである。着任後、坂本さんは、独居房にいたその奥崎から会いたいと伝えられる。そこで「お前の親父《おやじ》さんほど、物わかりの良いひとはいなかった」と告げられる。

「奥崎が六月頃にうちの親父に管理部長面接願いを出して来ていたんです。当時の監獄法は、受刑者の所長や管理部長への面接が担保されていたんです。とは言え、願い出を受けた側は大抵、部下の課長や課長補佐に代理面接をさせて逃げてしまうのですが、うちの親父は受刑者のことを考えていたので自分で直接会っていたんです。奥崎は新しいトップに対する興味で面接願いを出したんじゃないでしょうか。そこで奥崎はニューギニア戦線を生き残った自分の話をするんですが、これが父の沖縄戦の記憶を再びよび戻したんです。なんで俺は生き残ったんだ、民間の人たちを守れなかったんだというフラッシュバックですね」

坂本さんの父は二十万人以上の犠牲者を出した沖縄戦において小隊長として軍司令部のある摩文仁《まぶに》の丘での玉砕戦を戦い、ほとんどの部下を死なせてしまったという。生き残ったのは自身も含めて三人であった。独立工兵隊の兵士として地獄のニューギニア戦線を体験した奥崎との面談の中で記憶が蘇《よみがえ》り、心を病んだのではないかと当時の関係者は言うのである。管理部長と不動産業者殺しで独房に入っていた受刑者ということで大阪刑務所内の地位と立場は当然異なる。けれども互いに未曽有の戦争体験をしていたことで、共鳴するものがあったのか。奥崎が戦友を失ったニューギニアへ向ける深い慟《どう》哭《こく》の思いは自身の映画や著作、あるいはその直接行動を見ても容易に理解できる。ニューギニアと沖縄。坂本さんの父は奥崎との出会いの中でそれを聞かされた。封印していたはずの心の中の大きな傷口が決壊し、自死に向かった……。結果的にそれで坂本さんは刑務官の道を選ぶことになった。私は親子三代に亘《わた》る天命のような気がしてならない。その後、神戸刑務所、長野刑務所、東京拘置所などで刑務官を二十七年務め、一九九四年に広島拘置所総務部長を最後に退官。本書の構想は一九七二年の矯正研修所時代に横浜刑務所所長官舎を訪ねたことが端緒にあると、「取材ノートより」にもある。その後の三十年にも及ぶ取材や調査の活動はまさに執念とも言える。

勤務地となった刑務所、拘置所の文書倉庫に通い続け、受刑者身分帳を読みあさった。横浜、磯子地区の旧家、寺社の飛び込み取材は、予想以上の収穫があったという。取材をしているとたまに何かに導かれているのではないかと感じる瞬間がある。坂本さんは呼ばれたのであろう。何となれば、自死した父は倉見所長と一緒に、巣鴨プリズンから釈放された椎名通蔵氏を山形に訪ねて会っているのである。おそらくそのときに父も冤《えん》罪《ざい》を確信していたのではないか。刑務官になったのが天命であれば、本書を書くことになったのもまた天から授かった使命であったのではないかと考える。

本書は小説の体は取っているが、三十年かけて掘りおこした椎名典獄の真実の物語は、吉村昭の『戦艦武蔵』同様、ひとつのノンフィクションと言えるだろう。解放措置を認めたくない法務省の勢力は、資料を廃棄し、「椎名が放った囚人たちは逃亡して横浜を荒らしまわって社会を混乱させた」という真逆のデマを流した。今でいう官製フェイク、官製ヘイトである（坂本さんも刑務官に着任後、そのように教育されていたという）。人類が戦争に向かうときは歴史修正から始まることは、それこそ歴史が証明している。流通していたデマの歴史を正した坂本さんは、まさに「戦争はするなよ」と八月十五日に小遣いをくれながら、諭してくれた亡き父の遺志を刑務官として、作家として見事に果たしたと言えよう。

（きむら・ゆきひこ　作家）

本書は、二〇一五年十二月、書き下ろし単行本として講談社より刊行された『典獄と934人のメロス』を文庫化にあたり大幅に加筆・修正し、改題したものです。

集英社文庫

囚人服《しゅうじんふく》のメロスたち　関東大震災《かんとうだいしんさい》と二十四時間《にじゅうよじかん》の解放《かいほう》

2021年5月25日　第1刷　　定価はカバーに表示してあります。

著　者　坂本敏夫《さかもととしお》

発行者　徳永　真

発行所　株式会社　集英社
東京都千代田区一ツ橋2-5-10　〒101-8050
電話　【編集部】03-3230-6095
【読者係】03-3230-6080
【販売部】03-3230-6393（書店専用）

印　刷　大日本印刷株式会社

製　本　大日本印刷株式会社

フォーマットデザイン　アリヤマデザインストア　　マークデザイン　居山浩二

ISBN978-4-08-744246-5 C0193